ullstein

Renate Bergmann, geb. Strelemann, 82, lebt in Berlin-Spandau. Sie war Trümmerfrau, Reichsbahnerin und hat vier Ehemänner überlebt. Renate Bergmann ist Haushalts-Profi und Online-Omi. Ihre riesige Fangemeinde freut sich täglich über ihre Tweets und Lebensweisheiten im »Interweb« – und über jedes neue Buch.

Torsten Rohde, Jahrgang 1974, hat in Brandenburg/Havel Betriebswirtschaft studiert und als Controller gearbeitet. Sein Twitter-Account @RenateBergmann entwickelte sich zum Internet-Phänomen. Es folgten mehrere Bestseller unter dem Pseudonym Renate Bergmann und seit Neuestem auch unter dem Namen Günter Habicht.

Renate Bergmann

Man muss sich nur *trauen*

Die Online-Omi
trägt die Schleppe

Ullstein

Besuchen Sie uns im Internet:
www.ullstein.de

Originalausgabe im Ullstein Taschenbuch
1. Auflage April 2022

Umschlaggestaltung: zero-media.net, München
Titelabbildung: © Rudi Hurzlmeier
Satz: Pinkuin Satz und Datentechnik, Berlin
Gesetzt aus der Amasis
Druck und Bindearbeiten: CPI books GmbH, Leck
ISBN 978-3-548-06478-9

Guten Tag, hier schreibt …

Wissen Se, ich komme mir ja ein bisschen blöde vor. Es steht doch draußen auf dem Buchdeckel drauf, wer hier schreibt! Groß und deutlich. Sie müssen ja denken, ich halte Sie für schwer von Begriff, wenn ich nun tippe, dass ich Renate Bergmann heiße, 82 Jahre alt bin und in Berlin-Spandau wohne.

Oder schlimmer noch, Sie könnten auch denken: »Na, nun geht es los, und wird sie lülle im Kopp!«

Aber es gebietet doch die Höflichkeit, dass man sich kurz vorstellt, und ich finde, ich habe das jetzt halbwegs geschickt gemacht und Ihnen meine Vorstellung sozusagen untergejubelt. Wenn Sie nun ein paar Tage mit dem Büchlein im Sessel oder im Bett verbringen, müssen Se schließlich wissen, mit wem Sie es zu tun haben, nich wahr?

Wissen Se, je älter man wird, desto schneller vergeht die Zeit. Man hat das Gefühl, dass sie einem durch die Finger rinnt wie feiner Sand. Das ist natürlich gar nicht möglich, der olle Einstein hat das schon untersucht, aber man hat das Gefühl, dass so ein Jahr immer zügiger rum ist, denn man weiß ja, dass man selbst nicht mehr so viele Jahre vor sich hat, und deshalb vergehen die Stunden wie im Flug.

Eben stöhnt man noch über die Sommerhitze, da fallen auch schon die Kastanien von den Bäumen, und kaum hat man das Laub vom Gehsteig geharkt, backt man schon wieder Plätzchen und singt unterm Tannenbaum.

Sobald Weihnachten rum ist, habe ich dann aber genug von Besinnung und Gemütlichkeit. Es gibt ja Leute, die lassen den Weihnachtsbaum bis sonst wann stehen, aber bei mir ist gleich nach Neujahr Schluss damit. Am besten hat man die Krücke aus der Stube, bevor sie anfängt zu nadeln. Es ist so schon genug Sauerei. Ach, es gibt doch kein schöneres Gefühl, als wenn die Wintersonne durch die frisch geputzten Wohnzimmerfenster strahlt und man im Gegensatz zu so manch anderen Leuten nicht erschrickt, weil Schlieren an den Scheiben sind oder weil man die Staubflusen im Lichtschein tanzen sieht.

So ging ich mit Tatendrang und frischer Kraft in das neue Jahr. Wissen Se, meine Wohnung war bald reine gemacht. Eine gute Hausfrau hält ihr Heim in Ordnung, da blitzt und strahlt alles schnell wieder, selbst wenn man über die Feiertage die Bude voll Besuch hatte. Nur mit dem Räuchergeruch habe ich immer meine Probleme, wissen Se, meine Tochter ist leicht erotisch angehaucht und verqualmt mir die Wohnung, wenn ich nicht aufpasse.

Esoterisch, herrje.

Jetzt habe ich mich vertippt.

Kirsten macht immer so Übungen in Turnsachen im Schneidersitz mit richtig atmen und »Ommm« und so. Dabei zündet sie sich lange Stäbchen an, »um den Raum zu energetisieren« und ihn »spirituell zu reinigen«. Als sie das gesagt hat, war ich böse, wissen Se, bei mir muss niemand, der zu Gast ist, was reinigen! Es war aber alles ganz anders gemeint, und es ist jetzt auch nicht wichtig für die Geschichte, deshalb sage ich da gar nichts weiter dazu. Nur so viel: Das Reinigen blieb an mir hängen, denn die Stäbchen, die den Stress meiner Tochter mithilfe von verglimmendem Lavendel abbauen sollten, rußten ganz fürchterlich. Die Einzige, die was zu reinigen hatte, war ich, denn die Dinger machten mir einen schlimmen schwarzen Film auf die Lampe im Gästezimmer.

Das ist aber keine große Hürde für eine Renate Bergmann. Stefan, was mein Neffe ist, schimpft immer, dass ich nicht mehr auf die Leiter steigen soll in meinem Alter, aber wissen Se, eine Leiter ist was, was man an die Wand lehnt. Mein kleiner Tritt mit gerade mal sieben Stufen ist höchstens eine Steighilfe, keine Leiter. Und ich gehe auch nicht höher als auf die vierte Stufe, da kann gar nichts passieren.

Ich hatte sogar Glück, und wir hatten Schneefall, während ich die Stube putzte! Das hieß, dass ich meinen Teppich auf dem Wäscheplatz auf links gedreht tüchtig ausklopfen konnte. Was meinen Se, wie das das Muster wieder zum Leuchten bringt. Herrlich! Es war wirklich ein seltener Glücksfall. Die Winter in Berlin sind normalerweise grauenvoll. Wenn es schneit – was selten vorkommt –, hat man für vielleicht zehn Minuten eine weiße Schneedecke, die alles Hässliche verhüllt. Aber in Windeseile legen sich der Staub und der Ruß der Autos und der Schornsteine über das Weiß des eben noch jungfräulichen Schnees, und alles ist nur noch graue schmierige Pampe. Grau wie die Couch von Lotte Lautenschläger, die mit Rosshaar gepolstert ist und auf der Generationen von Lautenklopfern schon mit Marmelade gekleckert haben. Hinzu kommt, dass in Berlin kaum einer den Schnee wegschiebt. Weil er eben nur so selten fällt, ist hier keiner darauf vorbereitet, und die Leute wissen gar nicht, wie man sich da verhält und was man tut. Statt ihn wegzuschieben, trampeln ihn alle fest, und obenauf schmeißen sie feinen Splitt, damit man nicht rutscht. Schneit es öfter, lagern sich da mehrere Schichten von festgetrampeltem Schnee und Streu ab.

Es war der Winter vor sechs Jahren … nein.

Nein, ich belüge Sie, es war nicht vor sechs Jahren, es war vor sieben Jahren. Es war das Jahr, als Ilse und Kurt die neue Tiefkühltruhe gekauft haben, ich weiß es genau. Vor sieben Jahren! Da hat es über Wochen jede Nacht geschneit, alle stapften auf den Gehwegen den Schnee fest, und später kam die Stadtreinigung und streute Splitt. Man lief gegen Ende Januar bald zwanzig Zentimeter höher auf dem Trottoir, und ich konnte ohne Mühe endlich bei Hedi Schlickenroth in die Fenster gucken. Ja.

Es schneit wirklich viel zu selten!

Aber ich komme schon wieder vom Thema ab. Sehen Se, darauf müssen Se bei mir gefasst sein, ich rede und schreibe, wie mir der Schnabel gewachsen ist. Das kennen Se bestimmt aber auch von Ihrer Oma und sind mir nicht böse?

Jedenfalls war ich mit Tatendrang in das neue Jahr gestartet, und nachdem alles blitzte und reine gemacht war, wurde es nun Zeit, die Dinge anzugehen, die im Zwischenmenschlichen zu klären waren.

Nicht bei mir, nicht, dass Sie nun denken, nachdem ich vier Ehemänner begraben habe, würde es mich nun noch mal vor den Altar locken. Da sei Gott vor, das Kapitel »Männer« ist für mich abgeschlossen, aber nicht für meine Freundin Gertrud.

Gertrud ist 82 wie ich, aber nur einfach verwitwet, nicht vierfach. Ihr Gustav war zeitlebens eine Stütze und Schulter zum Anlehnen, aber Männer sind eben nicht so widerstandsfähig wie wir Frauen: Sie gehen meist früher. Und so schlägt sich Gertrud, die ich schon von Kindesbeinen an kenne und die mir immer eine gute Freundin war, nun seit zehn Jahren allein als Witwe durchs Leben.

Na ja, allein ist nicht das richtige Wort. Sie hat einen Hund. Und sie hat auch nie auf Gesellschaft verzichtet, gerade nicht auf den Umgang mit Männern.

Gertrud ist noch nie eine gewesen, der die Ehe besonders viel bedeutet hat. Weder war das für sie ein heiliger Bund, noch hat sie sich darum geschert, ob sie von der Witwenrente her versorgt war. Sie lebte eben so langhin und poussierte mal mit diesem Herrn und mal mit jenem. Gertrud war, wie ich, nie eine von den Emanzen, die in Latzhosen Mohrrüben gemümmelt und die Männer mit Grünkernsuppe in die Flucht geschlagen haben. Nee, bei uns gab es Aufschnitt *und*

Ausschnitt, hihi. Wir waren ganz brave Ehefrauen, haben unsere Kinder anständig erzogen, gingen aber trotzdem arbeiten und haben auf diese Weise eine gewisse Unabhängigkeit erreicht. Uns hat nie ein Mann das Haushaltsbüdschee zugeteilt, sondern immer wir den Kerlen das Taschengeld, so sieht das aus! Und wir haben nie geheiratet, weil wir mussten, sondern immer nur, weil wir wollten. Nicht wie diese ganzen operierten Nackedeis heutzutage, die sich einen reichen Fußballspieler angeln, weil es mit der Schule nicht so geklappt hat. Nee, wir haben stets bescheiden gelebt und uns unsere kleinen Freuden im Leben – ein Kännchen Kaffee und ein Stückchen Kuchen dazu – selbst spendiert. Das sind wir uns wert! Aber Gertrud hat sich immer nur bei einem Mann untergehakt oder sich zum Conjäckchen einladen lassen, wenn er *ihr* gefiel, nie, weil sie *ihm* gefiel. Das ist ein Unterschied, und zwar ein ganz gewaltiger!

Seit nun über zwei Jahren ist sie jedoch fest verbandelt, und zwar mit Gunter Herbst. Gunter ist eine Seele von Mensch. Ein sehr einfacher Herr schlichten Gemüts, aber er steht wie ein Fels an ihrer Seite und gibt ihr Halt. Er ist nicht das, was man einen Parkettlöwen nennen würde. Gunter ist 84, hört schwer und sagt nicht viel. Aber er kann Auto fahren und schnarcht nicht. Wissen Se, genau genommen weiß ich gar nicht, was ich sonst groß über Gunter sagen kann. Er ist still und unauffällig. Er ist immer da, aber er spricht nicht groß. Es hat schon Rentnerfeiern gegeben, da ist mir erst abends, zu Hause im Fernsehsessel, gewahr geworden, dass Gunter auch dabei war.

Letztes Jahr hatten wir dann den Fall, dass der Herbst fiel.

Also, der Gunter.

Und zwar von der Leiter.

Im Garten, wo er ein paar Tage nach dem Sturz dann so schlimm Bandscheibe kriegte, dass er schnurstracks vom Beet ins Bett gebracht werden musste, und zwar mit Tatütata auf dem Krankenauto. Er wurde operiert, und Gertrud entdeckte auf einmal, wie ernst es ihr mit Gunter war. Bis dahin war sie immer am Rumpoussieren mit anderen Männern und nicht zu stoppen, wenn sie der Hafer stach, aber plötzlich leuchteten die Augen, sobald sie an Gunter dachte oder jemand seinen Namen erwähnte. Gertrud pflegte ihn mit Schwesternhäubchen auf dem Kopp und kämpfte wie eine Löwin bei den Behörden, dass seine Kur und Reha und der ganze Kram genehmigt wurden. Ich staunte nicht schlecht, sie meinte es offenbar wirklich ernst. Als Gunter dann entlassen wurde und ohne Stock durch seinen Garten spazierte, den Gertrud und ich über den Sommer in Schuss gebracht hatten, staunte auch er nicht schlecht, und es war sogar ein ganz klein bisschen romantisch, als er ihr einen Verlobungsring an den Finger steckte und fragte, ob sie seine Frau werden wollte.

Hach, richtig schön war das! Es hätte nur noch gefehlt, dass der Kai Pflaume weiße Tauben aufsteigen lässt in dem Moment. Mir war warm ums Herz, und es fühlte sich sehr richtig an für Gertrud. Wissen Se, als beste Freundin spürt man so was. Ich stand schon manches Mal hinter der Gardine, sah sie mit Herren losdackeln mit ihrem Rollator und dachte: »Nee, Trudchen. Der ist es nicht. Den lässt du sitzen.« Das ist bei Gertrud nicht nur so eine Redensart. Wenn sie genug hat, steht sie im Café einfach auf und geht und lässt den Kerl mit der offenen Rechnung sitzen. Sie ist im Vorteil, denn auch, wenn sie bei schwülem Wetter und bei Ostwind manchmal dicke Füße kriegt, ist sie besser zu Fuß als die allermeisten Männer in unserem Alter. Bis die vom Tisch hoch sind, ist Gertrud schon zur Tür raus.

So auch damals, als wir …

Ich muss gerade ein bisschen schmunzeln, weil mir eine Geschichte einfällt, wie Gertrud damals … ach, einen Moment haben Se doch Zeit? Ich erzähle sie Ihnen rasch. Es geht auch ganz schnell!

Wir waren spazieren und sind hinterher eingekehrt im »Mokkastübchen«, ein sehr gediegenes Café, in dem auch Damen und Herren der besseren Gesellschaft verkehren. Na, wir hatten kaum die Mäntel abgelegt und uns gesetzt – die Hüte ließen wir auf, wissen Se, die Frisur leidet doch sehr, wenn man die Kopfbedeckung immerzu ab- und wieder aufsetzt, und es zog auch ein bisschen in unserer Ecke –, da kam ein rüstiger Herr auf uns zu. Er schlurfte ein bisschen, aber in seinem Alter – ich schätzte ihn auf knapp 90 – war das in Ordnung. Er deutete einen leichten Diener an und fragte, ob wir gestatten würden, dass er sich vorstellte, was er, ohne Antwort abzuwarten, alsdann auch tat. Ich habe mir die Namen nicht gemerkt, er ratterte bald eine halbe Minute Vornamen runter, dass man hätte denken können, er zählt seine ganzen alten Klassenkameraden auf. Ganz zum Schluss, als ihm die Luft schon ausging, sagte er »Freiherr von Wallerbusch«. Na, da hätten Se Gertruds Augen mal sehen sollen! Sie fingen an zu glänzen wie die einer Tigerin, die eine Rindskeule vorgeworfen bekommt. Sie reichte dem Wallerbuschprinzen ihre Hand – an der der Verlobungsring von Gunter steckte, überlegen Se sich das mal! – zum Kuss, und nachdem der olle Knöter formvollendet einen Handkuss angedeutet hatte, murmelte sie: »Gertrud Potter von Pommern zu Herbst, es ist mir eine Freude!«

Dem Altadligen erstarrte kurz der Blick, aber Gertrud – die eine verwitwete Potter ist, bald verheiratete Herbst, und die ihren Mädchennamen Gans schnell zu Pommern aufgehübscht hatte, um hier zu glänzen –, guckte ihn herausfordernd an. Man darf gar nicht darüber nachdenken! Ich kam auch gar nicht dazu, denn sie deutete auf mich und sprach: »Darf ich Ihnen meine Freundin Renate von Mohrskötter vorstellen?«

Da hatte se hingegen nur ein bisschen geschummelt, denn »von Mohrskötter« war der Name von Wilhelm, meinem zweiten Mann und Vater meiner Tochter Kirsten. So hieß ich wirklich mal! Aber immer, wenn die Herren verblichen waren, habe ich mit den Männern bei der nächsten Hochzeit auch den Namen abgelegt. Nach vier Ehen würde man ja doch sonst zu viel Ballast mit sich rumschleppen. Überlegen Se mal: Geboren bin ich eine Strelemann, dann habe ich Otto Winkler geheiratet, von dem ja der Stefan, was mein Neffe ist, seinen Namen hat, und dann den Wilhelm. Wilhelm von Mohrskötter. Später dann Franz Hilbert. Und zu guter Letzt Walter Bergmann. Ich habe bei jeder Heirat den Namen des Mannes angenommen. Man muss sich von altem Kram trennen, schließlich räumt man auch den Kleiderschrank alle paar Jahre mal durch. Und ich brauche auch meinen Mädchennamen nicht, um meine Identität zu wahren, wie die ganzen Knödelmädchen. Ich weiß genau, wer ich bin und was ich will, ganz egal, wie ich heiße. Es ist nur leichter für Leute, die man von früher kennt, wenn man dazu sagt, was man für eine Geborene ist. Da hat so ein Doppelname seine Vorteile, weil es da gleich mit dabei steht. Allerdings denke ich mir immer: Wem ich wirklich was bedeute, der erkennt mich auch, wenn er nicht meinen Namen von früher weiß, und vielleicht will ich auch gar nicht von allen gefunden werden beim Fäßbock? Nichts ist doch schlimmer, als wenn man eine Freundesanfrage bekommt und sich denkt: »Ach du je, nee, die Person will ich gar nicht wiedersehen.« Da bin ich ja im Vorteil, weil ich schon ein bisschen alt bin, kann ich mich rausreden mit: »Das habe ich gar nicht gesehen, dass du da was geschickt hast«, oder »Ach weißte, ich bin da nur ganz selten im Onlein«.

Gertrud kriegte Opa Wallerbusch mit ein paar geschickt platzierten Gickerlachern dazu, unseren Kaffee zu bezahlen. Er ließ den Ober sogar noch drei Likörchen bringen, aber dann machten wir uns wieder auf den Weg. Er half uns in die Mäntel und küsste Gertrud noch mal den Verlobungsring. Ich hatte mich wohl nicht richtig im Griff und rollte ein bisschen mit den Augen, was der Wallerprinz sah. Deshalb bekam ich keinen Handkuss. Das war mir sehr recht, wissen Se, ich kann das Geschlabber nicht leiden, weder bei Verehrern noch bei Hunden. Ich hätte mir sonst nur noch mal die Hände waschen wollen.

Auf dem Rückweg hakte ich bei Gertrud nach, was denn nun eigentlich mit Gunter und der Hochzeit wäre. Der Likör lockerte die Zunge, wissen Se, da spricht es sich leichter. Das Thema musste nun auch dringend mal aufs Tapet, schließlich ging der Winter auf seine Zielgerade, und eine Hochzeit braucht eine gewisse Vorbereitungszeit.

Es war zwar noch kein ganzes halbes Jahr rum seit dem Antrag, aber heutzutage guckt ja keiner mehr so genau hin, ob die Verlobungszeit im sittlichen Rahmen liegt. Und wenn man dazu rechnete, dass es bis zum Jawort eh noch einige Zeit dauern würde, konnte, nein!, *musste* man das Thema nun angehen, wenn es Gertrud und Gunter denn wirklich ernst war.

Gunter war nach der Operation und seiner Reha zu Gertrud gezogen, wo sie ihn liebevoll umsorgte. Sie wusch und kochte für ihn, und auch, wenn das jetzt vielleicht ein bisschen indiskret ist, ich weiß, dass er sogar bei ihr im Ehebett schlief und nicht auf der Couch.

Überlegen Se sich das mal!

Ich gucke nämlich »Aktenstapel XY« mit dem Rittberger-Rudi ungern allein. Wenn Verbrecherfahndung über den Bildschirm flimmert, gehe ich nach Möglichkeit zu Gertrud. Im November, als es so unwirtlich nasskalt und dunkel war und die Sendung ganz besonders gruselig – sie hatten den Überfall auf eine alte Dame gezeigt, denken Se nur! –, traute ich mich nicht mehr nach Hause, und da hat Gertrud mir die Couch in der Wohnstube ausgeklappt und das Bettzeug hergerichtet.

Gunter schlurfte wie selbstverständlich mit seinen Pantoffeln zu ihr in die Schlafstube. Ich weiß das also aus eigener Beobachtung und setze keine Gerüchte in die Welt – die beiden schliefen im selben Bett!

Na ja.

Eine kirchliche Trauung war sowieso nicht geplant.

»Nun sprich mal ganz offen mit mir, Gertrud. Wird das was, oder eiert ihr nur rum?«, fragte ich ganz direkt.

»Was soll schon werden. Es ist doch alles ganz prima, wie es ist. Wir fühlen uns wohl, und Gunter hat auch nie wieder was von Heiraten gesagt.«

»Aber ihr wolltet doch?«

»Ja. Irgendwie schon. Aber, ach, ich weiß auch nicht. Was würde sich denn ändern?«

Gertrud fing schon an zu diskutieren wie eine von diesen jungschen Dingern, die nicht wissen, was sie wollen. Diese Knödelmädchen.

Ich glaube, ich habe vorhin schon mal davon geschrieben, Ihnen aber nicht erklärt, was ich meine. Passen Se auf!

Ich meine diese modernen jungen Frauen, die ein Tempo an den Tag legen, dass man da kaum noch mitkommt. Die düsen mit dem Fahrrad durch die Stadt und reden so schnell, dass sie sich dabei überschlagen und gar nicht den Satz beenden, den sie eigentlich angefangen haben, sondern einen ganz anderen. So überdreht wie nach zwei Tassen Mokka. Die haben einfach keine Ruhe und vermitteln einem ständig das Gefühl von Gehetztsein. Ich will denen am liebsten immer sagen, dass sie mal durchpusten sollen und »Ommm«

machen. Das sind meist kluge Frauen, die was Wichtiges studieren oder damit sogar schon fertig sind und nun sehr gut in ihrem Beruf ihre Frau stehen. Aber irgendwie sind die so schmalspurschlau. Verstehen Se, was ich meine? Die sind bestimmt prima in dem, was sie studiert haben, aber meist sind die lebensdoof und eiern in wichtigen Fragen unbeholfen durchs Leben. Mit den wirklich wichtigen Dingen kennen sie sich ü-ber-haupt nicht aus, sie wissen nicht, was sie wollen, können keine Entscheidung treffen, ohne siebzehn Telefonate mit Lillian, Pernilla und wie die heute alle heißen zu führen, und scheitern an den einfachsten Dingen. Die können keine Mehlschwitze kochen, kein Huhn ausnehmen und wissen nicht mal, wie man Hefekuchen backt. Sie müssen stundenlang mit Freundinnen spazieren gehen, um die einfachsten Dinge zu entscheiden. Wenn die zum Beispiel beim Bäcker ein Stückchen Kuchen … nee.

Nee, das ist ein falsches Beispiel, denn Kuchen essen die meist nicht. Wegen Gluten und sowieso wegen der Figur. Emanzipiert sind sie bis zur Halskrause, aber wegen der Figur machen sie sich trotzdem Sorgen und wollen den Männern gefallen, aber nur, um ihnen dann das Leben schwer zu machen.

Sagen wir also, sie wollen in der Mittagspause ein belegtes Eiweißbrot mit Chinasamen. Dann muss immer eine vom ähnlichen Schlag mit zum Aussuchen, und dann stehen die bestimmt eine Viertelstunde vor der Auslage beim Bäcker und beratschlagen. Sie diskutieren über Größe, Gewicht, ob da Fleisch dran ist, was die Vivien neulich hatte, und ob es wohl Gluten hat. Meist winkt die Verkäuferin immer schon sechs bis acht andere Kunden vor und nimmt die dran, bis die Damen mit Ally, Penny und Lucy telefoniert haben und erst mal zur Entscheidungsfindung einen weißen Tee bestellen, aber ohne Koffein und mit Hafermilch. Fettreduzierte Hafermilch bitte. Dann geht die Meditation vor den belegten Brötchen weiter, und kurz bevor die Mittagspause rum ist, nehmen sie einfach eine Stulle mit Ei.

Man erkennt diese Frauen daran, dass sie zumeist ihre langen Haare zu einem sehr lose und für meine Begriffe ein bisschen zu leger gebundenem Witwe-Bolte-Knoten auf dem Kopf tragen. Da sie aber so schluderig sind, ist das eher ein Knödel als ein Knoten. Ich nenne sie deshalb immer »Knödelmädchen«. Das ist nicht abfällig gemeint, aber es gibt mittlerweile so viele davon, dass mir scheint, der Knödel ist das Markenzeichen einer ganzen Generation. Hätten die ein Familienwappen, wäre da ein Haarknödel drin, genauso wie bei mir vielleicht ein Bohnerbesen. Hihi.

Die Knödelmädchen gibt es in den Varianten »ledig« und »Mutti«. Wenn sie noch ledig sind, tragen se meist verwaschene Nietenhosen, die bis hoch über den Bauch gezogen werden, und fahren mit Herrenrennrädern. Sie studieren was ganz furchtbar Wichtiges, meist kommt im Namen des Faches »Medien« vor und »sozial«. Das Studium ist aber ganz arg anstrengend, und sie sind mit dem Besorgen von weganem Pamps in einer »Bowl« eigentlich auch den Tag über ausgelastet.

Wissen Sie, was eine »Bowl« ist? Ich musste da auch erst fragen. Man sollte aber ständig dazulernen, sonst wird man alt im Oberstübchen und verpasst den Anschluss im Leben! Eine »Bowl« ist nichts anderes als eine Schüssel. Aber wenn Se einem was andrehen wollen, müssen Se sich immer neue, modernere Begriffe einfallen lassen. Für eine Schüssel Salat können Se bestenfalls 4,50 € aufrufen, nennen Se es jedoch »Vegane Indian Summer Bowl«, können Se ohne mit der Wimper zu zucken 12,90 € dafür nehmen. Tragen Se dabei schwarze Gummihandschuhe, noch mal zwei Euro mehr. Und da die Knödelmädchen, wie ich schon sagte, vom wirklichen Leben keine Ahnung haben, bezahlen sie das. Die wissen gar nicht, dass das Beutelschneiderei ist. Zahlen tun sie mit Karte, natürlich, oder noch besser mit dem Telefon. Und noch mal zwei Euro obendrauf, wenn es wiederverwendbare Bowls sind.

DAZU HABEN WIR FRÜHER TUPPERSCHÜSSEL GESAGT!

Wissen Se, ich will ja nicht ungerecht sein. Ich bemühe mich immer zu verstehen, was Menschen bewegt, etwas zu tun, und bevor ich den Mund aufmache und was sage, überlege ich lange. Man muss sich stets alle Beweggründe anhören, bevor man sich ein Urteil bildet. Das ist ganz oft ein Fehler bei alten Leuten. Die glauben ab einem bestimmten Alter, dass sie alles wissen, und beharren stur darauf, dass sie recht haben. So was darf man nicht machen, man muss immer neugierig dem Leben gegenüber bleiben und offen sein, auch Neues zu probieren. Aber wenn man sich ein Bild gemacht hat, muss man auch sagen dürfen, was es ist. Und ich sage im Fall der Knödelmächen: lebensdoof.

Jetzt haben Se hoffentlich nicht gedacht: »Die alte

Bergmann schießt sich auf die jungen Frauen ein.« Nee! Es gibt das Knödelkind auch in männlich. Die haben nur selten so einen Knoten auf dem Kopp, obwohl ich das in klein auch bei Männern schon gesehen habe. Aber innerlich, so vom Herzen und vom Verstand her, sind die vom gleichen Typ. Stefan, was mein Neffe ist und mit dem ich darüber gesprochen habe, sagt, das liegt an der Generation. Sie wären alles »Millenjels«, also Leute, die so um den Jahrtausendwechsel rum – auf ein Jahr mehr oder weniger kommt es da nicht an, es geht ums Prinzip – geboren wurden. Selbst er, der er jetzt ein bisschen über dreißig ist, versteht die schon nicht mehr.

Der Herr Alex, der oben in unserem Mietshaus so ein bisschen rumwohnt und angeblich irgendwas studiert, ist auch so einer. Er ist ein sehr bewusster Mensch, der achtsam mit seiner Umwelt und seinen Mitmenschen umgeht und immer das Gute im Sinn hat. Der hält sich an die Hausordnung und wischt das Treppenhaus gründlicher und zuverlässiger als die Damen Berber und Meiser, mit Essigreiniger aus Glasflaschen, damit der Ozean nicht verdreckt, er hat Jutebeutel und eine Aktentasche aus weganem Leder, und er trägt mir die Einkaufstasche hoch. Herr Alex war gerade ganz neu in dieses WG eingezogen, als meine Freunde Ilse und Kurt mich besuchten. Ich hatte wohl erwähnt, dass nun ein netter junger Mann im Haus wohnte, aber es hatte noch keine Chance gegeben, sie einander vorzustellen. Nun wollte es der Zufall, dass Herr Alex gerade von der Verlesung an seiner Universität nach Hause kam, als die Gläsers vor der Haustür standen. Ja, fragen Se mich nicht, was die da ständig verlesen an dieser Universität, aber es muss wichtig sein, denn Herr Alex fährt fast jeden Tag mit seinem Fahrrad hin. Zuvorkommend, wie er ist, griff er nach Ilses Beutel. Sie hatte mir nämlich frische Eier mitgebracht. Kurt hielt Herrn Alex, der ziemlich hektisch angehetzt kam, für einen Taschendieb, und fast wäre es zu einer Tätlichkeit gekommen. Kurt hatte zum Glück keinen Gehstock dabei, und so ist nur der Henkel von Ilses Tasche abgerissen, weil die sich zur Wehr setzte. Den konnte man aber wieder annähen, das war kein Problem. Und die Gläsers mögen Herrn Alex nach diesem etwas holprigen ersten Kennenlernen nun auch. Er nimmt auch gern Eier ab, denn er ist sehr für regional und bio.

Herr Alex kauft auch einen Laib Brot von eineinhalb Pfund für sieben Euro, weil der aus Urgetreide ohne Schemie und ohne weiten Transport gebacken ist, und weil die ihm versichern, dass die Bäckerin und der Verkäufer alle einen ordentlichen Lohn kriegen. So was ist ihm alles wichtig, und das finde ich auch löblich. Aber wenn er dann mit seinem fair erzeugten Kanten nach Hause kommt, stellt er fest, dass er keine Brotmaschine hat und nicht mal ein richtiges Messer, um den Laib zu schneiden. Verstehen Se, was ich meine? Die sind alle nicht praktisch veranlagt und kommen mit den wirklichen Herausforderungen im Leben nicht klar. Sie retten die Welt und verhungern dann, weil sie kein Stullenmesser haben. Natürlich konnte ich aushelfen, ich habe ihm das teure Brot auf meiner Maschine mit der Handkurbel in dünne Scheiben geschnitten. Bei Brot, das teurer ist als Schinken, muss man ja dünn schneiden!

Es sind die alltäglichen Dinge, die diesen Leuten Probleme bereiten. Herr Alex klagte neulich, das Geld wäre knapp, und er bräuchte einen kleinen Nebenverdienst. Das ist nachvollziehbar, wenn man so teures Brot kauft. Nun weiß ich zufällig, dass direkt neben dieser Universität eine Außenstelle vom Arbeitsamt ist. Also, Arbeitsagentur. Die heißen ja jetzt anders. Das weiß ich ganz genau, die sitzen da schon seit Jahrzehnten, denn es war schon immer so, dass die Studenten knapp bei Kasse waren und stets auf der Suche nach einer kleinen, einträglichen Arbeit nebenher. »Herr Alex, das können Se gar nicht verfehlen. Da laufen Sie täglich dran vorbei, es ist keine hundert Meter neben dem Eingang von Ihrer Verleseanstalt. Da hängt doch ein großes Schild mit dem A, das müssen Sie doch sehen?«, versuchte ich ihm auf die Sprünge zu helfen.

»Ach?«, sagte der. »Und ich dachte immer, das wäre eine Apotheke!«

Verstehen Se, was ich meine? Gut im Herzen, aber lebensdoof!

Und so, wie die Knödelmädchen nicht mal Mehlschwitze können, so können die Jungs keine Fahrradkette aufziehen. Wenn dem Herrn Alex die Kette vom Drahtesel runterspringt, fährt der in so eine gemeinnützige Genossenschaftswerkstatt, lässt das Ding für dreißig Euro wieder drauffüddeln und hat ein gutes Gewissen, weil das Fahrrad nicht weggeschmissen werden muss. Dann fühlt er sich nachhaltig, und ihm geht es gut.

Wissen Se, meine Männer hatten ALLE eine kleine Werkstatt und haben Reifen geflickt, Ketten aufgezogen und sind mit dem Ölkännchen über alles gegangen, was sich drehte. Da musste man keinen Kursus für machen, schon gar nicht im Onlein, und man braucht auch keine Weltretter-Werkstatt in der Kommune. Kleine Pannen kann man auch alleine beheben! Früher sprach der Vater zum Sohn: »Komm, Bengel, guck dir an, wie das geht, das musst du wissen«, und fertig war die Laube. Meine Güte. Ich sage ja nicht, dass die dumm sind, nein, ausdrücklich nicht. Die sind alle nur sehr spezialisiert und können lediglich auf ihrem kleinen Fachgebiet glänzen. Die kriegen sicher den Computer von der Mutti wieder zum Laufen, jawoll, aber dafür können se keine Rouladen braten. Selbige bekommen se dann als Dankeschön für das Computer-Heilemachen mit Klößen und Rotkohl auf den Teller, da vergessen sie sogar kurz, dass die nicht wegan sind. Und die Reste gibt es noch in der Bowle von Tupper mit auf den Weg.

Aber auf Herrn Alex lasse ich nichts kommen, ob er nun ein bisschen knödelig ist oder nicht. Er ist ja tagsüber oft nicht da, wegen seiner Studiererei und nun auch wegen seines Jops und was weiß ich. Bestimmt trifft er sich auch mit Mädchen. Er bestellt aber, wie das die jungen Leute so machen, wie wild im Interweb, ohne zu bedenken, dass er nicht zu Hause ist, wenn der Krams geliefert wird. Ein Knödeljunge eben. Für ihn nehme ich aber gern die Pakete an, er ist ja auch gefällig. Er bringt mir nämlich immer eine kleine Aufmerksamkeit mit, wenn er seine Päckchen abholt. Meist Konfekt, aber auch manchmal einen kleinen Korn. Er kennt mich. Verraten Se mich nicht, aber ich habe dem Zusteller jetzt gesagt, dass er gar nicht erst bei Herrn Alex klingeln braucht, weil er … weil er in Schichten arbeitet und tagsüber schläft, und es wäre doch unnötig, ihn zu wecken. Ich nehme die Sendungen gern entgegen. Ich brauche nichts Süßes mehr zu kaufen! Inzwischen habe ich schon bald dreißig Kästen Weinbrandbohnen im Schrank und immer was da, wenn einer Geburtstag hat und ich mich erkenntlich zeigen muss. Aber wenn Herr Alex Korn bringt, genehmige ich mir den immer gleich sofort. Eine kleine Belohnung muss sein.

Ja, sie sind pfiffig und klug, die Knödel, aber einiges müssen die noch lernen: dass man zwischen Weihnachten und Neujahr keine Wäsche aufhängt oder wie man einen Karpfen schlachtet oder dass Holz erst ein Jahr trocknen muss, bevor man es hackt und verheizt. Ilse, Gertrud und ich haben ein geheimes Zeichen: Wenn wir eines von diesen Knödelkindern treffen, machen wir immer mit dem Zeigefinger eine kreisende Bewegung überm Kopf, da, wo der liederlich hochgesteckte Dutt sitzt – oder auch nicht –, und nicken uns zu. Das ist dann das Zeichen: »Lass uns großzügig sein, regen wir uns nicht auf. Es ist ein Knödelmädchen, das muss erst noch lernen.«

Jedenfalls war Gertrud unentschlossen wie ein Millenjel-Knödelmädchen, was das Heiraten betraf. »Ich muss ihn mal fragen, Renate, weißte, wir haben da gar nicht mehr groß drüber geredet.«

»Was heißt ›gar nicht mehr groß‹, Gertrud?«, hakte ich nach.

»Eigentlich gar nicht mehr.«

»Trudchen. Normalerweise kriegen ja die Männer kalte Füße, wenn es ernst wird, aber mir scheint, du weißt nicht recht, was du willst. Ich will mich ja nicht einmischen, aber …«

»Wenn du das wirklich nicht wolltest, ginge der Satz nicht weiter, Renate, und schon gar nicht mit einem ›aber‹!«, fuhr mir Gertrud in die Parade.

Ich ließ mich davon nicht beirren.

»Nun macht doch mal Nägel mit Köpfen! Es ist Zeit, den Stier bei den Hörnern zu packen. Gertrud, wir werden nicht jünger. Und du hast doch gesehen, was man für einen Ärger hat, wenn mal was ist … du durftest Gunter nicht mal im Krankenhaus besuchen, bis er aus der Narkose wach wurde und zugestimmt hat. Und kein Doktor hat dir Auskunft gegeben. Nee, glaub mir, es ist nur von Vorteil, wenn ihr jetzt heiratet. Bedenken gibt es immer, aber irgendwann muss man sich auch mal trauen!«

Gertrud nickte und brasselte sich was in den Damenbart. Das konnte man durchaus als Zustimmung deuten, aber ich musste dranbleiben an dem Thema. Wenn ich nicht regelmäßig Druck machte, würden die beiden sich keinen Meter bewegen. Irgendwie klemmte da noch was. Seinerzeit, als Gertrud das erste Mal unter die Haube kam und ihren Gustav ehelichte, war die Familie ja noch am Drücker. Gertruds Eltern atmeten ob der Verlobung regelrecht auf. Sie hofften, Gertrud wäre dadurch an der Leine bei Gustav, und er würde es ihr austreiben, dass sie ein bisschen … unstet war. Und hinzu kam auch noch, dass sie nun das Nadelgeld sparten. Kennen Sie noch Nadelgeld? Mir schwant schon, dass Sie gar nicht wissen, was das ist, da erkläre ich es lieber gleich, dann müssen Sie nicht zum dicken Brockhaus laufen und es nachschlagen.

DEN kennen Se doch aber, oder? Das kann ich nun nicht auch noch erklären, das würde zu weit führen, wir wollen doch mit der Geschichte vorankommen!

Also, Nadelgeld war früher eine Art Taschengeld, das der Vater den heranwachsenden Töchtern oder auch seiner Frau bezahlte, immer in der unausgesprochenen Einvernahme, dass die Frauen das Geld für Handarbeitsbedarf ausgaben. Für Sockenwolle, Stickgarn oder Häkelnadeln, mit denen die Mädchen dann wiederum an der Aussteuer herumhäkelten. Gertrud hat das aber nicht groß interessiert, die hat ihr Nadelgeld schon für Eisflips in der Cafébar ausgegeben, als ich mich das noch nicht getraut hätte. Ein richtiger Wildfang war sie in jungen Jahren, und im Grunde ist sie das bis heute geblieben. Das ist zwar unbequem für die Eltern, aber auch schön, wenn eine junge Frau ihr Leben lebt und genießt.

Und für eine ältere gilt das erst recht!

***

Schwangerschaft ist heute ja nur noch selten ein Grund für eine Heirat, und im Falle von Gertrud und Gunter …

Hihi.

Mit über achtzig!

Hihihihihi!

Früher war das anders. Da wurden die Verhältnisse zügig und diskret geordnet, wenn ungeplant was

Kleines unterwegs war. Da konnten Se fest davon ausgehen, dass zwei, drei Monate nach dem Feuerwehrball das Aufgebot von Leuten im Kirchenschaukasten ausgehängt wurde, bei denen man das gar nicht erwartet hatte. Na, und später gab es dann außergewöhnlich stramme und gesunde Siebenmonatskinder.. Der Pfarrer schwieg, der Doktor schwieg, und oft sind die besten Ehen überhaupt daraus erwachsen. Heute probieren die sich ja alle erst jahrelang aus und prüfen ewig, ob sie sich binden oder ob sich nicht doch noch was Besseres findet. Da ist was durcheinandergekommen! Es heißt: »Drum prüfe, wer sich ewig bindet«, und nicht »Drum prüfe ewig, wer sich bindet«!

Oft dauerte das früher aber auch sehr viel länger, bis die Frauen überhaupt merkten, dass sie … dass sie in anderen Umständen waren. So aufgeklärt wie heute, wo dankenswerterweise schon früh in der Schule Klartext gesprochen wird, waren wir ja nicht. Selbst meine Mutter sprach immer nur verstohlen vom »monatlichen Besuch«, der ausbleibt, wenn man »ein neues Leben unter dem Herzen trägt«. Ich dachte lange Jahre, dass sie damit meinte, der Korbwarenhändler, der jeden dritten Mittwoch mit Pferd und Wagen vorbeikam, hätte Urlaub. Noch zu meinen Kindertagen haben die Frauen zum Test auf Getreide gepullert, um zu prüfen, ob sie in anderen Umständen sind. Wenn aus der Saat Keime sprossen, bedeutete das, dass was Kleines unterwegs war. Keimende Gerste bedeutete, dass es ein Junge wird, bei Weizen wies dieses Zeichen auf ein Mädchen hin. Sie haben schon viel Stuss um dieses Thema überliefert, unsere Vorfahren … aber was sollten se denn tun? Die Wissenschaft war eben noch nicht so weit. Man muss wirklich dankbar dafür sein, was für Fortschritte das alles gemacht hat. Natürlich renne ich nicht wegen jeder kleinen Schramme zum Doktor, das nicht. Die guten alten Hausmittel helfen bei kleinen Wehwehchen oft am besten: Hühnersuppe bei Schnupfen, Wadenwickel bei Fieber und Backpflaumen bei Verstopfung. Aber wenn es was Ernstes ist oder um auf Nummer sicher zu gehen, sollte immer ein Arzt draufgucken. Wir müssen doch dankbar sein, dass wir heute so viele Doktors haben! Mir wurde als Kind immer Salbe aufgeschmiert, die vom Tierarzt stammte, und einmal hat mir die alte Oma Hickenläuer aus dem Nachbardorf eine Warze weggebetet. Auch, wenn Kirsten da gleich die Ohren spitzt, sobald ich so was erzähle, bin ich doch dankbar, dass unsere medizinische Versorgung heutzutage so prima ist, selbst, wenn man lange im Wartezimmer sitzen muss.

Unsere kleine Lisbeth, was die Tochter von meinem Neffen Stefan ist, hat zum Geburtstag einen Doktorkoffer geschenkt bekommen, mit Abhorchschlauch. Wir mussten alle abgehorcht werden an der Kaffeetafel, das Kind hatte so eine Freude! Zu Stefan sagte sie, dass es prasselt und dass er nicht mehr rauchen soll. Da konnte ich nur beipflichtend nicken und staunen, wie pfiffig die Kleine doch ist. Bei mir hörte sie das Herz hüpfen und sagte, ich soll Mittagsruhe halten und ab und an einen Korn trinken.

Ich muss sagen, da hatte ich schon schlechtere Ärzte!

Und das Kind hat nicht acht Jahre studiert!

Wissen Se, mit das Schönste am Alter ist ja, dass man einen Mittagsschlaf machen darf, ohne dass die Leute einen dumm angucken und für eine faule, liederliche Person halten. Ehrlich gesagt hat Frau Doktor Bürgel mir das zwar nie verordnet, aber ich kenne das so von meiner Oma Strelemann und auch von Mutter, dass die sich, als sie in Rente waren, nach dem Abwasch ein halbes Stündchen auf das Schäselong legten. Das hat man sich verdient im Alter. Ich mache das nicht jeden Tag, aber ab und an, gerade, wenn das Wetter umschlägt und mir zu schaffen macht, dann gönne ich mir ein paar Minuten Ruhe. Man muss ja nicht mal schlafen, nur eine halbe Stunde die Beine hochlegen reicht manchmal schon. Das ist in anderen Ländern auch gang und gäbe, denken Se nur an die Spanier, die ihre Siesta machen, oder an die Japaner. Die ratzen sogar im Bus in der Öffentlichkeit ein paar Minuten weg, ohne sich zu schämen. Im Gegenteil! Das gilt als Zeichen, dass man sich müde gearbeitet hat, und die Leute auf den Nebensitzen verhalten sich respektvoll und leise. Das sollten Se mal im 100er-Bus machen, da ginge das Geschrei aber los: »Ey! Besoffener Penner! Nicht schnarchen hier!«

Hat man alles schon erlebt!

Wie auch immer, wenn es nur ein Husten oder eine Schramme am Knie ist, helfen die guten alten Hausmittel und ein Pflaster mit Marienkäfer immer noch am besten. Ilse hat die auch gekauft, aber Sie glauben gar nicht, wie Kurt zickt. Ilse darf ihm die nicht auf die Finger kleben, wenn er einen Splitter eingerissen hat. Dabei halten die einfach am besten! Männer stellen sich manchmal auch an … ich habe Ilse gesagt, sie soll nächstes Mal die mit dem Teddy in der Eisenbahn nehmen, die kleben auch prima. Bestimmt hat Kurt sich da nicht so.

Aber wo war ich? Ach ja, bei den Gründen, warum man zu früheren Zeiten geheiratet hat.

Ich weiß gar nicht, warum ich Ihnen das von der Schwangerschaft jetzt alles aufschreibe. Man muss bei Gertrud ja immer mit allem rechnen, aber damit ja nun wirklich nicht mehr.

Früher wurde man arm geboren und schlug sich durch, oder aber man lag schon als kleines Kind in weichen Kissen. Dann sahen alle zu, dass das so blieb. Man wurde reich geboren, lebte reich und starb reich. Das bedeutete, dass man Geld reinkriegen musste, damit das aufging. Wenn man üppig lebt, rinnt der schnöde Mammon durch die Finger, und ohne dass was in die Kasse kommt, geht das mit dem »reich sterben« nicht auf. Und schwere Arbeit, na, das war nicht jedermanns Sache. Die Bauern, ja, die haben geschuftet, schwer und hart und von morgens im Dustern bis abends nach Sonnenuntergang. Aber die Gutsherren, die rauchten, ritten aus zur Jagd und guckten, dass sie nicht so viel Steuern zahlen mussten. Da war für Arbeit keine Zeit, und deshalb wurde gut geheiratet. Geld gesellte sich zu Geld. Besitz wurde immer zusammengehalten. »Liebe vergeht, Hektar besteht« war ein Spruch, den jeder kannte und beherzigte. Das eine oder andere Mal guckten die Brauteltern vielleicht noch mal ein bisschen zweifelnd, wenn der Freier, der um die junge Tochter anhielt, schon an die vierzig war und dem Alkohol zuneigte. Aber tausend Morgen Land unterm Pflug, dazu Wald und eine eigene Brennerei waren Argumente, nicht so genau hinzuschauen.

Dem Himmel sei Dank gehört das alles ja nun der Vergangenheit an, und niemand guckt heute mehr auf solche Sachen. Seit Prinzessin Diana sind die ja sogar im englischen Königshaus von diesen Gedanken weg. Nee, es gab nur einen vernünftigen Grund, warum Gertrud und Gunter den Bund der Ehe eingehen sollten: weil sie es wollten.

Aber wollten sie wohl auch wirklich?

Es wurde Zeit, dass ich mich mal richtig mit Gunter unterhielt.

Wissen Se, Gunter ist ein recht undurchsichtiger Mensch. Er ist einfach immer da, seit Gertrud sein Herz erobert hat, oder auch er das ihrige, so genau weiß ich das nicht. Gunter ist dabei und sagt nicht viel, und eigentlich weiß ich auch nicht viel über ihn. Nun habe ich aber nach all meinen gelebten Lebensjahren eine gewisse Menschenkenntnis und weiß, dass der Mann ein Guter ist. Hinter seiner zur Schau gestellten Raubeinigkeit hat er ein großes und warmes Herz. Wenn der aber nun meine beste Freundin zur Frau nehmen sollte, na, dann wurde es höchste Zeit, dass ich ihm auf den Zahn fühlte und ein bisschen mehr über ihn erfuhr.

Es ging aber nicht nur darum. Sicherlich ist eine Hochzeit eine Angelegenheit, deren Gestaltung besser von Frauenhand erledigt wird. Allerdings muss der Mann auch gefragt werden. Wir leben schließlich in Zeiten der Gleichberechtigung, nicht wahr? Das begreifen zunehmend auch die Männer und begehren auf. Deshalb bindet man die besser mit ein. Natürlich gibt es ein paar Dinge, die nicht verhandelbar sind: dass ein Schlips umgebunden werden muss, zum Beispiel, oder auch der Termin und wo gefeiert wird. Aber man muss Männern immer das Gefühl geben, dass sie auch eine wichtige Entscheidung getroffen haben, dann freuen sie sich. Gunter durfte zum Beispiel mit aussuchen, welches Gemüse zum Braten serviert wurde.

An dem Nachmittag, an dem Gertrud mit dem Hund zum Krallenschneiden war, besuchte ich Gunter.

Ich unternehme wirklich viel mit Gertrud, wissen Se, wir gehen sehr oft gemeinsam, wenn eine einen Termin hat. Da haken wir uns unter und fühlen uns sicherer, wenn wir zu zweit sind, nicht nur, weil vielleicht Handtaschenräuber im Park lauern, sondern auch, weil wir beide nun schon ein bisschen wackelig zu Fuß sind. Aber zu der Frau, die Norbert die Krallen von den Pfötchen knipst, gehe ich nicht mit. Die hat nämlich einen kleinen Sprung unterm Pony. Sie trägt Hunden, wenn man nicht aufpasst, Nagellack auf. Wissen Se, ich kenne mich, da sage ich dann nur Sachen, die wieder Ärger bringen, und dem kann man ja aus dem Weg gehen. Norbert musste auf jeden Fall die Pfötchen geknipst kriegen, denn wenn die Krallen zu lang sind, rupft er Gertrud wieder Schlingen in die Auslegeware, und die hat viel Geld gekostet.

Also bin ich hin zu Gunter, als ich wusste, dass Gertrud mit dem Hund aus dem Haus war. Ich musste mich mal mit ihm unterhalten, alleine. Das war einfach nötig. Wissen Se, ich kenne den Mann nur knurrend.

Er hört sehr schlecht, und wenn er was sagt, dann darf man das nicht immer glauben. Der erzählt einem Märchen und bindet einem Bären auf! Jahrelang hat er uns weismachen wollen, er wäre früher Seemann gewesen. Da er sonst nicht viel sprach, habe ich das wirklich lange geglaubt, denn wenn ein Mensch nicht viel redet, freut man sich über jedes Wort, das er sagt, und nimmt das für bare Münze.

Gunter machte mir auf und guckte verwundert.

»Du? Na, dann mal rein!«, brummelte er und kratzte sich am Ohr.

Das konnte nicht schaden, vielleicht rutschte was vom Dreck nach unten, und ich erwischte einen Moment, wo er ein bisschen weniger schlecht hörte. Auf »gut« wollte ich gar nicht hoffen.

Gunter trug seine dunkelbraune Manchesterhose. Die trägt er immer, ich bin mir nicht sicher, ob er überhaupt einen Schlafanzug hat ... Doch! Doch! Als er im Krankenhaus war, da haben sie ihn gebadet, fällt mir gerade ein, da bekam er einen Schlafanzug an. Damals hat Gertrud auch die Schangse ergriffen und die Hose mal gewaschen. Das ist allerdings nun schon wieder bald ein halbes Jahr her, und so, wie die Buxe aussah, würde sie eine weitere Wäsche auch gar nicht überstehen, ohne dass sie auseinanderfiel.

»Willst du auch einen Kaffee, Renate?«, fragte Gunter. Das war mehr, als der manchmal die ganze Woche sagte! Ich hatte wohl einen guten Tag erwischt. Gunter schlurfte pfeifend in seinen Hauspantoffeln voraus in die Küche und ließ seine Hosenträger schnalzen. Dann griff er nach dem Tauchsieder, der bei Gertrud seinen

Platz am Türrahmen hat. Weil sie ihn noch ganz heiß wieder an seinen Platz hängt, ist die Stelle an der Tür verschmort. Es ist aber nichts, was man sofort wegputzen oder überstreichen will, sondern ein Mal der Gemütlichkeit. Mich erinnert das immer an zu Hause bei Oma und Opa Strelemann, die hatten den Tauchsieder an der gleichen Stelle hängen, und da war der Türrahmen auch versengt. Es war ein heimeliges Stückchen Erinnerung an schöne Kindheitstage. Immer, wenn ich bei Gertrud auf dem Küchensofa sitze, denke ich voll wohliger Erinnerung daran. Während ich mich auf besagtem Schäselong niederließ, hantierte Gunter mit dem Tauchsieder und machte Wasser heiß. Er gab zwei gut gehäufte Löffel Kaffeepulver in große Henkeltassen und füllte mit dem heißen Wasser auf. Hier wurde nicht gefiltert, sondern es gab den Kaffee türkisch, und zwar aus richtigen Pötten. Gunter war ein hervorragender Kaffeekocher, er gab vor dem Aufbrühen sogar noch eine klitzekleine Prise Salz auf das Pulver. So schmeckt der Kaffee noch feiner. Er stellte den Kaffeepott vor mir auf den großen Esstisch, dessen Wachstischdecke ein bisschen verblasst war und die schon ein paar Einschnittspuren vom Gemüsemesser hatte. Gertrud konnte da auch mal wieder eine neue gebrauchen, dachte ich bei mir.

Gunter setzte sich zu mir, und wir ließen den Kaffee erst mal ein bisschen abkühlen. Wissen Se, bei türkisch zubereitetem Kaffee ist nicht mal die größte Gefahr, dass man sich den Mund verbrüht – das bin ich in gewisser Weise gewohnt, wenn auch im übertragenen Sinn, hihi –, sondern dass einem der Kaffeesatz unter die Zahnprothese gerät. Da muss man immer erst abwarten, bis der sich unten in der Tasse gesetzt hat, sonst reibt man sich das ganze Zahnfleisch wund beim Sprechen.

Ja, alt werden ist nicht leicht, glauben Se mir!

»Gertrud ist mit dem Hund beim Klauenschneiden«, sagte Gunter.

»Das weiß ich. Ich wollte mal mit dir reden, ohne Gertrud.«

Gunter nahm gleich Haltung an. Ach, ich ärgerte mich schon, dass ich so direkt mit der Sprache rausgerückt war. Oft hilft es, aber manche machen dann erst recht dicht.

»Wie kommt ihr beiden denn zurecht? Es ist doch eine Umstellung, wenn man nicht mehr alleine wohnt, man hat doch seine Eigenheiten, oder?«

Gunter nickte.

»Das mit dem hier einziehen und auf Probe wohnen ... ich weiß nicht, Renate. Ich muss mich an so vieles erst mal gewöhnen. Gertrud ist sehr pingelig! Ich soll im Sitzen duschen, damit die Fliesen nicht zu nass werden. Wegen der Kalkflecken. Die spinnt doch, der Kalk bei mir im Kopp geht doch vom Duschen nicht ab! Aber im Ernst, ich habe mir doch nicht die Hüfte operieren lassen, damit ich dann im Sitzen dusche. Ich bin doch froh, dass ich wieder halbwegs aufrecht laufen kann! Die Frau ist nicht einfach.«

Ich musste schmunzeln. Das klang wie aus dem Lebensbericht eines alten Ehepaares. Von Ilse und Kurt hört man auch nur solche Sachen, und doch sind sie glücklich und stützen einander.

»Gunter. Wir müssen das Alter annehmen. Duschen und Badewannen sind gefährlich! Erzähl das niemandem, aber ich habe auch einen Hocker. Und ich sage den Nachbarn Bescheid, wenn ich in die Wanne steige, damit die ein Ohr haben und nicht einfach den Fernseher lauter drehen, wenn ich um Hilfe rufe.«

»Darum geht es doch nicht, Renate. Es geht ihr um die Fliesen! Sie meckert, dass ich die Fliesen nicht nass spritzen soll! Ich poliere jetzt immer schon nach dem Duschen das halbe Bad, damit Gertrud nicht meckert. Erst mit dem Fensterleder und mit dem Trockentuch hinterher. Dann bin ich so geschwitzt, dass ich eigentlich gleich noch mal duschen müsste.«

Herrje. Männer. Man muss es ihnen klipp und klar sagen, sonst kommt es nicht an.

»Gunter. Mein Guter. Ist dir schon mal in den Sinn gekommen, dass Gertrud Sorge um dich hat, aber dir keine Vorschriften machen und dir deine Würde nicht nehmen will? Wir Frauen sind so, wir machen das immer ein bisschen um die Ecke. Gertrud will, dass du dich hinsetzt beim Duschen. Ja. Du denkst, wegen der Fliesen, aber sie will das, damit du nicht ausrutschst und hinfällst!«

»Meinst du? Hmm.«

»Übrigens auch auf der Toilette!«, schob ich noch nach. Eine kleine Nachschulung kann bei Männern nie schaden.

Allerdings ist Gertrud auch tatsächlich pingelig mit ihren Fliesen und poliert die, dass man schon fast Angst haben muss, sie rubbelt die Glasur runter. Ja, so hat jeder seine Eigenheiten, und ich sage Ihnen voraus:

Sie werden auch mal schrullig, wenn Sie älter werden! Glauben Se mir! Ich weiß noch, wie ich oft die Brauen wegen meiner Mutter hochgezogen habe. Bei ihr durften wir die letzten zwanzig Jahre nur ganz rechts an der Wand lang durch die Wohnstube gehen, weil der Teppich links nämlich schon so abgelaufen war und weil es ihrer Überzeugung nach so gute Qualität gar nicht mehr zu kaufen gab. In meinem Leichtsinn habe ich mal zu Kirsten gesagt, dass sie mich im Garten erschießen soll, wenn ich im Alter wie meine Mutter werde. Als ich sie letztens ausschimpfte, weil sie nach ihrem Jogaturnen mit nackten Füßen über das Parkett lief – das gibt schließlich Ränder vom Schweiß! –, guckte sie mich nur an und sagte: »Komm, Mama, wir gehen in den Garten!«

Dann weiß ich schon. Das ist unser Zeichen, das nur wir beide verstehen. Damit sagt mir Kirsten, dass ich alt und wie meine Mutter werde. Ja, in solchen Augenblicken merke ich, dass man es gar nicht vermeiden kann; man wird schrullig, ob man will oder nicht. Es trifft jeden.

Bei Kurt und Ilse darf man zum Beispiel die Wände nicht anfassen. Das gibt Fettflecken auf der Tapete. Sie haben im Flur noch den originalen Wandbelag vom Einzug neunzehnhundert... es war kurz nach der Währungsreform. In der Küche muss Kurt öfter streichen, wissen Se, Ilse kommt mit dem Schnellkochtopf einfach nicht zurecht und hat schon so manches Eisbein in die Umlaufbahn geschossen. Sie kann das Trumm zwar nicht bedienen, aber sie schwört auf ihren Schnellkochtopf. »Mein Gari-Baldi«, sagt sie immer und zwinkert dabei. Sie lässt ihn nie unbeaufsichtigt und macht ihn auch niemals auf, bevor er bis auf Zimmertemperatur runtergekühlt ist. Sagt sie. Aber stimmen kann es nicht, sonst hätte sie nicht immer wieder Explosionen. Am schlimmsten war es, als sie Heidelbeeren entsaften wollte und ... na ja. Kurt hat die Küche wohl schon vier- oder fünfmal weiß gestrichen, aber es kommt immer wieder leicht fliederfarben durch. Es ist im Grunde eine hübsche Farbe, aber Ilse hätte es lieber wieder weiß, damit sie nicht mehr an das Unglück denken muss. Trotzdem lässt sie die Finger nicht vom Gari-Baldi. Wenn sie ihn richtig auskühlen lässt, dauert es eigentlich länger, als würde sie im normalen Topf kochen, aber das ist eine andere Geschichte. Wir sind Rentner, wir haben Zeit!

Also, die Tapete im Flur und in der Wohnstube ist fast älter als die, die in Schloss Sanssouci hängt. Die Heizung in der Wohnstube – also, in der Alltagswohnstube, in der »guten Stube« wird nicht geheizt – muss auf exakt eins Komma zwei Striche vor der Drei stehen. Wenn Ilse abends Licht anmacht, müssen die Rollos runter, nicht dass noch die Nachbarn reinschauen! Kurt schimpft Ilse auch immer aus, wenn sie die Stehlampe zum Fernsehen anschaltet. Früher war das gang und gäbe – das »kleine Licht« wurde zum Fernsehen angeknipst, damit man sich die Augen nicht verdirbt. Wobei das bei Kurt ja auch nicht geholfen hat. Heute besteht er darauf, dass es entweder duster ist oder die große Lampe überm Stubentisch angemacht wird. In der Stehlampe sind nämlich noch alte Glühbirnen, die man nicht mehr nachkaufen kann. Es ist ein etwas älteres Modell, in das keines von den modernen Stromsparbirnchen reingeschraubt werden kann. Das ist sehr ärgerlich. Aber lieber läuft Kurt mit Schorf auf dem Schienbein rum, weil er sich ständig am Couchtisch stößt, als dass die Stehlampe angeknipst wird, weil er das Licht aufsparen will, für »wenn mal was ist«. Auch darf die Tür zum Flur nicht zu sein, sondern nur angelehnt. Damit Kurt hört, wenn jemand an der Haustür ist. Aber nicht zu weit offen und nicht knapp angelehnt. Da ist er sehr, sehr pingelig, zwischen Tür und Türrahmen dürfen maximal zwei Zentimeter Platz sein, ab zweieinhalb schimpft er. Er hat auch den Fernbediener für die Flimmerkiste in Frischhaltefolie eingewickelt, wegen des Wiederverkaufswerts. Das Gerät hat Farbe, ja, aber noch Röhre. Ich glaube nicht, dass es wegen der geschonten Fernbedienung mehr bringt, wenn es mal verkauft wird, aber Kurt nimmt dafür in Kauf, dass er mit dem Handballen immer leise stellt, wenn er auf RTL umschaltet.

Ja, so hat jeder seine Eigenheiten. Man hat irgendwann für sich rausgefunden, dass das Leben am besten funktioniert, wenn man seine Regeln und Strukturen hat. Daran gewöhnt man sich, und je älter man wird, desto weniger gern gibt man die auf und ist bereit, sich zu ändern. Umso wichtiger war es, genau hinzuschauen, mit wem die beste Freundin da Tisch und Bett und vielleicht auch bald die Sprudeltablette für die Zahnprothese teilen würde.

»Wer bist du eigentlich, Gunter Herbst? Ich kenne dich im Grunde genommen kaum. Aber wenn du nun meine Gertrud heiratest, dann will ich wissen, wer du bist!«

Ich nahm mit spitzen Lippen einen vorsichtigen Schluck vom Kaffee. Der Grieß hatte sich noch nicht ganz gesetzt, aber ich schluckte ihn einfach mit runter.

Gunter trank ebenfalls, und wir hatten eine unschöne Pause.

Ich legte noch mal nach, mit ein bisschen mehr Druck:

»Gunter, jetzt mal unter uns beiden Pastorentöchtern. Ich habe Gertrud schon mit ihrem Gustav vor den Altar geführt, sie war für mich da, als ich meine Männer beerdigt habe, wir sind miteinander durch dick und dünn gegangen. Wir haben zusammen im Meer gebadet und haben an unseren Krankenbetten gewacht, wenn die andere operiert wurde. Ich sage dir das frei heraus: Ich passe auf Gertrud auf. Und ich lasse sie nicht in eine Ehe mit einem Mann gehen, von dem ich nichts weiß! Du erzählst uns hier was vom Pferd mit deiner Seefahrerei. Wir kennen keine Verwandtschaft von dir und keine Freunde. Wer bist du, Gunter Herbst? Und warum hast du immer Geld und bist nie knapp bei Kasse? Raus mit der Sprache!«

Ich hatte das alles sehr laut gesagt, denn Gunter war ja ein bisschen schwerhörig, und ließ die Kaffeetasse mit Nachdruck auf den Tisch knallen. Gut, dass ich schon einen Schluck abgetrunken hatte, sonst wäre wohl was rausgeschwappt, aber mit Wachstuch ist das ja auch kein Problem.

Gunter atmete tief durch und schlürfte auch an seinem Kaffee.

»Druschba«, sagte er auf einmal unvermittelt, und ich dachte schon, jetzt wäre er lala im Oberstübchen. So was geht ja manchmal ganz schnell, von einem Moment auf den anderen reden die Leute dann bloß noch zusammenhanglosen Quatsch.

Er muss mir die Verwunderung wohl angesehen haben, denn ganz gegen seine Art fing er auf einmal an zu erzählen.

Ganze Sätze am Stück!

Das war ich nicht von ihm gewohnt.

»Ich war lange Jahre an der Trasse in Russland, Renate. Als Schweißer. Wir haben die Erdgasleitung durch die Taiga gelegt, damals in den Siebzigern. Die haben das ja als Jugendprojekt verkauft, aber die brauchten eben auch erfahrene Hasen und nicht nur junge Hüpfer.«

Na, da wurde mir schlagartig einiges klar. Alle Puzzleteile passten auf einmal.

Das Geld, das Gunter auf der hohen Kante hatte, zum Beispiel – die haben doch gut verdient damals, das weiß man ja! Auch seine ganzen Seefahrergeschichten, die er uns aufgebunden hatten, stimmten irgendwie, wenn man sich das nur ein bisschen umreimte.

»Der Westen hat die Rohre geliefert, wir aus dem Osten sind dann hin und haben 500 Kilometer davon zusammengeschweißt, quer durch die Taiga, in schlammigen Wäldern und bei Frost. Am Ende hatten wir alle warme Stuben. In der DDR hat keiner gewusst, dass die Rohre aus Westdeutschland stammten, und dort hat man es nicht an die große Glocke gehängt, dass die Ostler die Arbeit gemacht haben. Es war ja auch egal, Hauptsache, die Buden waren mollig warm, hüben wie drüben. Das waren harte Jahre, Renate. Mir war damals die Frau weggerannt, und sie hatte die Scheidung eingereicht …«

Mooooment!

Frau weggerannt? Scheidung eingereicht?

Ich dachte kurz, ich hätte die falsche Sendung eingeschaltet.

»Sag das noch mal, Gunter!«, hörte ich mich sprechen. Ich stand unter Schock.

»Das waren harte Jahre, Renate.«

»Nicht das! Das danach!«

»Mir war gerade die Frau weggelaufen, und sie hatte die Scheidung eingereicht?«

»Genau das. Du hattest eine Frau? Weiß Gertrud das schon?«

»Die hat nie gefragt.«

»Gunter! Das geht doch so nicht! Wie lange wart ihr denn verheiratet?«

»Ooooch, du, die Scheidung war erst durch, da waren die Kinder schon aus der Schule.«

»Welche Kinder?«

Ich gebe zu, meine Frage war einfältig, aber ich stand unter Schock. Rechnen Se mir das bitte an, bevor Sie urteilen.

»Na, Maik und Heiko, meine Jungs!«

Gunter tat so, als wäre das eine Allerweltsnachricht, und erzählte einfach weiter von seiner Zeit an der Trasse.

»Als wir da ankamen nach drei Tagen Fahrt im Bus, dachte ich, die Welt ist zu Ende. Es gab da nichts als die Weite der Birkenwälder. Die Städte wurden immer kleiner, und da, wo wir dann ausstiegen, waren nicht mal mehr Blockhütten, da war gar nichts mehr. Da war nur noch Birkenwald und lauter Wohnwagen. Straßen … es gab Schneisen, wo keine Bäume wuchsen, das nannten sie Straße. Na, da haben wir Autofahren gelernt! Über unsere Schlaglöcher hier kann ich nur lachen. Hart gearbeitet haben wir, Renate, ich lag manchmal in Doppelschichten auf dem Rücken in den Röhren und habe geschweißt. Es gab gutes Geld, aber was sollte ich denn damit? Die Jüngeren, ja, die haben gespart und zu Hause ein Auto gekauft oder ein Haus gebaut. Die, die kein Zuhause hatten, haben viel durch die Gurgel laufen lassen. Aber ich hatte weder ein Zuhause noch Lust, mir das Hirn wegzutrinken. Ich habe gearbeitet und gespart.«

»Jajajaja, Gunter, jetzt mal langsam. Jetzt hol erstmal zwei Schnapsgläser für uns«, unterbrach ich ihn. Das war ein Korn-Moment, jetzt mussten wir erst mal anstoßen und uns schütteln, bevor wir weiterredeten.

Gunter brachte nicht nur zwei große Gläser, sondern auch eine Flasche eisgekühlten Korn. Da war ich erleichtert, ich hatte schon Angst, ich müsste meinen Notfallflachmann mit ihm teilen.

So viel ist da nun auch nicht drin!

Wir haben dann erst mal angestoßen und noch lange geredet. Der Schnaps löste die Zunge, und an dem Nachmittag bekam ich langsam ein Bild von Gunter. Weshalb vor vierzig Jahren seine Ehe in die Brüche gegangen war – wer weiß das schon. Er sagte, seine Gundel wäre ohne Grund von heute auf morgen ausgezogen, aber wissen Se: Ich habe schon genug Ehen zerbrechen sehen, ich weiß, dass da meist beide ihren Anteil haben. Das ist aber auch egal, nach all den Jahren. Gunter meldete sich, weil er vergessen wollte, zur

Trasse. Vier Jahre lang war er in der Taiga und führte eine Jugendbrigade an. Als er wiederkam, war alles weg, Frau, Kinder, Wohnung, sein ganzes altes Leben. Er fing neu an. Gunter kaufte sich kein Auto, sondern zog in sein kleines Häuschen vor den Toren Berlins, das seine Eltern ihm hinterlassen hatten, und wuselte in seinem Garten wie ein Einsiedler vor sich hin. Er war wohl noch ein paarmal in Marzahn gewesen, wo er mit seiner Familie gewohnt hatte, aber die war spurlos verschwunden. Bei einer ehemaligen Nachbarin hatte seine Geschiedene zwei Koffer für ihn deponiert mit dem, was sie ihm gelassen hatte. Da waren zwar seine warmen Unterhosen drin und sein Werkzeug, was Gunter sehr gefreut hat, aber keine Adresse, keine Bilder von den Kindern und auch sonst nichts, was ihm die Schangse gegeben hätte, Kontakt zu ihnen aufzunehmen. Na, da muss man sich ja auch nicht wundern, dass der arme Gunter so ein schweigsamer, in sich gekehrter oller Stiesel geworden war! Mir wurde richtig krampfig ums Herz, so leid tat er mir. Umso mehr freute ich mich, dass er an Gertrud geraten war, die bestimmt ihre Fehler hat, die aber ein herzensguter Mensch ist und nicht umsonst meine beste Freundin. Gunter war ein feiner Kerl, dem das Leben nicht gut mitgespielt hatte. Dass er ein bisschen bitter wurde, ist doch verständlich, wenn man seine Geschichte kennt. Das Problem war eben nur, dass Gertrud das alles nicht wusste.

»Oder hast du ihr das mal erzählt, Gunter? Habt ihr darüber gesprochen?«

»Sie hat doch nicht gefragt!«

»Gunter!«

Wissen Se, manchmal kann man noch so laut seufzend aufatmen, wie man will, man wird das Unverständnis und den Ärger nicht los damit.

»So was muss man doch erzählen!«

Aber das Sprechen fällt Männern in meiner Generation nicht leicht, erst recht nicht, wenn es um ihr Innerstes und ihre Gefühlswelt geht. Das meinen die nicht böse, die sind eben so erzogen, dass sie hart sein müssen und alles hinzunehmen haben »wie ein Mann«.

So ein Blödsinn. Jahrzehntelang wurde den Jungs eingetrichtert, dass sie nicht weinen dürfen. Es muss ja nicht jeder gleich rumdudeln wie Ilse, wenn sie Roy Black singen hört. Aber man muss doch sagen, was einen bewegt, sonst frisst es sich ins Herz und macht einen schwermütig und traurig.

Bei Gunter musste man erst mal ganz sachte und behutsam viele Schichten Fels vom Herzen kratzen. Gertrud hatte da einiges zu tun. Das ist aber eine Angelegenheit, die der Verlobten – hihi, das klingt so lustig, wenn ich Gertrud »Verlobte« nenne – obliegt. Ich hatte mich hier schon wieder weiter eingemischt, als mir zustand, und würde nicht weiter in seiner Vergangenheit rumbohren.

»Gunter, du musst mit Gertrud reden«, riet ich ihm nach einem weiteren Schluck Kaffee. Es ging jetzt schon los, dass die Brösel vom Kaffeegrund mit dabei waren. Das war der letzte Schluck, mehr konnte ich nicht trinken.

»Bitte?«, fragte Gunter laut zurück.

»UND MIT DEINEN OHREN MUSS AUCH WAS PASSIEREN, MEINE GÜTE!«

Ich setzte die Kaffeetasse ab und sagte: »Wir beiden gehen zum Hörgeräteladen. Gleich in den nächsten Tagen. Keine Diskussion! Das wird deine Überraschung für Gertrud zur Hochzeit, was meinst du, wie die staunt, wenn du wieder hörst, wie schön der Pirol singt!«

»NACH TIROL? WANN FÄHRST DU DENN?«, brüllte Gunter zurück.

Und da soll man nicht mit den Augen rollen?!

Just in dem Moment kam Gertrud nach Hause. Also, genau genommen Norbert. Es kläffte und kratzte an der Tür, so laut, dass es sogar Gunter mitkriegte. Er machte dem Hund auf, und der stürzte sich zur Begrüßung gleich auf mich. Der Hund mag mich, und das zeigt er gern, indem er mir die Hände lecken will. Ich kann das nicht leiden. Es ist immer ein Kampf. Je mehr ich mich wehre, desto mehr schnappt er nach meinen Fingern. Er würde nie zubeißen, das tut Norbert nicht. Und meist lasse ich ihn dann auch kurz schlecken, bevor er mir mit der Zunge über das Gesicht geht, da gehe ich mir eben dann die Hände waschen. So war es auch heute – erst, als er mich beschlabbert hatte, gab er Ruhe und legte sich in sein Körbchen.

Na, Körbchen ist schnell dahingesagt. Norbert ist so groß wie ein Pony und sein »Körbchen« beinahe so groß wie Gertruds Couch. Sie hat nur so einen kleinen »Zweisitzer«, wissen Se? Der ist ganz praktisch, wenn wir gemeinsam bei ihr »Aktenstapel XY« gucken. Doppelt abgeschlossen und Fensterluke zu ist das eine, aber mit dem großen Hund fühlt man sich doch noch sicherer. Und auf dem Zweisitzer können wir beide, Gertrud und ich, unter eine Decke kriechen, wenn der

Gängster im Fernseher plötzlich das Messer zückt und man gar nicht mehr hinsehen mag. Aber ansonsten ist das kleine Schäselong fürchterlich unpraktisch Man kann sich nicht mal hinlegen und die Beine ausstrecken beim Fernsehen! Gunter schon, der hat einen Fernsehsessel. So einen, der sich nach hinten kippt, wissen Se? Ich habe da nur einmal Probe gelegen, für mich ist das nichts. Gunters Sessel ist nämlich falsch eingestellt, man sieht gar nichts vom Programm, sondern nur seine eigenen Pantoffeln. Dafür schießt einem das Blut in den Kopf. Wie beim Zahnarzt liegt man in diesem fürchterlichen Stuhl, wenn der an den Backenzahn oben ganz hinten will, wissen Se? Bei mir ist diese Erfahrung ja ein Weilchen her, aber Sie kennen das bestimmt. Also, ich käme da gar nicht zurecht in diesem Fernsehsessel. Gunter ist es jedoch egal, er legt sich in das Stück Möbel, guckt seine Hausschuhe an und ratzt eh nach fünf Minuten weg.

Als Norbert schon im Körbchen lag, hatte es auch Gertrud durch den Hausflur die Treppe hoch geschafft. Sie hängte die Hundeleine an die Flurgarderobe und begrüßte mich.

»Ach, wie schön, Renate. Hast du Gunter Gesellschaft geleistet? Denk nur, die haben in der Fröbelstraße schon wieder den Gehweg aufgebuddelt. Kaum war der gepflastert, kommen die nächsten Bagger und buddeln den wieder auf. Dass die sich nicht absprechen können! Das geht doch alles von unseren Steuern weg! Ach, ich brauche auch erst mal einen Kaffee.«

Sie ließ sich auf die Küchenbank plumpsen und guckte Gunter an.

Er guckte zurück.

Na, so gut ging er noch nicht im Geschirr, dass er von sich aus jetzt den Tauchsieder wieder in das Wasser gehängt und für Gertrud einen Mokka gebrüht hätte. Da mussten sie noch ein bisschen dran arbeiten. Aber wissen Se, da hatte ich nach vier Männern einfach mehr Erfahrung, wie man sie abrichtet. Für Gertrud war es erst die zweite Ehe, in die sie ging. Es lag auf jeden Fall noch viel Arbeit vor ihr.

»Worüber habt ihr euch denn unterhalten?«, fragte Gertrud, während sie mit der Kaffeebüchse hantierte.

»Gunter will sich jetzt doch mal die Ohren untersuchen lassen, hat er mir versprochen. Und eure Hochzeitsreise geht vielleicht nach Tirol!« Gertrud guckte mich verwundert an, aber ich zog mich zurück. »Ihr beide unterhaltet euch mal wie vernünftige Leute über eure Zukunft, Gertrud. DU AUCH, GUNTER!« Flüsternd fügte ich hinzu: »Ich habe schon ein bisschen vorgearbeitet bei ihm, heute ist eine gute Gelegenheit.«

Dann wurde es für mich Zeit aufzubrechen, wissen Se, ich wollte zum Abendbrot zu Hause sein. Katerle würde bestimmt wieder ganz vorwurfsvoll maunzen, wenn ich die Tür aufschloss. Und ich hatte auch noch ein paar Sachen zu erledigen.

***

Was soll ich Ihnen sagen? Es hat tatsächlich was gebracht. In den nächsten Tagen haben die beiden viel geredet über alles, was früher gewesen ist, und sich noch mal ganz anders kennengelernt, und sie waren sich sehr einig, dass sie nun die ihnen verbleibenden Jahre zusammen verbringen wollten. Gertrud wollte, Gunter wollte – sie kamen eben einfach nur nicht von alleine in die Gänge. Die beiden mussten ein bisschen gestupst werden. Nur ein ganz kleines bisschen! Man muss dem Glück manchmal auf die Sprünge helfen. Das ist eine Kunst. Man darf nicht aufdringlich sein, sonst kommt es so an, als wolle man sich einmischen. Aber ich bitte Sie, wenn es eine Frau gibt, die was vom Heiraten versteht, dann bin ich das ja wohl. Nicht nur, dass ich selbst viermal Schleier trug, nein, ich kann mich auch noch gut an die Eheschließung meiner Eltern und sowieso an die Hochzeiten damals auf dem Land erinnern.

So eine Hochzeitsfeier braucht ein bisschen Vorlauf. Man muss schließlich planen und etliches vorbereiten. Im Fernsehen fallen sie immer theatralisch in Ohnmacht und rufen, dass es mindestens ein Jahr Planung braucht. Das ist natürlich Quatsch und hat mit Geldschneiderei zu tun, weil sie einem noch allerlei unnützes Zeug einreden und verkaufen wollen. Aber ein paar Monate im Voraus muss man schon alles festlegen.

Zu den Zeiten meiner Eltern konnte gar nicht kurzfristig geheiratet werden, nur, weil was Kleines unterwegs war, zum Beispiel. Das kam erst später, als es um die Versorgung schon ein bisschen besser stand. Zur Zeit der Vermählung von Mutter und Vater mussten Verehelichungen lange geplant werden, denn das Hochzeitsfest wurde so groß gefeiert, dass zwei Schweine geschlachtet wurden. Die hatte ja niemand auf Reserve im Stall stehen für den Fall, dass zwei junge Leute der Drang überkam und … ein Unfall passierte. Nee, die mussten erst gemästet werden, und bis aus einem kleinen Ferkel ein strammes, schlachtreifes Schwein wurde, dauerte das ein knappes Jahr.

Gefeiert wurde früher im Dorfkrug. Das Geschirr für die Hochzeit wurde im ganzen Dorf zusammengeborgt, denn für mehr als hundert geladene Gäste hatte auch der Krug nicht genügend Teller und Besteck. Aber da standen die Leute seinerzeit zusammen und halfen gern aus, zumal die meisten ja eh eingeladen waren und mit an der Tafel saßen. Man stelle sich das heute mal vor, denken Se mal, ich müsste meinetwegen bei den Nachbarn, sagen wir zum Beispiel, bei Frau Meiser, läuten und fragen, ob ich wohl ein paar Kuchenteller borgen könnte. Sicher, man kann das heiß abwaschen, denn richtig sauber ist es bei ihr nun beileibe nicht, aber will man das? Und man müsste sich dann ja auch entweder mit einer Einladung revanchieren oder zumindest einen Teller Kuchen als Dank schicken … nee, es ist schon gut, dass ich reichlich Geschirr im Schrank habe!

Auf die Post war zu früheren Tagen noch weniger Verlass als heute, und deshalb ging vor der Feier der Hochzeitslader rum. Außerdem: Gedruckte Karten! Was so was gekostet hat! Papier war knapp und wurde beidseitig beschrieben, und die alte Zeitung haben wir in handgroße Stücke gerissen und als Häuschenpapier genommen. Einlagig!

Meist machte einer der Brüder des Bräutigams den Hochzeitslader, allerdings nur, wenn der noch unverheiratet war. Der kriegte nämlich bei jedem Gast, dem er die Einladung überbrachte, einen Schnaps. Und da die Hochzeitsgesellschaft groß war und man auf einem Bein nicht stehen kann … na ja, das können Se sich ja denken. Das hätte keine Ehefrau mitgemacht. Die eingeladenen Gäste banden dem Hochzeitslader ein Bändchen an seinen Stock, den der nach dem ganzen Fusel auch als Stütze nötig hatte. Je bunter und üppiger der Wanderstock mit Strippen vollgeknotet war, als desto reicher und großzügiger galten die Hochzeitsleute.

Zwei Tage vor dem Fest wurden die Schweine geschlachtet. Dazu kam der Hausschlächter auf das Gut, der sonst nur im Winter zur Schlachtezeit von Hof zu Hof ging, und auch die Kochfrau des Dorfes. Die Kochfrau kümmerte sich bei solch festlichen Anlässen um das Wohl der Gäste, überwachte schon das Schweineschlachten und nahm gleich die besten Stücke vom Schwein für den Braten zur Seite. Sie hatte das Kochen und Backen unter sich und beaufsichtigte auch die jungen unverheirateten Mädchen, die am Tag vor der Hochzeit aus dem Dorf zusammenkamen und die Kartoffeln schälten, das Gemüse für die Beilagen putzten und auch die Kränze für die Stubentür flochten.

Oma Strelemann nahm es wohl hin, dass die Kochfrau kam, behielt sich aber doch vor, dass nach ihren Rezepten gekocht und gebacken wurde. Als Brautmutter hatte sie nicht die Nerven und auch keine sechs Hände, um sich um alles selbst zu kümmern. Aber als die nörgelige Hanni, die seinerzeit die Kochfrau im Dorf war, den Butterkuchen nicht richtig eingestochen hat vor dem Backen, da ging Oma aber dazwischen. Das hat sie mir ganz oft erzählt, dass sie alle Bleche noch mal mit dem Schieber aus dem Backofen hat holen lassen, um zu kontrollieren, ob der Hefeteig richtig mit der Gabel eingestochen war. Ihr wurde bis auf das Sterbebett heiß und kalt, wenn das Thema hochkam, und sie wollte sich nicht ausmalen, was das für ein Bild auf sie geworfen hätte, wäre der Butterkuchen nicht richtig aufgegangen! Ach, Oma war eine feine und weise, aber auch strenge Frau. Sie konnte backen und kochen wie keine Zweite. Als Oma Strelemann heimgerufen wurde, hat der liebe Gott bestimmt die Hände an die Hosennaht genommen und geguckt, ob seine Fingernägel auch sauber sind. Aber ganz sicher hat er sich auch auf Rouladen mit Rotkohl und Klößen gefreut. Oma ist sicherlich im Himmel in die Küchenabteilung gekommen. Das war ihr größter Wunsch. Kochen war ihre große Liebe, neben Opa natürlich.

Oma Strelemann ging in den Tagen vor der Hochzeit noch mal die Aussteuer durch, die Mutter mit in die Ehe bekommen sollte. Seit sie ein kleines Mädchen gewesen war, gab es jedes Jahr ein Stück Leinen, ein Tafeltuch oder auch Porzellan. Opa ging mit meinem Vater rauf zur Eiche und zeigte ihm das Land, das zum Hof gehörte. »Schau, Fritz – das alles ist meins, und das alles wird Elfriede als Mitgift bekommen. Soweit das Auge reicht, alles, was das Licht berührt, ist unser Land.« Nun war es schon schummerig, und sie hatten schon ein paar Doppelte vom Selbstgebrannten weg, deshalb fiel es nicht groß auf, dass Opas Wiese nur vierzig Meter reichte. Trotzdem machte es Eindruck, und Vater freute sich. Später haben die das sogar im

Film gesagt, der mit dem kleinen tapferen Löwen, wissen Se?

Bei Oma Strelemann gab es seinerzeit – oder besser »ihrerzeit« – noch einen Brautwagen. Der wurde gepackt und der Braut, die das elterliche Haus verließ, mit auf den Weg in die Ehe geschickt. Dazu gehörte ein Bett mit allem Zubehör – also zwei Daunendecken und Kopfkissen und mit Rosshaar gefüllte Matratzen. Ja, lachen Se nicht, das war eben so! Kurt und Ilse schlafen heute noch auf den Matratzen von Ilses Großmutter. Das war noch Qualität, die halten auch nach nun fast achtzig Jahren die Form! Gut, bei feuchtem Wetter müffeln die etwas nach Hengst, aber Natur ist eben Natur. Das kommt ja auch alles wieder heutzutage. Meine Tochter Kirsten ist ganz begeistert, und für den Rücken gibt es nichts Besseres. Na ja.

Wo war ich? Ach, beim Brautwagen. Neben dem Bett und dem Bettzeug gehörten auch ein Koffer, hinreichend Leinenzeug für die Tafel und für die Betten, ein Schrank und ein Dutzend Stühle zur Aussteuer. Oma Strelemanns Vater hat aber aus alter und guter Sitte nur elf Stühle auf den Brautwagen geladen und einen in der elterlichen Küche zurückbehalten als Zeichen dafür, dass für Oma, die nun als junge Braut das Haus verließ, immer ein Platz bei den Eltern am Tisch war, falls es hart auf hart käme.

Ja, so ein Aufhebens wurde damals gemacht. Das war heute alles nicht in dem Ausmaß nötig, trotzdem musste geplant und organisiert werden.

Zunächst war der Termin wichtig. Gertrud und Gunter war das – Sie ahnen es bestimmt schon – egal. So was ist aber *nicht* egal! Wie so eine Hochzeit aussehen würde, das hing in erster Linie davon ab, was sich das Brautpaar vorstellte, aber auch davon, wie viel Zeit für die Vorbereitungen zur Verfügung stand, um alles hübsch zu gestalten.

Die meisten Brautleute wollen im späten Frühjahr heiraten, wegen des schönen Wetters. Da kann man in der Natur nämlich die hübschesten Fotos machen. Wenn sich Braut und Bräutigam vor einer zartgrün knospenden Linde rekeln, sieht das doch netter aus als im November, wenn das Laub schon ab ist und alle frösteln. Allerdings sind die Termine natürlich sehr begehrt, und man muss sich sputen. Zu früh loszurennen hat jedoch auch keinen Sinn, denn man kann den Termin erst sechs Monate vorher ausmachen. Ja, da ist der deutsche Standesbeamte ganz streng!

An den Freitagen und Samstagen im Mai ist am Standesamt bei uns in Spandau ja immer richtig was los. Ich muss mich gleich korrigieren, denn das mit dem Sonnabend ist nur im Ausnahmefall möglich. Die stellen sich da an … aber was soll man sich aufregen. Berlin kann manche Dinge eben nicht so gut. Als in der Verwaltungsschule Flughafen, Radwege und neue Personalausweise auf dem Stundenplan standen, waren wohl alle krank, und auch im Standesamt gibt es nur Probleme. Heiraten geht nur von Montag bis Freitag, sonst müsste am Samstag ja jemand arbeiten, und wo kämen wir denn da hin! Außerdem müsste einer aufschließen, lüften, heizen und darauf aufpassen, dass nichts in Brand gerät … da kriegen die gleich Personalprobleme. Berlin macht da nur kleine Fortschritte. Als ich meinen Otto geheiratet habe, damals, noch vor dem Mauerbau, aber schon etliche Jahre nach dem Krieg, mussten wir zur Trauung noch Briketts von zu Hause mitbringen, weil es eiskalt war. Otto trug einen Anzug, der ihm vor dem Krieg gepasst hatte, aber nach all den Hungerjahren an ihm rumschlackerte wie die Fahnen am Mast. Aus Fahnenstoff war auch mein Brautkleid geschneidert, denn was anderes hatten wir nicht. Briketts sind in der Gebühr heute nun schon drin, ein Termin am Samstag jedoch nicht.

Es hatte gar keinen Sinn, denen zu erklären, dass sie dafür ihr Standesamt am Montag oder am Mittwoch getrost zulassen könnten, da will schließlich eh niemand heiraten. Aber das kriegen Se in diese Beamtenschädel nicht rein. Ich war gut in Fahrt, als Gertrud und ich im Amt vorsprachen und wir uns informierten. Die Dame hätte ich gern Mores gelehrt, aber ich hielt mich zurück, schließlich wollten wir ja einen schönen Termin. Es war im Grunde auch egal, denn die meisten, die mit zum Standesamt kamen, waren raus aus dem Alter, in dem sie einen Urlaubstag hätten beantragen müssen. Ehrlich gesagt hätte ich an Gertruds Stelle aber nicht den Freitag genommen. Da ballt es sich so, wissen Se. Freitags haben sie Massenabfertigung im Halbstundentakt, da wird das Glück nur so mit dem Schlauch versprüht, sage ich Ihnen! Während das Paar gerade reinmarschiert mit Blumenkindern, Bräutigamseltern und sonstigem Pätschwörk, was zur Familie gehört, bauen draußen schon die Freunde und weiteren Angehörigen alles für die Rituale auf. Meist gehören dazu ein Sägebock, ein Lakenherz und eine Leine mit Babywäsche.

Auf jeden Fall aber ein Kassettenrekorder, aus dem der Hochzeitsmarsch von Mendelssohn knarzt, gefolgt meist von »Treulich geführt« aus dem Lohengrin vom ollen Wagner. Manchmal auch umgekehrt. Das dudelt so vor sich hin, während das frisch getraute Paar mit Reis und Konfetti beworfen wird und am Holzbock kämpft. Meist kommen danach moderne Lieder, zu denen sich das Paar kennengelernt oder das erste Mal geküsst hat. Darum kümmern sich meist die Freundinnen der Braut, die zur Feier des Tages ihren Knödel gelöst haben und mit frisch ondulierten Engelslöckchen aufgeregt durcheinanderlaufen und Sekt eingießen. Wenn es die Hochzeit junger Leute ist, quetschen sich die meisten noch mal in das Kunstseidenkleid vom Schulball (»Das hat schließlich viel Geld gekostet!«) und jammern einander vor, wie unbequem die Schuhe sind. Die können fast nicht stehen in den Trittchens, geschweige denn laufen. Zudem sind die Presswurstkleider meist so eng geschnitten, dass sie nur klitzekleine Schritte machen können wie diese japanischen Geischas. Die Kleider sind gemacht, um auf dem Bild gut auszusehen, nicht, um darin zu laufen. Spätestens nach dem ersten Tanz am Abend reißt der Schlitz jedoch so hoch, dass se wenigstens sitzen können.

Die jungen Herren, die als Freunde des Bräutigams meist demselben Fußballverein, der Feuerwehrtruppe oder – gerade auf dem Land – der großen Schar der Cousins angehören, tragen bei solchen Anlässen auch oft zum ersten Mal Krawatte. Konfirmation machen heute nur noch die wenigsten mit, auf dem Abschlussball sehen viele vom Schlips ab, und wir alten Leute erfreuen uns heutzutage so lange bester Gesundheit, dass etliche auch noch nie auf einer Beerdigung waren. Da wird dann der Binder bei der Hochzeit eines Freundes das erste Mal getragen. Ach, den Spaß müssen Se sich mal machen und an so einem Vielheiraterei-Tag vor dem Standesamt gucken! Was die jungschen Bengels da an den Schlipsen rumzuppeln und stöhnen, als würden sie zu ersticken drohen, ist höchst amüsant. Aber das ist unabhängig vom Alter, da sind die Männer fast alle gleich.

Der Trend geht ja zur späten Hochzeit.

Nun, nicht so spät wie im Falle von Gertrud und Gunter, aber es wird doch immer später geheiratet. Gucken Se sich mal um: Bevor nicht vierzig Kerzen auf der Torte brennen, marschiert doch kaum noch jemand vor den Altar. Kinder kriegen sie heute auch alle erst auf den letzten Drücker, und selbst wenn, ist es kein Grund zu heiraten. Das war zu unseren Zeiten noch anders, da hieß es: »Erst die Hochzeit, dann die Lochzeit.« Erschrecken Se nicht, es ist nicht meine Wortwahl, ich gebe nur wieder, was die Leute sagten. Heute heiratet man oft erst, wenn die Kinder einen schon zum Standesamt fahren können und wenn das Haus abbezahlt ist oder einer vom Doktor die Gelbe Karte gekriegt hat wegen Arterienverkalkung. Das bringt die Leute dann zum Nachdenken, und sie fangen an, ihre Verhältnisse zu ordnen. Dann wird nordisch gewokkt, es gibt abends nur noch Gemüsepfanne, und es muss geheiratet werden.

Na, wie dem auch sei. Bei Gertrud und Gunter stand ja nun auch nicht der Kinderwunsch im Mittelpunkt.

Ich fand, man sollte da nicht unbedingt auf die Frühjahrstermine schielen. Auch der Herbst hat seine schönen Tage, die wunderbaren Farben des Laubs können zauberhaft sein. Nicht selten hatten wir schon einen warmen Altweibersommer bis Anfang Oktober. Und auch den Winter mit seiner Frische sollte man nicht außer Acht lassen! Da müsste man dann allerdings gucken, dass man sich aus Berlin raus bewegt, aus den schon genannten Gründen mit dem grauen Matsch. Man will schließlich schöne Bilder haben, nicht wahr?

Letztlich mussten Gertrud und Gunter das entscheiden, ich riet jedoch vom Winter ab. Wissen Se, da wird dann auch deftiger und mehr gegessen, da müsste man auch mit ganz anderen Portionen beim Essen kalkulieren! Gunter war es, wie nicht anders zu erwarten war, egal, und Gertrud zuckte auch nur mit den Schultern.

Ich atmete tief durch, damit mir nicht der Kragen platzte wegen dieser beiden Eierköppe, und schlug Anfang September vor. Da hatte man noch genügend Zeit, alles zu planen, und das Wetter war erfahrungsgemäß schön. Altweibersommer, ich bitte Sie, wenn das nicht passte, na, dann wusste ich auch nicht! Außerdem waren die Einschulungen durch, und im Bootshaus, wo wir schon die Hochzeit von Ariane und Stefan gefeiert hatten, wäre der Saal frei. Auch mit dem Partysörwiss für das Essen sollte es klappen. Ach, ich sage Ihnen, man muss an so viele Dinge denken, Sie machen sich ja kein Bild, was alles schiefgehen kann!

Bei »Hochzeitspanne« denkt jeder nur daran, dass die Braut im letzten Moment wegläuft, aber es können ganz andere Sachen passieren. Pech kann man immer haben. Ich war mal letzten Sommer auf einer Hochzeit, da hat der Partysörwiss vergessen, dass er ein Büfett liefern sollte. Na, das können Se sich nicht vorstellen, was da los war! Sicher, es ist auch ein bisschen die Schuld der Brautmutter gewesen, das muss man ganz klipp und klar sagen. So was prüft man doch vorher noch mal, da ruft man ein paar Tage vor der Feier an und fragt, ob alles klappt! Das hatte die wohl versäumt und sich darauf verlassen, dass schon alles gut gehen würde. Es war … ach, fragen Se mich nicht, irgendwelche Cousinenenkelinnen von meinem dritten Mann Franz, die mich eingeladen haben, weil ich im Adressbüchlein stand. Sonst haben wir keinen engen Kontakt, aber zu so einem Anlass besinnen die sich immer auf die alte Tante Renate. Na, da musste ich eben hin, außerdem hatte die Elfie, die Brautmutter, zu Franz' Beerdigung einen großen Kranz geschickt.

Man hat als Brautmutter an so einem Tag ja sein Tun, selbst, wenn alles noch so gut organisiert ist, passiert immer was, und man muss sich um kleine Probleme kümmern. Bei dieser Hochzeit war es die Laufmasche in der Strumpfhose von irgendeinem Gast. Ich gehe nie ohne Ersatzstrumpfhose zu einer Hochzeit, aber Elfie musste erst nach einer Strumpfhose telefonieren und jemanden losschicken. Und dann kam der Bengel von Einsporns nicht mit, sodass der Tischherr für die Luisa fehlte. Sowas ging ja auch nicht, die saß alleine an der Tafel wie ein Mauerblümchen. Elfie musste in der Fußballmannschaft ihres Großen noch nach einem Ersatz telefonieren. Und nun finden Se mal bei den Knödeljungs einen, der einen Schlips, Zeit und den Willen hat, sich neben Luisa an die Tafel zu setzen! Sie haben dann den Sven abgeholt, der isst gern. Dem hatten sie versprochen, dass es Waldorfsalat gibt und kalten Braten und dass er nicht mit Luisa tanzen muss, nur deshalb hat er sich darauf eingelassen.

Elfie hatte also mit der Strumpfhose zu tun und damit, den dicken Sven abzuholen. Sie ist vom Nervenkostüm her so gestrickt, dass sie damit ausgelastet war. Die Uhr ging auf halb sechs, aber vom Partysörwiss, der das Abendessen bringen sollte, war nichts zu sehen. Wir fanden das alle sehr ungewöhnlich, denn schließlich lagen wir sonst gut in der Zeit. Um halb vier hatten wir Kaffee und Kuchen gehabt, der Mann mit der Musik baute schon in der Ecke seine Heimorgel auf, er war für neunzehn Uhr bestellt. Da rechnete jeder damit, dass um sechs gegessen wird, und deshalb spritzen sich die Diabetiker schon mal, wir Älteren nahmen unsere Tabletten ein, und die Brüder der Braut schoben die Tische zusammen, damit das Büfett aufgebaut werden konnte. Elfie rannte zur Ecke und versuchte, das Auto vom Partysörwiss herbeizugucken, was aber nicht von Erfolg gekrönt war. Irgendwann bekam sie es mit der Angst und rief da an. Nach ein paar Versuchen erreichte sie auch den Scheff, und dann brach dann erst richtig die Panik aus. Es gab wohl ein Missverständnis mit dem Datum, wer da genau Schuld trug, dass die Hochzeit an einem falschen Sonnabend im Bestellbuch stand, ließ sich nicht mehr rausfinden. Aber ich sage Ihnen: Elfie hätte wirklich vorher noch mal anrufen müssen, ob alles klargeht. Dann wäre sowas nicht passiert! Na, der

Mann vom Partysörwiss hat dann in seinem Kühlraum geguckt, was er noch im Regal hatte, und die Kaufhalle um die Ecke hatte auch noch auf. Die halbe Hochzeitsgesellschaft ist in die Autos gesprungen und hat rangeholt, was es Essbares gab. Wir Frauen haben in der Küche dann schnell kalte Platten aus dem Aufschnitt gelegt, die Büchsen mit der Gulaschsuppe aufgekurbelt und sogar Butterröschen geformt. Es war nicht alles perfekt, aber wenigstens war der Salat frisch und stand nicht schon den halben Nachmittag wie sonst, wenn man das Büfett liefern lässt. Elfie hatte sogar von Feinkost-Weber noch ein Pfund Waldorfsalat geholt, gerade, als die schon die Tür abschließen wollten. Der dicke Sven wäre ihr sonst als Tischherr für Luisa ausgefallen, na, und noch eine Katastrophe mehr brauchten wir nun wirklich nicht!

Sehen Se, das sind so die Kleinigkeiten, an die man denken muss. Deshalb braucht man einen gewissen Vorlauf, damit man einen vernünftigen Plan machen kann.

Gertrud wollte erst kein großes Heckmeck.

Kennen Se das Wort? Heckmeck bedeutet so viel wie Aufhebens, Theater, großes Getue. Gertrud wollte eine Hochzeit im kleinen Kreis, ohne ausgiebige Feier. »Mach bloß kein Heckmeck, Renate«, gab sie mir mahnend zu wissen. Ja, aber ganz so, wie sie sich das vorgestellt hatte, ging es natürlich nicht. Man hat schließlich seine Verpflichtungen, und wenn sie mit ihrem nachlässigen Sinn für solche Dinge andere Leute vor den Kopf stößt, fällt es eben mir als bester Freundin zu, die Zügel an mich zu reißen. Man weiß doch, wie das ist: Erst wird »nur im ganz kleinen Kreis« geheiratet, aber da geht es schon los. Was ist denn bitte »kleiner Kreis«? Nur die Blutsfamilie? Gertrud wollte auf jeden Fall Ilse und Kurt lieber dabeihaben als ihre eigene Tochter, die Gisela. Das kann ich Ihnen sagen. Sollte das Brautpaar mit Gisela »im kleinen Kreis« Mittagessen gehen und sich anschweigen, und ihre besten Freunde guckten in die Röhre? So geht das doch nicht. Es gibt nur böses Blut bei vielen Leuten, nee, das kann man gut umschiffen. Hinterher fängt man ja doch an, hier noch mal ein paar Leute einzuladen, im Rentnerverein einen auszugeben oder Kuchenteller an diese und jene zu schicken. Da kommt man aus dem Feiern gar nicht mehr raus. Nee, deshalb plädierte ich für eine angemessene, ungezwungene Feier mit Familie, Freunden und allen, die Gertrud und Gunter nahestanden. Ein Abwasch, mit dem alles erledigt war.

Gertrud konnte nicht heiraten, ohne Gisela einzuladen, und den dazugehörigen Mann, das war ganz klar. Auch, wenn der Kerl immer mal wieder wechselt, musste man den Herrn mit dazu bitten. Genauso die Enkelin, die Vanessa, mag sie noch so ein verzogenes, liederliches Ding sein. Die würde mit Sicherheit auch einen Begleiter mitbringen, und falls nicht, bräuchte man einen Tischherrn. Dazu kamen die Nachbarn, Ilse und Kurt, natürlich ich, na, und man musste auch mal Licht ins Dunkel von Gunters Verwandtschaft bringen. Ja, und wenn man erst mal anfängt, so eine Liste zu machen, wächst die ganz schnell an, und ehe man es sich versieht, ist man bei dreißig Personen und hat noch immer ein schlechtes Gewissen, weil man ein paar Leute außen vor lässt.

Wir konnten zum Beispiel auf keinen Fall Wilma Kuckert übergehen, auch wenn sie niemand leiden kann. Sie ist eine ständig sauertöpfisch guckende, missgünstige Person, die eigentlich immer die Stimmung vermiest. Aber würde man sie nicht mit zum Fest bitten, würde sie im ganzen Kiez böses Getratsche verbreiten.

Wilma verfügt als Anwaltswitwe über auskömmliche finanzielle Mittel, das wohl. Richtig reich ist sie aber nicht. Die von der Stadt denken das aber und hofieren sie wie die Erbschleicher. Wilma hat nämlich vor einiger Zeit der städtischen Galerie mal ein Gemälde überlassen, das ihr Gotthold selig von einem Mandanten in Zahlung genommen hatte, der seine Rechnung nicht begleichen konnte. Der Schinken hatte an die vier Quadratmeter und machte die ganze Stube fürchterlich duster, ich wäre an Wilmas Stelle auch froh gewesen, das Ding loszuwerden. Die Museumsleiterin, so eine Studierte ohne Kinder und mit schräg geschnittenen Haaren, war zu Kaffee und Kuchen bei Wilma und hat sich das Gemälde beguckt. Sie war ganz verzückt und hat von »großer Kunst« geschwärmt. Na, die haben ein Bohei veranstaltet! Die Wand im Museum wurde neu gestrichen, sie haben sogar Lichtstrahler gekauft, und der Bürgermeister und die Kulturtante und was weiß ich was für Honoratioren liefen zu ganz großem Staat auf. Wilma wurde fotografiert, und sie musste ein Laken, das sie über das Gemälde gehängt hatten, abrupfen, und es wurde laut geklatscht. Seitdem gilt Wilma Kuckert als Muezzin von Spandau.

Nee.

Ich muss das noch mal nachgucken, damit ich nichts Falsches sage, geben Se mir eine Sekunde …

Als Mäzenin.

Herrje, so was passiert, wenn man dicke tun will und Worte verwendet, die einem nicht entsprechen. Ich sage immer: »Redet und schreibt, wie euch der Schnabel gewachsen ist, dann verstehen euch die Leute auch.« Würde ich mich mal selber daran halten! Na, egal. Wilma gilt jetzt jedenfalls als vermögende Kunstförderin und wird von den Herrschaften hofiert, das können Se sich kaum vorstellen. Die denken, dass da noch mehr zu holen ist, und lesen der Kuckert'schen jeden Wunsch von den Augen ab. Sie haben im Büro vom Kulturstadtrat extra ein Fräulein abgestellt, das mindestens einmal die Woche bei der Wilma vorbeifahren und mit ihr spazieren gehen muss. Wenn irgendwo eine Kulturveranstaltung ist, wird sie jetzt mit dem Auto abgeholt und sitzt in der ersten Reihe, ob es Klavierkonzerte sind, Ausstellungseröffnungen, Theateraufführungen oder Lesungen. Sogar bei Empfängen mit großem Büfett ist sie dabei, ich muss gestehen, dass ich da regelrecht ein bisschen neidisch bin. Wilma wollte da aber nicht mit Tupperbüchse hingehen, ihr war das peinlich. Da tut sie sehr fein. Pah! Ich wäre ja forscher, das können Se sich wohl denken, oder? Hihi. Aber ich habe nur einen röhrenden Hirsch über der Couch in der Wohnstube hängen, und den wollen die nicht.

Ich habe gefragt.

Ja, Wilma musste eingeladen werden, und auch

Lotte Lautenschläger, das arme Hascherl aus dem Seniorenverein. Seit ihr die Enkeltrickbetrüger das Konto leer geräumt haben, kümmern wir uns ein bisschen um sie, damit sie ab und an mal von ihren trüben Gedanken wegkommt, denen sie sonst nur nachhängt. Aber irgendwo musste die Liste auch mal ein Ende haben, Hinz und Kunz wurden nicht zur Hochzeit gebeten!

Die Tierpflegerin zum Beispiel, die Norbert immer die Krallen an den Pfötchen schneidet, kam gar nicht infrage, auch nicht Gertruds Ärztin. Früher war so was undenkbar. Es gab keine Hochzeit ohne die Honoratioren des Dorfes oder der Stadt: Den Herr Pfarrer, den Doktor und den Apotheker. Aber zur Kirche geht Gertrud schon seit Jaaaaahren nicht mehr und plante auch keine Trauung vor dem Altar. »Nur ganz bescheiden zusammenschreiben lassen, Renate, kein großes Theater!«, waren ihre Worte. Ihre Doktorsche ist schusslig und weiß meist nicht mal Gertruds Namen, die musste also auch nicht eingeladen werden. Und ein Apotheker ist heute auch nicht mehr, was er mal war. Gucken Se sich da mal um, da stehen mehr Olivencremes, Fettschmelzpulver und Lippenpflegestifte rum, als dass sie Tabletten vorrätig hätten! Ist doch wahr. Kommt man mit einem Rezept, klicksen die wie wild in ihrem Computer, runzeln die Stirn und dann sagen se, ob man es am Nachmittag oder am nächsten Tag abholen kann. Manche haben nicht mal mehr einen weißen Kittel an, überlegen Se sich das mal, nicht mal einen weißen Kittel! Da muss man die auch nicht zur Hochzeit einladen. Gertrud sah das genauso. Auch nicht die Sprechstundenhilfe, die Dingens da … na, wie heißt sie gleich? Schwester Sabine. Die musste man auch nicht einladen, die hätte nur getratscht. Und überhaupt, die schreiben Gertrud sowieso nur nach langen Diskussionen von den guten Tabletten auf und Massage fast gar nicht. Nee, also, wenn das Verhältnis ein anderes wäre, dann ja, aber so bestand keine Notwendigkeit, die an die Festtafel zu bitten, erst recht nicht nach dem Vorfall, den es letztes Jahr gegeben hat.

Gertrud hat ja so einen ganz trockenen Humor, müssen Se wissen. Die nimmt die Dinge ungerührt zur Kenntnis, und dann sagt sie was, wo man manchmal den Mund nicht zukriegt, weil man das so einer weiß gekrausten Omi nicht zutraut. Zum Beispiel, als die Doktorn Gertrud eröffnet hat, dass die ein bisschen Wasser in den Beinen hat. Gertrud hat erst zugehört, wie sie die Tabletten einnehmen muss und welche Speisen sie meiden soll, und hat dann die Ärztin angeguckt und gesagt: »Frau Doktor, ich weiß nicht, wie das kommen konnte. Mein Leben lang habe ich nur Kaffee und Tee getrunken, abends auch ab und an mal ein Glas Wein. Und jetzt soll ich Wasser in den Beinen haben? Das kann nur beim Zähneputzen passiert sein!«

Die Doktorsche hat wohl so laut losprusten müssen, dass die Schwester den Kopf zur Tür reinsteckte, weil sie dachte, es wäre was passiert. Gertrud hat mitgelacht, und auf der Weihnachtsfeier der Praxis haben se die Geschichte auch erzählt. Danach war se im ganzen Kiez rum, denn wenn Schwester Sabine erst mal was weiß, dann kann es auch gleich im »Spandauer Boten« geschrieben stehen. Nee, die wurden nicht eingeladen, da reichte es, einen Teller Kuchen zu schicken.

Gunter fragten wir selbstredend auch, ob er seinen Arzt dabeihaben wollte, aber der letzte Doktor, der den untersucht hat, war damals ein alter Stabsarzt bei der Armee, der längst nicht mehr lebt. Und vom Unfallarzt, der die geborstenen Bandscheiben festgestellt hatte, wussten wir nicht mal den Namen.

Ob eingeladen oder nicht – es wäre jedoch sträflich und sehr naiv, würden wir ein Hochzeitsfest ohne Frau Schlode planen. Die kommt sowieso, da plant man besser von vornherein ein Gedeck ein und regt sich nicht auf. Die isst ja auch wie ein Vögelchen. Auf den schmalen Streifen Kuchen kommt es nicht an. Es geht nur darum, dass die wieder an der Tafel sitzt und alles belauscht und Dinge mitkriegt, die einfach im Kreis der Familie bleiben sollten!

Ja, das Unheil namens Schlode drohte, das war nicht abzuwenden. Es half alles nichts: Man muss Probleme beim Schopfe packen, den Stier bei den Hörnern oder eben Frau Schlode bei den Blockflöten. Gertrud und ich sind also hin zu ihr, an einem Mittwoch, wo wir wussten, dass sie Dienst hat in ihrer Schule.

»Frau Schlode, lassen Se uns nicht lange drumrum reden, Sie erfahren es ja sowieso: Herr Herbst und ich werden heiraten«, begann Gertrud das Gespräch.

»Ach, wie wunderbar! Eine Hochzeit! Das Glück kennt kein Alter, nein, Frau Potter, wie ich mich freue! Wann ist es denn so weit?«

Sie war ganz aus dem Häuschen und ging im Kopf schon ihr Chorprogramm durch. Ich kenne die doch!

»Anfang September, Frau Schlode. Hier in Spandau, am Standesamt, kein großes Gedöns. WIR FEIERN NUR IM ENGSTEN KREIS.«

Für jeden Menschen mit Anstand und ein bisschen Takt wäre das Hinweis genug gewesen, dass eine Tanz- und Gesangsdarbietung nicht erwünscht war, aber wir hatten es mit Frau Schlode zu tun. Sie hatte Gertruds letzten Satz ganz einfach überhört und strahlte übers ganze Gesicht.

»Mein zukünftiger Mann muss sich bestimmt auch eine halbe Stunde hinlegen, wenn die Zeremonie vorbei ist. Es ist ja doch alles sehr anstrengend. Und deshalb wollte ich Sie bitten ...«

»... aber Frau Potter! Selbstverständlich komme ich mit den Kindern zum Singen!«

»Nein, nein, nein ...«

»Aber, aber, Frau Potter! Das ist doch selbstverständlich. Bei so einem Anlass lassen wir es uns doch nicht entgehen, einer lieben Freundin unseres Chors ein Ständchen zu bringen!«

Ich hatte gleich gewusst, dass wir sagen können, was wir wollen. Die Schlode würde sich nicht abhalten lassen. Es hätte aber auch keinen Sinn gehabt, den Termin zu verschweigen – die Frau kriegt alles raus! Die hat ihre Spitzel in allen Behörden sitzen und kommt dann doch. Bei der Hochzeit von Stefan und Ariane ist es mir damals gelungen, den Ort unserer Feier vor ihr geheim zu halten. Aber das klappte nur um einen hohen Preis: Ich habe allen Freunden und Verwandten ein falsches Lokal genannt, und nur bei den geladenen Gästen war handschriftlich auf den Einladungen das Bootshaus vermerkt. Allerdings machte das von mir falsch gestreute Gerücht, wir würden in »Erbses Eck« feiern, so groß die Runde, dass etliche Leute zur falschen Gaststätte fuhren. Dort standen auch schon Frau Schlode und der Kindergartenchor und sangen von allen Vöglein, die schon da wären, da waren die gleich doppelt gestraft. Denn weder die Vöglein waren da noch die Hochzeitsgesellschaft. Nur der Chor.

Aber man lernt ja dazu. Man muss die Dinge vom Ende her denken, und es war unabänderlich, dass Cornelia Schlode ihren kulturellen Beitrag darbieten würde. Es war nur die Frage, wie lange und wie schlimm. Ich war der Ansicht, dass man sie am besten im Zaum hält, indem man konkrete Wünsche vorbringt. Dann würde sie schlimmstenfalls noch zwei kleine Zugaben dirigieren, aber nach zwanzig Minuten wäre der Spuk vorbei, und wir würden pünktlich an die Tafel kommen.

Gertrud spielte ihre Rolle perfekt, sie winkte ab und guckte enttäuscht. Das war mein Einsatz.

»Liebste Frau Schlode. Wir zwei sollten mal unter vier Augen reden. Es soll doch eine Überraschung für Frau Potter werden!« Den letzten Satz flüsterte ich hinter der halb hohlen Hand an Gertrud vorbei, die glänzend mitspielte.

Ich erklärte der Schlode dann unmissverständlich, dass sich Gertrud und Gunter wie verrückt über drei kurze Lieder freuen würden, am besten gleich am Standesamt.

Drei!

Kurz!

Wie eine Lehrerin in der ersten Klasse ließ ich Frau

Schlode wiederholen, was ich gesagt hatte: DREI KURZE LIEDER. Sie hatte es verstanden, aber ich traute dem Frieden nicht ganz.

***

Eine der wichtigsten Fragen bei einer Hochzeit ist die nach dem Brautkleid.

Eigentlich war das für mich gar keine Frage, denn sowohl für Gertrud als auch für mich schneidert unsere Ilse immer alles. Meine Brautkleider, meine Sachen »für gut« und auch das hübsche Geblümte, in dem ich mal begraben werden will – alles hat Ilse mir genäht. Sie hat das noch richtig gelernt und schneidert bis heute nach den Schnittmustern von Aenne Burda. Die Kleider sind zeitlos und sitzen, und weil Ilse ein Näschen für gute Stoffe hat, halten sie und zippeln nicht nach ein paarmal anziehen. Um Ilses Erfahrungsschatz kann man sie nur beneiden. Wir haben ja früher viel mehr auf Qualität geachtet, als das heute der Fall ist. Meine Oma Strelemann hat immer gesagt: »Wir sind nicht reich genug, als dass wir es uns leisten könnten, billig zu kaufen. Wer billig kauft, kauft immer zweimal!« Sie hat knapp gewirtschaftet im Haushalt und lieber Brennsuppe gemacht, um was zur Seite zu legen für den besten Stoff, den man für Geld kriegen konnte und aus dem unsere wenigen Kleider genäht wurden. Da war nicht nur wichtig, dass es wertiger Stoff war, sondern auch, dass er gut vernäht wurde. Seinerzeit war Schneidern noch ein ehrenwertes Handwerk, und unsere Blusen kamen nicht in Containern aus fernen Ländern und wurden dann verramscht für weniger Geld, als ein Kaffee kostet. Wenn man was gekauft hat – ob nun von der Stange oder auf Maß geschneidert –, hat man als gute Hausfrau immer in den Säumen und an den Nähten geguckt, ob knapp zugeschnitten war oder großzügig. Ich mache das bis heute. Wissen Se, man nimmt sich mit seinen Sachen in Acht und trägt sie jahrelang. Man wertschätzt sie, weil man weiß, dass viel Arbeit darin steckt und sie auch viel Geld gekostet haben. Da ist es auch wichtig, dass man mal was auslassen und den Rock am Bund eine Spur weiter machen kann. Auf so was legt doch jede gute Hausfrau Wert. Das Wort »Hausfrau« wurde seinerzeit auch nicht abfällig benutzt, so wie heutzutage oft. Eine Hausfrau musste nicht nur kochen können, sondern das Haus führen. Dazu gehörte auch die Verantwortung für die Haushaltskasse. Da war nicht jedes Jahr Geld für eine neue Bluse im Büdschee!

Nee, früher haben wir darauf geguckt, dass genug Stoff zum Auslassen in den Nähten saß. Dass es warm hielt, war wichtiger, als dass die Männer uns in den Ausschnitt gucken konnten.

Na ja, außer bei Gertrud vielleicht.

Ilse, die mir wie gesagt bis heute viel schneidert, hat immer nach solchen Schnittmustern genäht, bei denen auch ordentlich Nahtzugabe im Saum war. Das kostet ein paar Mark mehr an Stoff, jawoll, aber das spart man später doppelt und dreifach wieder ein, wenn man was rauslassen kann.

Deshalb war für mich im Grunde unausgesprochen klar, dass Ilse auch Gertruds Brautkleid nähen würde.

Aber Gertrud sagte, sie wäre die Braut, sie dürfe bestimmen, und sie legte fest, dass wir alle zum Brautausstatter fahren und uns einkleiden würden, und zwar auf ihre Rechnung.

Ach, du lieber Himmel! Na, gut, dass wir rechtzeitig angefangen hatten zu planen.

Ilse guckte pikiert, als Gertrud uns das eröffnete, aber noch ehe sie was sagen konnte, sprach Gertrud einfach weiter: »Das ist nun mit Sicherheit das letzte Mal, dass ich heirate. Dich hole ich nicht mehr ein, Renate, hihi! Wir feiern doch bescheiden, und ich spare lieber an einer Kapelle und habe dafür meine besten Freunde schick gekleidet um mich. Was meint ihr, was das da für einen Spaß macht bei Schleier-Elfie! Da machen wir es uns richtig schön und lassen es uns gut gehen. Ich habe das mal im Fernsehen gesehen, ihr ahnt ja gar nicht, was das für ein Erlebnis wird! Ein Brautkleid für mich, für euch olle Weibsen schicke Brautjungfernkleider und für Gunter und Kurt neue Anzüge. Ich will kein Geschenk, ich wünsche mir nur, dass wir uns alle schick machen, wenn wir nun doch so groß feiern müssen!«

Beim letzten Satz guckte sie mich prüfend an.

»Was heißt hier ›groß‹, Gertrud, ich weiß gar nicht, was du …«, versuchte ich mich stammelnd aus der Affäre zu ziehen.

»Renate! Ich kenne dich! Wenn du deine Finger in einer Hochzeit hast, geht das nicht ohne weiße Tauben und Kutsche ab!«

Ach, du liebe Zeit, an die Tauben hatte ich noch gar nicht gedacht! Gut, dass Gertrud das sagte. Ich musste unbedingt mit Ottmar Runkel sprechen. Ottmar hat uns früher immer die Briketts gebracht, ein ganz feiner Mensch ist das. Der ist Taubenzüchter und hat eigentlich Brieftauben, aber auch ein paar Weiße mit solchen Püscheln an den Beinen, die er gern zu Hochzeiten ausleiht. Ich überlegte, ob ich Ottmar nun vor das Standesamt bestellte oder doch lieber zur Gaststätte, wo wir feiern würden. Vor dem Standesamt gäbe es vielleicht ein zu großes Gedränge mit der Pferdekutsche, dem Kinderchor, dem Fotografen und dem sonstigen Menschenauflauf. Aber vor der Gaststätte war es auch schlecht, denn wir waren zeitlich knapp – das Essen war genau durchgeplant! Und man würde Ottmar auch zu Tisch bitten müssen. Es ist immer so schwierig, dann den richtigen Zeitpunkt zu finden, dass jemand wieder nach Hause geht. Nach dem Mittagbrot? Oder bleibt er zum Kaffee? Ich sah es schon kommen, er würde einfach da sitzen bleiben und nach dem Eröffnungswalzer die Polonaise anführen. Nee, da musste ich mich mit Ilse beratschlagen, wenn Gertrud nicht dabei war.

Also, Ilse war erst recht reserviert wegen des Vorschlags, fertige Kleider zu kaufen. Sie fühlte sich ein bisschen … hintergangen, weil Gertrud nun ihr Brautkleid nicht von Ilse geschneidert bekommen wollte. Ilse näht allerdings auch nach Schnittmustern, die sie schon als junges Mädchen gelernt hat, und auch, wenn man nicht jeden modischen Schnickschnack mitmachen musste, tat ein bisschen Pfiff in der Garderobe mal gut. Ich glaube, all das weiß Ilse selbst, und das ratterte gerade durch ihre Gehirnwindungen. Es heißt zwar immer: »Mädchen, du kannst den Leuten nur vor den Kopf gucken, nicht rein«, aber wenn man sich so lange kennt wie Ilse und ich, dann ist das anders. Dazu kam noch, dass Kurt seinen guten Anzug, in dem er hätte bestattet werden wollen, so doll mit Rumtopf bekleckert hatte, dass der nun richtig versaut war. Ilse ist ja – ohne, dass ich das böse meine – eine berechnende und sparsame Person und kalkulierte im Kopf, dass ein guter Herrenanzug mit Weste ein üppiges Sümmchen kostete, und nach kurzem Zögern willigte sie ein. Wenn Gertrud das bezahlen wollte? Wir würden zur Schleier-Elfie fahren und Kleider und Anzüge kaufen!

Schleier-Elfie ist die Frau von Buxen-Willy. Willy war eigentlich Viehhändler gewesen, aber ich frage Sie: Wer kauft denn heute noch eine Kuh oder ein Pferd? Das Geschäft liegt weit raus von Berlin auf dem Land, bald eine Stunde zu fahren. Na, wenn Kurt fährt, eher zwei Stunden. Der Viehhandel lief immer schlechter, aber wie so oft im Leben tat sich ein Fensterchen auf, als eine Tür zuging: Willys Schwiegertochter hat vor Jahren ihr getragenes Brautkleid über Annonce verkauft und dummerweise die Adresse mit in die Anzeige geschrieben. Da standen dann am Sonnabend bald an die zwanzig Autos vor der Tür, und die Leute klingelten und fragten nach dem Kleid, das aber längst verkauft war. Diese Geschichte brachte Willy, der ein recht geschäftstüchtiger Mann ist, auf eine Idee: Warum nicht die alte Scheune, die sowieso leer stand, ausbauen und dort Braut und Bräutigam schick einkleiden? Seine Frau, seine Tochter und seine Bank zogen mit, und so fingen sie vor ein paar Jahren an, korallenfarbene Pömps und Rüschenkleider feilzubieten. Das funktionierte vom ersten Tag an, und die Geschäfte liefen wie geschmiert. Die Leute kamen aus der ganzen Gegend und kaufen ihre Hochzeitsbekleidung bei Willy und seiner Elfie. Die bauten das immer weiter aus, und heute ist das geradezu ein Heiratsparadies auf so vielen Quadratmetern, dass man das schon fast in Saarland umrechnen kann. Ist Ihnen das mal aufgefallen? Wenn es irgendwo dolle brennt auf der Welt, sagen sie in den Nachrichten immer dazu, wie viel Mal die Fläche größer ist als das Saarland. Das Tüllparadies hier hätte man wohl mit »Es umfasste eine Fläche halb so groß wie das Saarland« beschrieben. Ein Eldorado für den Traum in Weiß. Es gibt nicht nur Kleider, sondern auch eine Herrenabteilung, Maßschneiderinnen, die alles anpassen, damit es perfekt sitzt, ein kleines Café, Schuhe, Friseurinnen und was weiß ich nicht alles.

Wissen Se, wenn Gertrud sich das wünschte, dann sollte es eben sein. Das Brautkleid ist das wohl wichtigste Kleid im Leben einer Frau, und da will man dem Traum doch ungern im Wege stehen. Wir machten also einen Termin – das ist ja immer besser, wenn die vorbereitet sind und einen erwarten, erst recht, wenn fünf alte Leutchen kommen – und fuhren an einem schönen Dienstag im April hin. Vorher wollten wir nicht, wissen Se, manchmal fällt ja noch spät Schnee, und dann hat man den Ärger mit den glatten Straßen. Nee, das musste ja nicht sein. Wir reisten mit zwei Autos. Gunter und Gertrud fuhren selbst, und ich saß wie immer bei Ilse und Kurt im Koyota auf der Rückbank.

Ob nun einer nichts hört oder nichts sieht … man darf im Grunde gar nicht darüber nachdenken, dass die beiden ollen Rochen noch selbst ein Auto steuern, aber was will man machen? Ein Bus fährt doch nur alle Jubeljahre.

Als wir ankamen, mussten wir ein bisschen auf unsere Beraterin warten. Man geht da nicht einfach selbst an den Kleiderständer und probiert was, müssen Sie wissen. Das ist nämlich gar nicht so einfach, denn die meisten Kleider sind schwer, und man braucht Hilfe beim Anprobieren. Da ist eine Beratung, die einem von vornherein sagt, ob sich die Anprobe lohnt, wirklich angebracht. Diese prachtvollen Roben sind ja auch alle sehr teuer, und nicht nur, dass sie vielleicht schmutzig würden, ginge da jeder einfach mit seinen Speckfingern dran – nein, es besteht auch die Gefahr, dass man durch das falsche Loch einsteigt. Manche müssen von unten nach oben angezogen werden, andere wieder über den Kopf. Es ist eine Wissenschaft für sich!

Wir waren nicht die Einzigen, die hier in kleiner Gruppe angereist waren. Es gab sechs Verkaufsberaterinnen, die sich um Trupps kümmerten. Die bestanden neben der Braut meist aus Schwiegermutter, Mutter, Schwester der Braut und Brautjungfern. Meist waren vier Cousinen der Braut die Brautjungfern, na, wie das auf dem Land eben so ist. Ilse, Gertrud und ich hatten fast so viel Freude dran rauszufinden, wer in welchem Verhältnis zur Braut steht, wie wir uns über die verdutzten Gesichter freuten und uns ausmalten, wie die anderen das bei uns versuchten. Wir fielen eben ein bisschen aus dem Raster. Bei den anderen Kunden hatten sich Braut und Bräutigam meist in der Berufsschule oder sogar im Sandkasten kennengelernt, Gertrud und Gunter dagegen auf dem Friedhof. Das ist ja genau genommen auch eine Art Sandkasten, hihi.

Wir schauten uns jedenfalls erst mal unauffällig um und bummelten durch die Gänge von Tüll. Eine Frau bekam gerade eine Frisur »Probe gesteckt«. Man kann sich das ja kaum vorstellen, was da an Material in den Schädel gehämmert wird, damit am Ende eine »ganz natürliche Brautfrisur« rauskommt. Die Friseurin schob Dutzende Haarnadeln in die Locken und fixierte alles mit mehreren Flaschen Spray. Alsdann wurden ganz dünne Perlenkettchen befestigt und mit Haarnadeln ein paar Federn aufgebracht, und als alles fertig war, kam ein Schleier drauf, und man sah gar nichts mehr von dem frisierten Irrsinn. Die Braut fand das Probemachwerk auch nicht überzeugend, und alles wurde wieder abgetakelt. Alleine das Auffinden der ganzen Haarnadeln dauerte seine Zeit, aber die Friseurin hatte einen Trick. Sie fuhr der jungen Frau so lange mit einem Metalldetektor über den von Haarlack verkleisterten Kopf, bis es aufhörte zu piepen. Erst dann konnten sie mit dem Einweichen des Lacksprays beginnen.

Ilse guckte zweifelnd, sagte aber nichts. Sie ist eben eine dezente und zurückhaltende Person mit Stil. Ich fürchtete schon, ich müsste Gertrud einen Hinweis geben, aber es war dann doch nicht nötig. Sie sagte sehr entschieden: »Keine Hochsteckfrisur, keine Perlen und keine Federn. Angelika macht mir die Haare und fertig.«

Wir atmeten erleichtert auf.

Aber es gab natürlich noch mehr zu entscheiden.

Schleier, Schuhe, Accessoires … die haben ja alles. Sogar Maniküre! Wobei das nichts mit dem zu tun hat, was meine Fußpflegerin da macht. Wissen Se, ich dachte immer: Maniküre, Pediküre – es ist doch ganz egal. Man kriegt die Nägel geschnitten und gefeilt und fertig. Aber nee. Fußpflege ist ja sowieso noch viel mehr, mit Hornhautentfernung und Massage und allem drum und dran. Und Maniküre erst! Wissen Se, als berufstätige Frau, die obendrein noch ihren Haushalt hatte und die ständig im Wischwasser hantierte, hatte unsereins eigentlich nie Zeit, sich da Lack auf die Nägel zu schmieren. Das war immer was für feine Damen, die nicht arbeiten mussten. Heute ist das anders. Da lassen sich sehr viele Frauen die Nägel machen. Wobei es eigentlich gar nicht um Fingernägel geht, sondern eher um Krallen aus Plastik, die auf die Fingerkuppen geklebt werden. Sie werden auch nicht einfach nur rund gefeilt und dezent mit Lack bestrichen, damit es gepflegt aussieht, nee! Da werden Zeichnungen mit Nagellack fabriziert, und dann werden die Krallen belegt wie eine Torte. Nun nicht mit Pfirsichen aus der Büchse, aber mit kleinen Glitzersternchen, mit Marienkäferchen, mit Kringeln und Blümchen. Da muss man sich dann auch nicht wundern, dass die jungschen Dinger, die so beklebte Nägel haben, das Treppenhaus nicht wischen. Wie sollen sie auch? Ich frage mich, wie die wohl abwaschen. Diese dünnen Gummihandschuhe reißen doch vorn gleich kaputt, wenn man mit scharfen Krallen da reingeht. Man will das alles gar nicht wissen, wahrscheinlich essen die nur Fertigpamps aus der Mikro-Ping und stellen alles in den Geschirrwascher.

Ich habe so eine Geschirrwaschmaschine ja auch. Stefan hat das organisiert, sie haben alle zusammengelegt und mir das Ding zum Geburtstag geschenkt. Aber ich stelle es nur selten an. Für mich als einzelne Person lohnt das kaum. Und wenn ich Besuch hatte, eigentlich auch nicht, denn es darf ja nicht alles rein in das Gerät! Die guten Kristallgläser zum Beispiel wasche ich nur mit der Hand ab. Die kommen sowieso nur auf den Tisch, wenn Besuch da ist. Also, richtiger Besuch, nicht die Familie. Die Familie kriegt aus Senfgläsern zu trinken, oder aus Colagläsern, die es beim Frittenbräter manchmal dazu gibt. So was schleppt Ariane mir immer an. Wissen Se, der Goldrand leidet doch, wenn die Gläser in den Automaten kommen. Nee, nee, die Spülmaschine mache ich nur an, wenn Besuch dagewesen ist, und auch nie, wenn sie nur dreiviertelvoll ist. Ilse geht mir bei Festlichkeiten ja meist in der Küche zur Hand. Sie räumt das Geschirr ein, wenn der Besuch noch da ist, und täuscht an, dass der Spüler angestellt wird. Sind die Gäste aus dem Haus, räumen wir alles wieder aus, weil es sich nämlich nicht lohnt. Ja, gucken Se: Das Silber muss mit der Hand gespült werden, die guten Gläser auch, das Meißener Porzellan sowieso und die ganz verkrusteten Pfannen und Töpfe auch. Letztere werden einfach nicht richtig sauber im Geschirrwaschautomaten. Scharfe Messer dürfen auch nicht rein, weil die sonst stumpf werden von der Hitze und vom scharfen Reinigungszeuchs, und die Stullenbrettchen auch nicht. Das Holz quillt auf. Ja, und was bleibt dann noch übrig? Höchstens die Suppenkellen und die Alltagstassen vom Frühstück. Und dafür lohnt es sich nun wirklich nicht, den Apparat anzustellen, müssen Se zugeben!

Aber ich bin ins Plaudern geraten, ich wollte doch eigentlich vom Kleiderkauf berichten.

Unsere Beraterin war nicht die Elfie selbst, die hantierte nämlich in der Kantine rum. Wir bekamen eine gewisse Silvie zugeteilt, eine ganz bezaubernde, feine Frau, die Schneiderin gelernt hatte und etwas von dem verstand, was sie da tat. Sie hörte uns geduldig an und sagte nach ein paar Minuten, dass sie nun ungefähr im Bilde wäre und wir einfach mal gucken und was probieren würden. Als Erstes wurden die Männer von uns Frauen getrennt und abgeführt. Also, Kurt und Gunter wurden von einem Verkäufer namens Julian in die Herrenabteilung gebracht. Ich guckte den jungen Mann nur kurz an und machte mit dem Zeigefinger eine kreisende Bewegung überm Kopf. Ilse und Gertrud nickten beipflichtend: Ein Knödeljunge wie aus dem Bilderbuch. Die Silvie flüsterte dem Julian noch ein paar Anweisungen zu und widmete sich dann ganz Gertrud.

Bei den Kleidern gab es ja nun alles, was man sich nur denken konnte. Hauptsächlich selbstverständlich Brautkleider, aber auch Festgarderobe für uns Angehörige. Die Palette reichte vom Kleid mit Schleife auf dem Po bis hin zu ganz schlicht, zwar vorwiegend in Weiß, aber auch in Mint, Bleu und Ferkelrosa.

Weiß ist ja nicht gleich Weiß. Es gibt strahlendes Weiß, wie man es bei den Gardinen haben möchte, wenn man sie wäscht, und dann eher so Wollweiß. Unsere Beraterin, die Silvie, referierte eine elend lange Zeit über gebrochenes Weiß, Eierschal-, Perl- und Blütenweiß. Es gab auch Mehlweiß, Gips-, Kokos-, Albino- und Emailleweiß, und ich schwöre Ihnen, ich habe mir lange nicht alle Töne gemerkt. Wissen Se, ich dachte so bei mir: Egal, welches Kleid Gertrud sich aussucht, wir waschen das vor dem Tragen sowieso auf, und danach ist es strahlend weiß! Ich habe doch da meine Tricks. Meine Tafeltücher von Oma Strelemann haben bis heute keinen Grauschleier! Da würde ich wohl auch Alabasterweiß wieder zu richtigem Weiß machen.

Aber Gertrud wollte kein Weiß. Sie war da sehr entschieden. Sie wollte etwas, das ganz, ganz zart in Richtung Rosa ging. Da sie aber die Sprache unserer Beraterin nicht sprach, dauerte es ein Weilchen, bis sie einander verstanden. Wissen Se, es ist mit den Farben wie in diesen modernen Kaffeeläden, da können Se auch nicht sagen: »Einen großen Kaffee bitte.« Da heißt das Grande, Venti und Tall, und was Rosa betrifft, ist es noch viel schlimmer als bei Weiß. Wir arbeiteten uns von Nymphe über Hummer und alle möglichen Blumensorten zur barbiefarbenen Abteilung vor, bis Gertrud endlich an einem Ständer, der sich als »Altrosé« herausstellte, ein zustimmendes »Hmmmm« summte. Altrosé ist übrigens nicht zu verwechseln mit Altrosa, glauben Se mir. Das ist wieder ganz was anderes.

Wir hatten nun Gertruds Farbwunsch eingekreist, aber damit waren wir noch lange nicht am Ziel, denn mochte Gertrud den Farbton, gefiel ihr der Schnitt nicht, und saß das Kleid, ging das Rosa wieder einen Stich zu sehr in Richtung Straßendirne.

Ilse und ich konnten erst mal gar nicht viel tun, denn unsere Kleider mussten ja mit Gertruds Robe harmonieren und konnten erst ausgesucht werden, wenn die Entscheidung für das Brautkleid feststand. Meine Augen schweiften deshalb ab und an auch zur Nachbargruppe.

Eine gewisse Raffaela wollte unbedingt ein kurzes Kleid, die Cousine Beverly hingegen lang. Ständig fing eine an zu schniefen, weil sie zu viele Kitschfilme geguckt hatten und sofort ergriffen waren, wenn sie sich in diesen Rüschenroben sahen. Himmel herrje, wissen Se, hätte ich bei jeder meiner vier Trauungen so ein Theater veranstaltet … Sie waren mit einer Gruppe von ungefähr zehn Frauen angereist. Ich tippte auf Handballerinnen. Wissen Se, bei uns im Kiez spielen auch viele junge Frauen Handball. Das ist ja in jeder Region ein bisschen anders, was die für Sport machen, in der einen Ecke ist mehr Reiten, in der nächsten Region haben sie einen Schützenverein, und bei uns ist es Handball. Handball macht ein breites Kreuz, und deshalb sind schulterfreie Kleider nicht so günstig. Aber heutzutage sehen manche das auch ganz anders. Die Frau Berber, zum Beispiel, meine Nachbarin, die schert sich einen Dreck darum, ob nun wieder Hungerhaken über den Laufsteg teckeln. Das ist für sie nicht das Maß der Dinge, und ich finde das richtig so. Die Berbern hat ein paar Pfunde mehr, und auch, wenn ich sonst meinen Ärger mit ihr habe: Dass sie sich daraus nichts macht und sich höchstens die Marmelade vom Kinn wischt, bevor sie den Leuten eine passende Antwort verpasst, die sie dick nennen – das finde ich gut. Das imponiert mir. Diese klapperdürren Modelle, die sind doch nicht schön. Das ist ein Problem, dass die als erstrebenswertes Ideal hingestellt werden oder dass sie es selbst tun. Heute braucht ja keiner mehr eine Zeitung, die über einen schreibt. Die sprechen in eine Händikamera; und schon kann ihnen bei Finstergram jeder zugucken. Na ja. Aber es ist wissenschaftlich erwiesen, dass hungrige Männer mollige Frauen attraktiver finden. Fragen Se mich nicht, warum, aber es ist so. Je satter sie sind, desto eher starren se den Dürren nach. Als ich Gertrud davon erzählt habe, bekam Gunter gleich erst mal nur noch eine Stulle abends. Ilse hat Kurt die Mahlzeiten aber nicht gekürzt, wissen Se, der Mann hat so viele Dioptrien, der sieht nicht, ob eine Frau drall oder mager ist.

Trotzdem nahm die Breitkreuzige hier noch den Rat an und wählte ein Bolerojäckchen zum Kleid. Ihre zehn Begleiterinnen hatten sich Preisrichter-Täfelchen gebastelt. So ähnlich wie Tischtenniskellen, wissen Se, wie ich meine? Vorne rot und hinten grün. So wie früher die Preisrichter beim Formationstanzen hielten die bei jedem Kleid ihre Wertung hoch.

Ach ja, das war noch schön! Formationstanz! Die haben auch immer schöne Kleider an! Gut, sie schmieren sich auch Schuhcreme in die Haare, aber im Fernsehen sieht es schick aus. So was zeigen se heute ja auch kaum noch, nur noch Fußball.

Die Handballmannschaft ging hart mit der Braut ins Gericht. Da fielen solche Sätze wie »Der Hintern ist zu dick!« oder »Da sieht man ja jedes Fettpölsterchen«. Sie musste ganz schön einstecken! Nur die Brautmutter hielt sich zurück. Die trug einen Poncho. Damit werden Körper behängt, die ein bisschen aus der Form geraten sind nach zu viel Plätzchen in der Weihnachtszeit. So was verhüllt ja nicht nur das Kreuz, sondern auch den Bauch. Poncho tragen im Grunde nur drei Arten von Frauen: Englische Adlige, die im kalten Schloss in Schottland frieren, verkopfte Frauen, die auf dem Weg in eine lyrische Lesung sind, und solche, bei denen nicht mal mehr Schwarz hilft, die Pölsterchen zu verstecken. Diese Brautmutter hier war Typ zwei und drei gleichzeitig, und zwischen all den schluchzenden Freundinnen, die ganz ergriffen mit den Händis jedes anprobierte Kleid filmten, knipsten und an weitere Freundinnen verschickten, war sie die Einzige, die immer »grün« mit ihrer Tischtenniskelle zeigte, weil ihr alles gefiel. Die war offenbar so froh, ihre Tochter endlich in die Ehe loszuwerden, dass sie auch bei einem Jockinganzug zugestimmt hätte.

Derweil war auch Gertrud im ersten Kleid drin. Wissen Se, so was dauert in unserem Alter eben ein bisschen. Ilse und ich drängelten da auch nicht, denn wir wissen ja beide, wie das ist. Aber als der Vorhang von Gertruds kleinem Umkleidestübchen aufging, na, da schoss mir aber auch fast das salzige Nass in die Äuglein. Majestätisch sah Gertrud aus, wunderschön! Fast wie die Königin von England, es fehlte nur eine Krone auf dem Kopp. Ach, ein Traum aus Tüll war das Kleid! Wir waren uns nur nicht einig, ob das Kleid über den Boden schleifen soll oder nicht. Die Verkäuferin sagte schnippisch, der Modeschöpfer hätte sich was dabei gedacht, und das Kleid unten abzuschneiden wäre ein Frevel. Das wäre, wie beim Buch das Ende umzuschreiben, weil es einem nicht gefällt. Aber Gertrud, Ilse und auch ich waren uns einig: Es darf nicht auf dem Boden schleifen. Nicht nur, dass Gertrud sich den Dreck einfangen würde, es wäre auch eine Stolperfalle für eine Dame von guten achtzig. Da muss man ganz klar nicht nur praktisch denken, sondern auch die Sicherheit im Kopf haben. Bestimmt war das Standesamt sauber, die Trauung von Gertrud und Gunter war die fünfte an dem Tag. Wenn vier Bräute da schon mit ihren Schleppen durchgewischt hatten, konnte man davon ausgehen, dass der gröbste Dreck weg war, aber die Stolpergefahr durfte man nicht unterschätzen.

Nun waren wir ja nicht zwei Stunden mit dem Auto gefahren, um dann gleich das erstbeste Kleid zu kaufen. Deshalb merkten wir das hier schon mal vor und ließen es die Silvie reservieren, um noch ein bisschen weiterzugucken. Es machte ja Spaß! Silvie kicherte und sagte, dass wir ein typischer Fall wären. »Das erste Kleid ist meist das, zu dem alle sagen: ›Ja, das ist schön, aber das nehmen wir noch nicht. Wir sind doch nicht so weit gefahren und kaufen dann das erste Kleid!‹ Aber Sie haben recht, wir hängen das mal auf die Seite und schauen noch ein bisschen weiter.«

Gertrud probierte noch dies und das, aber es war alles nicht das Richtige. Sie musste mit jedem Kleid, das sie in den nächsten Stunden anprobierte, auf ein kleines Höckerchen steigen. Nicht hoch, kaum eine Handbreit. Aber da die Gewänder ja alle recht lang geschnitten waren, musste man es über den Rand baumeln sehen. Ilse und ich setzten uns durch, es durfte auf keinen Fall unten aufstuken. Zu kurz durfte es aber auch nicht sein, sonst sähe es aus wie ein Petticoat. Aber auch das Gehen in so einem Kleid will gelernt sein. Die Verkäuferin sagte ständig: »Alle sehen toll aus. Sie müssen es fühlen, ob das Kleid Ihnen was zuflüstert. Gehen Sie mal ein paar Meter ganz für sich allein durch den Laden.«

Kirsten hätte ihre Freude gehabt an der Silvie, die an sprechende Kleider glaubt, das sage ich Ihnen! Meine Tochter umarmt gern Bäume und hört, was die ihr zuflüstern. Was meinen Se, was ich schrubben musste, weil sie sich die gute Bluse mit Harz beschmiert hat, als sie auf Besuch war bei mir. Die hätte sich mit Silvie, die von flüsternden Kleidern redete, prima verstanden.

Gertrud hörte zwar nichts flüstern, aber sie hatte sich im Grunde genommen für das erste Kleid entschieden und verlor zusehends die Lust an weiteren Anproben. Sie meckerte an jedem Kleid rum, dass es zippelte, dass es nicht richtig saß oder dass die Farbe nicht richtig war. Die meisten waren auch obenrum sehr rüschig. Die Hersteller arbeiten am Busen immer etwas mehr Stoff ein, damit im Fall von Flachbrüstigkeit was kaschiert werden kann, erklärte uns Silvie und raffte mit den Händen an Gertruds Brüsten rum.

Am Anfang wollen die Bräute ja alle »schlicht und schmal geschnitten«, aber nach zehn Kleidern kommt in jeder Frau die Prinzessin durch, und sie steht da mit Spitze und Strass und Volant und Schleife auf dem Hintern. Dann erinnert die Verkäuferin schon mal daran, was sie eigentlich wollten, denn es hat ja keinen Sinn, dass die den glitzernden Gardinenberg kaufen und dann doch wieder zurückbringen, wenn sie sich das zu Hause nüchtern betrachten. Aber da sich Gertrud eigentlich schon entschieden hatte, konnte sie ruhig ein bisschen mutig sein und sich durchprobieren. Manchmal haben wir sie gar nicht erkannt. »Doch, das ist unsere Gertrud!«, rief Ilse ganz erstaunt, als Gertrud wie eine Schneeeule aus so einer Robe guckte. Im nächsten Kleid hingegen sah sie eher aus wie ein Truthahn, der balzt, wissen Se? So aufgeplustert. Als Gertruds Kopf aus einem Tüllhaufen ragte, der aussah wie aufgetürmte Sprühsahne, hatte Ilse genug. Sie wollte lieber mal zu den Männern gucken. Auch die Verkäuferin verlor bei dem Kostüm ihre engelsgleiche Geduld und sagte mit Blick auf Gertruds Schultern: »Da kommen die Rollen, hier drückt der Speck – das geht nicht.« Dabei war die Corsage am Rücken noch nicht mal zu gewesen! Ich war ihr sehr dankbar, wissen Se, es macht keinen Spaß, wenn man immer selbst die Ehrliche sein muss. Gertrud war auch nur ganz kurz beleidigt und pellte sich dann klaglos aus dem Schaumtörtchen. Wir waren alle dagegen, und schon deshalb war es nicht das richtige Kleid. Je mehr Leute da mitreden, desto schlimmer ist es ja. Viele Köche verderben den Brei, das sage ich immer. Allerdings sieht man sich selber ja nicht von hinten und braucht auch den einen oder anderen Rat … aber Ratschläge sind eben manchmal auch Schläge. Wenn man jedoch Flausen im Kopp hat, hilft manchmal nichts anderes.

Alle waren einverstanden, dass es an der Zeit war, mal eine Pause einzulegen und zu den Männern zu gucken. Der Bräutigam darf die Braut ja nicht im Kleid sehen vor der Hochzeit, aber umgekehrt gibt es da keine Regel. Und Ilse sorgte sich um Kurt, dem auf keinen Fall alleine zugetraut werden durfte, sich einen Anzug auszusuchen.

Kurt und Gunter hatten wir eine ganze Weile nicht gesehen, aber auch nicht gehört. Das war schon mal ein gutes Zeichen, dass sie kein Gebrüll veranstaltet hatten. Sie hatten ja diesen Knödeljungen als Berater zugeteilt bekommen, den Herrn Julian. Der sollte nun Anzüge für die beiden Männer finden und war schon recht nah am Ende seiner Kräfte, als wir Frauen in die Herrenabteilung rübergebummelt kamen. Er guckte uns an wie die Erlöserinnen.

Männer glauben ja immer, dass sie den Anzug später noch mal anziehen, jedenfalls, wenn man den Efeu und das Getüddel abschneidet, das bei einem Bräutigamsanzug offenbar standardmäßig dabei ist. Wissen Se, mit dem Anzug ist es wie mit dem Brautkleid: Die Brautleute haben ihr Büdschee, und das ist das Limit. Die Beraterin fragt am Anfang diskret, in welcher Größenordnung sich das bewegen darf, und dann nennen die Kunden ihren Preis. An den Kleidern und Anzügen verdienen sie gar nicht so viel, obwohl sie schon unverschämt teuer sind. Aber richtig ins Geld geht das Gedöns drum herum: Schuhe, Gürtel, Hüfthalter, Handschuhe, Schleier und dieser ganze Plunder. Da fallen Se nach hinten um, wenn Se die Preise hören. Passt man da nicht auf, kommt noch mal die gleiche Summe zusammen, wie für das Kleid insgesamt geplant war. Und bei so einer drohenden Gefahr darf man Männer einfach nicht alleine einkaufen lassen, sonst lassen die sich Schlips, Einstecktuch und Kummerbund im Wert einer Urlaubsreise andrehen. Kurt ist sowieso empfänglich für Leute, die einem was aufschwatzen wollen, der ist wohl der letzte Mensch, der noch Zeitungen abonniert. So was gibt es fast gar nicht mehr, dass die Drückerkolonnen von Haus zu Haus ziehen und die alten Leute unterschreiben lassen, aber Kurt haben die offenbar bis heute auf der Liste. »Der junge Mann hat kaum zu essen und braucht doch die Abschlüsse, sonst kann der sich sein Studium nicht leisten! Außerdem holen wir das Fernsehheft sowieso jede Woche, und es kostet doch auch nicht mehr!«, rechtfertigt er sich dann immer. Pah, von wegen »ein Fernsehheft«. *Vier* haben Gläsers als Abo laufen, *vier*! Mehr, als wir früher Sender hatten.

Die meisten anderen Bräutigame hatten die Mutti beim Kauf dabei, was die Sache nicht leichter machte, aber auch die Schwestern der Braut hüpften hier und da durch die Herrenabteilung. Die begleitenden Frauen kennen meist das Brautkleid und wissen, was zum Anzug passt. Der Bräutigam ist da im Nachteil, denn nach alter Sitte bringt es Unglück, wenn er die Braut schon vor dem Hochzeitstag im Festornat sieht. Wobei sich die Gelehrten da auch streiten, die einen sagen, der Mann darf das Kleid nicht sehen, die anderen sagen, er darf nur die Frau nicht im Kleid sehen. Wenn er den Schrank aufmacht und ihm die Rüschen entgegenquellen, wäre das nicht schlimm. Ich will da nicht streiten, bin aber für die strengere Auslegung. Man kann nie wissen!

Gunter und Kurt waren gleichzeitig dran, bei denen kam es nicht so darauf an, dass die Anzüge zueinanderpassten. Wissen Se, ob nun Schwarz oder Dunkelblau – etwas anderes kam für die Herren sowieso nicht infrage, und das beißt sich auch nicht.

Der zugeteilte Herr Julian murmelte die ganze Zeit kichernd: »Das glaubt mir keiner, wenn ich das erzähle, das nimmt mir keiner ab!« Er war auch gar nicht richtig auf die Beratung konzentriert, sondern befühlte die Muskeln von einer der Handballschwestern, und wenn Se mich fragen, hatte der ganz andere Absichten, als Kurt und Gunter Anzüge zu verkaufen.

Als Erstes reichte er Gunter eine Hose.

Der nickte brummend und sagte: »Jo. Wenn Gertrud nichts dagegen hat, nehm ich die. Sie können die einpacken.«

Na, da hatte er aber die Rechnung ohne den Herrn Julian gemacht! Der ließ ganz schnell von der Bräutigamsschwester mit dem Handballerkreuz ab und kriegte Schnappatmung. Gunter müsse den Anzug schon auch anprobieren! Kurt erklärte Gunter, dass es keinen Sinn hatte, sich zu wehren, und beide verschwanden resigniert mit je einem Anzug auf dem Bügel in ihren Kabinen. Die waren sehr geräumig, da kann man nicht meckern, und es gab auch Höckerchen zum Hinsetzen. Ich bitte Sie, wir sind alle nicht mehr jung, und man konnte nicht erwarten, dass jemand auf einem Bein in der halben Anzughose umherhüpft. Bequeme und stabile Sitzbänke waren wirklich angemessen.

Man muss auch anmerken, dass die Hosen für Männer ja sehr schmal geschnitten sind heutzutage. Das … das kann nicht jeder tragen. Gunter merkte das, als er bis zum Knie in der Hose war. Weiter ging es nicht. »Es ist ja alles slim heutzutage«, merkte der Verkäufer an. Was auch immer »slim« ist, es ist eher für Störche geschneidert als für Männer. Auch die Jacketts sind so sportlich und knapp geschnitten, dass den Männern der Anzug eigentlich nur passt, wenn die Jacke offen ist. Wenn, dann geht nur ein Knopf zu, und selbst dann spannt das um die Brust. Nach einem halben Schnitzel sieht jeder Mann darin aus wie Blutwurst im Naturdarm. Da konnte der Buxen-Willy-Knödel Julian noch so oft sagen: »Das trägt man heute so« – das ließen wir Gunter nicht aufschwatzen!

Bald zehn Minuten brauchten sie, um den armen Mann da wieder rauszupellen, ohne die Hose und den am Rücken operierten Gunter zu beschädigen. Herr Julian beratschlagte sich mit einem älteren Kollegen, der schon hier gearbeitet hatte, als Leckings für Männer noch nicht in Mode waren. Der erinnerte sich, dass hinten, wo früher der Pferdestall war, noch ein Ständer mit aussortierten Anzügen war, bei denen man vielleicht was mit weitem Bein finden könnte. Herr Julian holte ein anderes Modell, verschätzte sich aber in der Größe. Dieses Mal sperrten die Taschen. Die Hose saß sehr eng, obwohl sie gar nicht eng geschnitten war. Aber das ist ab einer bestimmten Größe immer so. Diese Stardesigner denken immer, Männer und Anzughosen wie Leckings – das passt. Das ist aber nicht bei allen Herren der Fall! Gunter kam mit ein bisschen Hilfe wieder unfallfrei aus dem Ding raus, der Herr Julian musste nur mit beiden Händen vorsichtig ein Hosenbein nach dem anderen von Gunter runterrollen. Hören Se mir auf! Witzigerweise passte dieser Anzug dafür unserem Kurt wie angegossen. Kurt ist ja ein sehr hagerer Mann, der auch schlecht isst in letzter Zeit. Geradezu dürr ist er, unser Kurt. Ilse setzte die Lesebrille auf und prüfte mit Kennerblick die Nähte, die Qualität des Stoffes und ob genug Stoff im Saum war, um nötigenfalls was auszulassen, falls Kurt doch wieder mit mehr Appetit zulangen würde. Sie nickte mit spitzem Mund. Kurt atmete erleichtert auf, dass er nicht weiter probieren musste. So was mag er nämlich gar nicht. Mit Kurt einkaufen zu gehen … aber ich will nicht abschweifen.

Der olle Herbst wurde nun vermessen. Bauchumfang, Beinlänge, Oberschenkel, Waden – alles. Es gab nur ganz kurz ein kleines Problem am Bauch. Nicht, weil das Band nicht reichte, nee, sondern, weil Gunter so kitzelig ist. Er kicherte los und hob dabei das Knie so schnell hoch, dass er die Nase von Herrn Julian erwischte. Es blutete aber nicht, und nach ein paar Minuten mit einem nassen Tuch auf der Stirn ging es auch wieder. Er tippte dann Gunters Maße in einen Computer, und der spuckte tatsächlich eine ganze Liste von Vorschlägen aus. Was die Dinger heute alles können! Gleich der erste passte, und Gunter sagte klar und entschieden, dass der genommen wird.

Es gab keinerlei Einwände, weder von Gertrud noch von Ilse oder von mir. Es gibt ja Herren, die sehen im Anzug aus wie von der Oma in den Konfirmationsanzug gesteckt. Da können die Männer gar nichts dafür.

Es liegt nicht am Stoff und nicht am Schnitt, nein, es liegt an der Person, die ihn trägt. An der Persönlichkeit und an der Ausstrahlung, genauer gesagt. Mein Walter war so einer, dem hätte ich die teuersten Anzüge vom Versatschi oder wie der heißt kaufen können, er hätte doch ausgesehen wie ein Karnickelzüchter, der sich die falsche Jacke gegriffen hat.

Gunter hingegen wirkte im schicken Zwirn wie ausgetauscht.

Er ist nun wirklich kein schöner Mann, aber im Anzug machte der plötzlich was her. Der bekam wie durch Zauberhand eine Statur und wirkte stattlich und weltgewandt – ein richtiger Grandseigneur! Ich wurde reineweg fast ein bisschen eifersüchtig auf Gertrud, die selbst so ergriffen von dem Moment war, dass sie in eine Art Schockstarre verfiel. Ich hielt ihr geistesgegenwärtig mein Taschentuch unter das Kinn für den Fall, dass sie das Sabbern anfängt. So, wie sie guckte, musste man damit rechnen.

Gunter sah schneidig aus, wie ein Herr, nach dem die Frauen sich umdrehten. Er wirkte richtig parkettsicher, dazu gehört ja mehr als nur das schnittige Aussehen. Dazu gehört auch, dass man redegewandt ist und parlieren kann, und zwar nicht nur über das Wetter, sondern auch über gesellschaftliche Themen. Es heißt ja immer, dass man beim »Smoltock« nicht über Krankheiten und nicht über Politik reden soll, aber da frage ich Sie: Über was sollen wir alten Leute denn sonst reden? Krankheiten und Zipperlein sind nun mal das, was uns bewegt und unsere Tage begleitet. Der Arzneischrank ist die Klaviatur unserer Konversation. Wenn ich weiß, dass mein Gesprächspartner mit dem Blutdruck zu tun hat, na, da kann man doch drüber reden! Wir sitzen schließlich alle im selben Boot, und gerade so kleine Tipps und Tricks, wie man den runterkriegt oder mit welchen Tabletten man welche Erfahrungen gemacht hat, gibt man doch gern weiter. Zumindest in meinen Kreisen ist man immer dankbar für solche Hinweise. Oder die Rente! Rente ist Politik, und über Politik soll man nicht reden. Pah. Man muss ja nicht darüber sprechen, wen man wählt, das ist nun wirklich jedermanns Privatsache, aber wenn man nicht mehr über die Rente schimpfen darf, dann weiß ich auch nicht, über was man noch reden soll. Friedhofsgeschichten sind auch tabu, aber der Tod gehört zum Leben, und manchmal gibt es auch nette Anekdoten. Wussten Sie zum Beispiel, dass die beiden Brüder vom Aldi, die Albrechts, auf einem Friedhof liegen? In Essen. Und der, dem Aldi Nord gehörte, liegt auf dem Nordfriedhof, und der Karl, der Inhaber von Aldi Süd … na, raten Se mal! Der liegt auf dem südlichen Teil vom Friedhof. Sparsam, wie sie waren, soll dem Vernehmen nach sogar Rhododendron von Aldi auf dem Grab gepflanzt worden sein. Ich war noch nicht selber da, ich habe das in der Zeitung gelesen und kann es nur unter Vorbehalt weitergeben. Aber eine Geschichte zum Schmunzeln ist das doch, finden Se nicht?

Wenn man dem Knigge glauben darf, soll man in Gesellschaft hauptsächlich über das Wetter reden, aber das ist selbst uns alten Leuten inzwischen zu langweilig. Mal ist es zu warm für die Jahreszeit, mal ist es zu kalt für einen Oktober und Regen! – Regen brauchen wir ja sowieso immer. Aber mit dem Thema ist man doch nach fünf Minuten durch. Nee, da ist es mir egal, ob ich nun als vorzeigbar gelte und auf dem Parkett der Gesellschaft eine gute Figur mache, ich rede, wie mir der Schnabel gewachsen ist. Wem das nicht gefällt, der kann mir das offen sagen. Da bin ich auch nicht böse, nein, gar nicht. Im Gegenteil! Ich kann mit Leuten besser, die mir klar ins Gesicht sagen, dass sie Probleme mit mir haben, als mit solchen, die scheinheilig freundlich sind und rücklings über einen reden.

Diese »Gesellschaft«, was ist das überhaupt, frage ich Sie? So was verändert sich doch auch! Die jungen Leute ziehen alle in die Stadt, die alten werden immer älter, und zack! haben wir eine andere Gesellschaft, als es sie noch vor zwanzig Jahren gab. Ich weiß noch, wie Kurts Meister – Kurt war ja Elektriker, ich glaube, das habe ich Ihnen schon mal erzählt? –, Kurts Meister wurde seinerzeit zum Innungsmeister gewählt. Na, da galt er was, und das färbte auch auf Kurts Stand ab. Ilse sprach immer, wenn die beiden eingeladen waren und jemandem vorgestellt wurden, von »meinem Mann, der ist Bereichsleiter bei Innungsmeister Lampe«, und sie selbst ließ nie unerwähnt, dass sie »Englisch und Geschichte am Gymnasium« gibt. Früher zollten einem die Leute da ja Respekt. Wenn heute jemand erwähnt, dass er Lehrer ist, spenden sie einem Trost und fragen, ob es noch geht mit den Nerven oder ob man schon in Behandlung ist.

Nee, wenn ein Mann parkettsicher ist, heißt das nicht nur, dass er tanzen kann, sondern auch, dass er Manieren hat. Dass er weiß, dass einer Dame die Tür aufgehalten wird oder dass man ihr in den Mantel hilft oder auch, dass man einen Handkuss nur leicht andeutet und sich nicht an der Hand der Dame festsaugt wie ein Scheibenputzerfisch an der Aquariumswand. Solche Dinge eben. »Die alte Schule«, sagt man heute, aber meist kommt dann zur Sprache, dass sich vieles auch überlebt hat. Die jungen Frauen sind ja heute alle emanzipiert, und nicht nur die, die Latzhosen tragen. Die wollen fast alle nicht, dass man ihren Mantel auch nur anfasst. Wir hatten das letzthin erst im Ratskeller, da war ich mit Ilse und Kurt essen. Dienstags haben die immer Seniorenteller für zehn Euro inklusive Getränk, da kann man wirklich nicht meckern. Unser Kurt ist von Ilse erstklassig abgerichtet … oder sagen wir besser, erzogen, und sah aus dem wohl trüben, aber immer noch wachen Augenwinkel, dass eine junge Frau – lassen Se die vierzig gewesen sein – zur Garderobe ging und in ihrer Handtasche nach dem Autoschlüssel oder dem Händi oder wer weiß was suchte. Ganz Kavalier, stand Kurt auf, griff ihren Mantel und wollte ihr helfen, da brüllte sie gleich los, dass Kurt die Finger davon lassen solle, dass das eine Dreistigkeit wäre und lauter so Zeug. Der Kellner eilte herbei und auch Ilse, aber die Frau ließ sich nicht beruhigen und hörte gar nicht zu.

Schnepfe!

Das war so eine, die ihre Handtücher nicht bügelt, ich kenne doch die Sorte!

Von so was darf man sich aber nicht aus der Ruhe bringen lassen, man sollte die guten Manieren trotzdem hochhalten. Ich sage immer: Es geht mal hin im Leben und mal her. Je verrückter die Zeiten werden, desto mehr sehnen sich die Leute danach, dass es anständig und gesetzt zugeht. Das Pendel bewegt sich wieder zurück, und dann schlägt unsere Stunde, dann haben wir, die wir noch wissen, dass Stil mehr ist als das, was an den Besen geschraubt wird, gute Karten.

Gunter hatte jedenfalls genau wie Kurt genug vom Hosenkauf und verweigerte jede weitere Anprobe. Er sagte einfach: »Schluss! Es reicht! Der wird gekauft, der und kein anderer, ich mache nicht mehr mit!«

Herr Julian krabbelte ihm noch kurz um die Füße rum, um die Länge abzustecken – das wird ja alles millimetergenau zugeschnitten für jeden Kunden –, und war dabei sehr bedacht, Gunter bloß nicht zu berühren. Wir hatten früher eine Kuh, die war am Euter kitzelig, was meinen Se, was das für ein Theater war, die zu melken! Die hat Vater mal so böse getreten, dass er eine Rippenprellung hatte. Danach ging er nur noch mit viel Respekt an das Tier, genau wie Herr Julian an den Gunter.

Da die Männer nun schon fertig waren und Gertrud sich für ein Kleid zumindest vorentschieden hatte, war es höchste Zeit, einen Bissen zu essen.

Das bieten die da alles an im Bräuteparadies, wissen Se, die haben ihre Erfahrungen und wissen genau, dass irgendwann jedes Nervenkostüm mit ganz viel Zucker geflickt werden muss. Sie haben auch einen Schnaps da für den Brautvater, wenn er die Rechnung gesehen hat. Die Chefin backt jeden Abend vier Kuchen, erzählte sie uns. Das ist ihr Hobby, sagt sie, dabei kann sie abschalten. Wenn die Rührmaschine läuft, backt der sich ja auch ganz allein, das weiß man als gute Hausfrau. Und zur Entspannung und um zu einer Kleidentscheidung zu kommen, spachteln die Bräute, die Trauzeuginnen und das ganze Gefolge gern zwischendurch ein paar Stückchen Käsekuchen, meist mit dem Kommentar: »Creme nicht, wegen der Figur, aber Käsekuchen … na, ein Stückchen geht!« Wir machten das genauso. Die Schleier-Elfie nahm vier Euro für ein schmales Stück, na, da würde ich mich auch jeden Abend hinstellen und ein paar Becher Quark in die Schüssel hauen! Aber bei den Preisen für die Kleider und das ganze Getüddel kam es auf die paar Mark jetzt nun auch nicht mehr an.

Euro. Wir haben ja Euro.

Jedenfalls zieht sich so ein Kauf hin, das kann durchaus einen halben Tag dauern, bis ein Kleid endlich flüstert. Da muss man sich stärken zwischendurch. Elfie hat immer alle Beraterinnen im Blick, und die geben ihr ein geheimes Zeichen, wenn die Lage zu eskalieren droht. Sind alle mit den Nerven am Ende, klatscht die Chefin in die Hände und ruft an die Kuchentafel. So was ist ja auch ein guter Test. Unsere Silvie sagte zwar, das Kleid hat nur eine Aufgabe: Es muss die Röllchen kaschieren und auf den Fotos gut aussehen. Von »drin wohlfühlen« wäre noch nie die Rede gewesen. Ich fand jedoch, dass eine Braut auch nach zwei Stück Torte noch ins Kleid passen musste, wenn es so viel Geld kostet.

Nachdem wir gegessen hatten, probierte Gertrud das erste Kleid noch mal an. Doch, es war hübsch und stand ihr. Und jetzt, wo wir alle ganz leise waren, hörten wir es auch flüstern, dass es mit nach Hause will. Wir nahmen noch ein Bolerojäckchen dazu, wissen Se, es wird des Abends doch schnell frisch, und wenn man nach dem Tanzen ein bisschen erhitzt ist, verkühlt man sich sehr leicht. Da ist ein Bolerojäckchen eine elegante Ergänzung zum Kleid. Die Kleider für Ilse und mich waren schnell gefunden. Wissen Se, ich hatte die ganze Zeit schon das hübsche Spitzenkleid in ganz zartem Blau im Auge, und es passte. Ilse wählte eine Robe in Mintgrün, das ihre Augen und ihr weißes Haar ganz wunderschön zum Leuchten brachte. Kurt strahlte und gab ihr ein Küsschen, statt was zu sagen, aber das sprach ja für sich. Gertrud hatte ein bisschen gehofft, Ilse und ich würden uns für die gleichen Kleider entscheiden, aber so weit musste es nun doch nicht gehen. Schließlich waren wir nicht die Jacob Sisters, und wir hatten auch keine Pudel.

Wir ließen die weißen Putten, die beseelt von der Decke des alten Pferdestalls gucken, hinter uns und fuhren nach Berlin zurück, die Autos beladen mit drei zauberhaften Kleidern und zwei schnieken Anzügen. Kurt fuhr vorneweg, und zwar noch ein bisschen langsamer als auf dem Hinweg. Wir hatten schließlich Werte im Kofferraum, die den der Autos fast überstiegen.

***

Ja, Heiraten kostet eben. Da guckt keiner auf den Pfennig, das ist wie beim Bestatter. Wenn man da auch nur kurz Luft holt bei den Preisen, halten die einen gleich für geizig und unterstellen einem, man würde sich oder dem Verstorbenen nichts gönnen.

Wir merkten das, als wir ein paar Wochen später

auf eine Hochzeitsmesse gingen. Wissen Se, ich hatte ja gedacht, ich bin im Bilde und habe verstanden, wie der Hase in dem Heiratsgeschäft läuft, aber man lernt immer noch dazu. Wie sagt Ilse so schön? »Wer sich auf seinen Lorbeeren ausruht, wird auf einem Kaktus wach!« Sie als Lehrerin muss es wissen. Mit dem Spruch hat sie den lernfaulen Schülern immer eingeheizt, die ab und an mal für eine Zwei gelernt haben und danach, nach der halbwegs akzeptablen Klassenarbeit, wieder in den Schlendrian verfielen. Das war schon ganz richtig, dass wir auf die Hochzeitsausstellung gingen. Da hat sich in wenigen Jahren so viel verändert! Es ist ein Geschäft geworden, bei dem es im Einzelfall um Tausende, wenn nicht um Zehntausende Euros geht, und das alles zusammengenommen gibt einen Milliardenmarkt.

Hochzeitsmesse, überlegen Se mal! So was hat es früher nicht gegeben. Da gab es einen Pferdemarkt, ja, und manchmal gab der Bauer auch die heiratsfähige Tochter dazu, wenn einer zwei Hengste nahm und er einen Esser weniger auf dem Hof haben wollte. Aber es gab doch keine Hochzeitsmesse, auf der man Kuchen angucken und Stehgeiger zur Probe anhören konnte! Der Welt geht es zu gut, sage ich Ihnen, die Leute haben zu viel Zeit, zu viel Geld und zu wenig wirkliche Probleme, wenn sie sich um so einen Quatsch kümmern können.

Aber hin sind wir doch, schließlich sollte es eine schöne Hochzeit werden. Wir mussten Gunter aber eine kleine Pause gönnen nach dem Anzugskauf bei Buxen-Willy, deshalb passte es ganz gut, dass die Ausstellung erst zwei Wochen später war. Man darf Männer da nicht überanstrengen, sondern nur in kleinen Dosen mit Schleifen und Zuckerguss in Berührung bringen.

»Tüll, Träume & Torten« hieß die Messe, auf die wir gingen. Ich hatte keine großen Erwartungen und dachte, wir würden ein bisschen rumbummeln, dies und das anschauen und uns vielleicht noch ein paar Ideen holen. Gertrud dachte genauso. Gunter hatten wir nicht gefragt, wir waren froh, dass er ohne zu murren mitkam. Es war tatsächlich eine Mischung aus Modenschau, Zirkus und Tortenausstellung, dazu gab es ganz viel Musik und süßlichen Parfümgeruch. Aber lassen Se mich der Reihe nach berichten.

Es sah ganz anders aus als bei der »Grünen Woche«, und es roch auch nicht so nach Kuh und Ferkel. Nur ein bisschen nach Pferd, vorn am Eingang, wo die mit ihren Kutschen standen und für sich Werbung machten. Da hörte man schon ständig »Ohhh, guck mal, eine Kutsche! Ich will unbedingt in einer Kutsche fahren!«, und noch bevor die in die Messehalle gingen, war bei manchen das Büdschee schon ausgegeben, denn ein Kutscher mit Vierspänner kostet sein Geld, erst recht, wenn der Fiaker weiß und gülden ist.

Große Güte, wir kamen aus dem Staunen gar nicht mehr raus! Hunderte Aussteller waren da, und man glaubt nicht, wer sich da alles tummelte. Es gab bei weitem nicht nur Modeboutiquen, die alles nachgeschneidert feilboten, was Herzogin Kät je getragen hat, sondern auch Juweliere, Tortenbäcker, Sänger, ganze Musikkapellen und unendlich viele Leute, die

Dekorationsgetüddel zur Schau stellten, von dem ich nicht wusste, wozu es gut war.

Wir waren kaum durch die Kartenkontrolle und hatten noch nicht mal einen richtigen Überblick, wie das alles langgeht auf dieser Messe, da stürmte schon eine junge Frau auf uns zu. Sehr hübsch war sie, ausgesprochen schöne Wangenknochen, dezent geschminkt, Hosenanzug, nicht zu hohe Schuhe – na, die wusste, dass sie da den ganzen Tag auf der Messe würde stehen müssen, und hatte nicht die mit den Pfennigabsätzen angezogen! So eine Messe ist ja auch für die Aussteller anstrengend. Die stehen da den ganzen Tag rum und tun so, als wären sie hoch erfreut, dabei haben sie Blasen an den Füßen, müssen vom vielen Kaffee sauer aufstoßen und sind mit den Nerven schon ganz runter, weil sie jedem das Gleiche erzählen müssen. Deshalb gingen wir gleich am ersten Tag hin, da waren die vielleicht noch etwas motivierter und würden nicht gleich »FASSEN SIE DAS NICHT AN!« brüllen.

Die Hübsche drückte uns gleich Visitenkärtchen in die Hände, wir hatten gar keine Schangse, Nein zu sagen. Auf der Karte flatterten viele kleine weiße Täubchen, und zwei rosa Schwäne hatten ihre Hälse verknotet. Perlmuttglanz schimmerte, und wenn man das Kärtchen bewegte, flimmerte noch Glitzerstaub, der bestimmt in der Tasche abblätterte.

»Saskia-Valerie Tausendschön, Zeremonienmeisterin« stand mit goldener Schnörkelschrift auf dem Visitenkärtchen, und dann noch die Adresse und Telefonnummer und die I-Mehl, aber das tippe ich jetzt nicht, wegen Datenschutz. Hihi.

Und Sie müssen es auch nicht beim Gockel eingeben, ich habe den Namen ein bisschen geändert.

Sie werden da gar nichts finden, geben Se sich gar keine Mühe.

Hier! Aufpassen! Weiterlesen!

»Das ist sehr nett, junges Fräulein«, sagte Gertrud, »aber wir brauchen keine Hochzeitsplanerin. Wir machen das alles alleine. Wir wollen uns nur mal ein bisschen umgucken.«

Hochzeitsplaner sind eine Truppe für sich, da muss man Obacht geben und die Taschen zuhalten. So eine ist mir mal unter die Augen gekommen, als ich bei Franz' Nichte zur Feier eingeladen war. Die murmelte was von Gastgeschenken und dass das Brautpaar jedem Gast eine Flasche Champagner mitgibt zur Erinnerung, mit den Initialen und einem Foto vom Brautpaar auf dem Etikett. So weit kommt's noch! Als ich das letzte Mal geheiratet habe, war es noch so, dass das Brautpaar die Geschenke *kriegte* und nicht *machte*. So ein Quatsch kam gar nicht infrage, man muss nicht jeden Blödsinn mitmachen. Höchstens, dass man vielleicht jedem Gast ein Glas von Ilses Mehrfruchtmarmelade mitgab? Wissen Se, Ilse kocht die Pampe aus allem, was Kurt aus dem Garten bringt. Sie ist schnittfest, bibbert wie Wackelpudding und schmeckt undefinierbar. Ilse freut sich immer, wenn jemand was von der Marmelade abnimmt, und ich verschenke sie auch gern weiter, weil ich dann vom Essen befreit bin. Was weg ist, ist weg, das kann sie mir nicht mehr in die Küche stellen. Das war eine Überlegung wert! Hochzeitsplaner nehmen sich auch immer viel zu wichtig. Ein Jahr vorher fangen die an zu planen, ich bitte Sie, ich bin auch für Gründlichkeit, aber man muss es ja nicht übertreiben. Eine Hochzeit ist doch kein Hausbau! Wobei man von den Kosten her aufs Gleiche rauskommt, wenn man nicht aufpasst. Da muss man achtgeben, sonst spinnen die und drehen völlig durch. Es entgleitet, wenn man so einer Hochzeitsplanerin mit Knödel auf dem Kopf da nicht ganz enge Grenzen setzt. Dann fängt die an, ein Motto vorzugeben, zum Beispiel! Meine Güte, nee, es ist eine Hochzeit und kein Faschingsball. Die spinnen. Es geht ja immer so los, dass erst alle ganz klein heiraten wollen, aber dann kommt eine Hochzeitsplanerin und bestellt einen extra Di-Dschee für die Kinder, einen Showkoch, der flambiert, und einen Zauberkünstler. Nee, nee, nee. Nicht mit uns! Eine Hochzeit ist kein Wettkampf um Tüll und Pomp.

Gertrud gab dem Tausendschönchen ihr Kärtchen zurück, aber es war schon so viel Flimmer abgeplatzt, dass ich ihr den Ärmel abbürsten musste. Sie sah aus, als hätte sie den Weihnachtsbaum abgeschmückt. Da hat man ja auch immer das Glitzer hängen, und außerdem setzt sich das Zeug so im Teppich fest, dass man trotz gründlichster Reinigung bis Ostern hin was beim Staubsaugen aus den Tiefen der Auslegeware holt.

Unsere Zaubermeisterin … Zeremonienmeisterin widersprach entschieden:

»Ich bin keine Hochzeitsplanerin. Ich bin Zeremonienmeisterin! Das ist ganz was anderes.« Sie holte tief

Luft, und man konnte sehen, dass sie nur mit Mühe nicht mit den Augen rollte ob unserer laienhaften Unwissenheit.

»Eine Zeremonienmeisterin ist am Tag der Hochzeit für Sie da und kümmert sich im Hintergrund um alles. Sie zieht die Fäden und hält Ihnen den Rücken frei. Eine Weddingplanerin hingegen kümmert sich um die ganze Konzeption und Organisation.«

Nun schaltete sich Gunter ein. »Kommt, Frauen, weiter«, sagte er kurz und knapp, bevor auch er ihr sein Kärtchen zurückgab. »Die steht nur im Weg rum und will dafür noch Geld. Und mitessen will die auch, das kommt gar nicht infrage. Kommt, weiter!«

Gertrud lächelte höflich zum Abschied, und wir ließen die Frau Zaubertausendschön einfach so stehen. Das war vielleicht unhöflich, aber wir konnten uns auch nicht ewig mit jedem Quatsch aufhalten.

Wissen Se, wir hatten selber ganz viele Ideen und schon etliche Details geplant. Ich hatte im Kopf, wie es ablaufen soll, da brauchten wir keine Zeremonienmeisterin. So ein Blödsinn. Wenn die nun Frau Schlode vom Singen abhalten würde, dann wäre es eine Überlegung wert, aber so? Wir brauchten einen Zeremonienmeister so dringend wie einen Zirkusdirektor!

Erst mal gingen wir auf die Toilette und wuschen uns den Flimmer von den Händen. Danach guckten wir weiter.

Ein ganz großer Schlager in dieser Saison waren haselnussfarbene Trauringe. Bisher gab es nur Gelbgold, Weißgold und Rotgold, aber nun sollte haselnussfarbenes Gold der Knüller sein. Jeder will ja individuell und einzigartig daherkommen dieser Tage, deshalb versprach der Goldschmied, dass innen im Ring der Fingerabdruck des Trägers mit aufgebracht werden könnte. Die Technik macht das heute möglich. Auch, dass die Paare die Ringe selber schmieden. Das warf ja alles mehr Fragen auf, als es beantwortete. Ich bitte Sie, unsereins hat immer ein Tuch über der Schulter und wischt sofort über den Küchenschrank, wenn da Fingertapsen sind, und auf den Ehering sollen nun absichtlich welche drauf? Das ist doch nicht durchdacht! Bestimmt wieder so was für die Jüngeren, die ständig eine Extrawurst brauchen. Und was sollte das überhaupt bedeuten, dass die Eheleute ihre Ringe selber schmieden sollen? Gunter kann, wenn es hochkommt, Bratkartoffeln und Kaffee kochen, sonst lässt der die Finger vom Herd. Und Gertrud hat zur Sicherheit auch Elektroplatten und keinen Gasherd. »Messer, Gabel, Schere, Licht ...« – das sagt man zu kleinen Kindern, aber unter uns: Auch wir Älteren sollten Gefahrenquellen meiden! Mich störte es außerdem, dass die Kundschaft nun auch noch die Arbeit machen soll. So ein Ring kostet wirklich viel Geld, da kann man doch wohl erwarten, dass man den vom Juwelier geschmiedet kriegt. Das kann man doch wohl wirklich voraussetzen bei diesen gepfefferten Preisen. Aber so ist das heute, sie verkaufen den Menschen ihre eigene Arbeit als Abenteuer und lassen sie dafür bezahlen. Überlegen Se mal, man kann sogar das Erlebnis »Flugzeug steuern« oder »Trecker fahren« kaufen und verschenken. Soweit ich weiß, verdienen Piloten nicht schlecht, und nun sollen die Fluggäste dafür zahlen, dass sie das selbst machen? Die spinnen doch! Nicht anders ist das mit dem Ringeschmieden, wenn Se mich fragen. Ich schüttelte nur zweifelnd den Kopf und guckte zu Gunter und Gertrud. Gunter hatte da keinerlei Ambitionen, und Gertrud winkte zu meiner Erleichterung auch ab. Wissen Se, der Gunter hat ein bisschen Arthritis in den Fingern und schon Probleme, sich die Kartoffeln selbst zu quetschen. Da möchte man ihm kein Hämmerchen in die Hand drücken und ihn am offenen Feuer hantieren lassen. Wir sagten dem Verkäufer, dass wir es uns noch mal überlegen würden, und zogen von dannen.

Überall liefen verkleidete Frauen in weißen Kleidern mit langen Schleppen durch die Gänge und verteilten Kärtchen von Stand 24. Es ging zu wie auf einem kaiserlichen Ball im ersten Teil von Sissi, ich muss zugeben, dass ich ganz verzückt war. Für Gertrud war so ein Gebilde mit Reifrock natürlich nichts, genauso wenig wie für die allermeisten Frauen, die sich hier auf der Hochzeitsmesse umschauten. Man konnte regelrecht ein bisschen träumen, und auch, wenn wir das Thema Kleid ja schon erledigt hatten, war es schön anzuschauen.

Es waren deutlich mehr Frauen hier als Männer, das muss man auch ganz klar sagen. Und die Männer, die hier rumliefen, waren nicht freiwillig da. Gut, es gab auch ein paar junge Herren, die Händchen hielten und sich sehr interessiert zur Tischdekoration beratschlagten. Die hatten ganz große Freude und hatten bestimmt auch gleich ein Dauerbillett für zwei Tage genommen, aber die meisten Männer trabten gequält lächelnd hinter ihren verzückt strahlenden Frauen her.

Überall blinkten Lichter, fast wie bei Frau Berber auf dem Balkon, wenn sie gleich nach Totensonntag alles beflimmert und das Weihnachtsdekoration nennt. Es gab durchsichtige Regenschirme, die man mit Lichterketten beklebt und in Obstbäume gehängt hatte. Die hatten Apfelbäume in Kübeln in die Hallen gekarrt, überlegen Se sich das mal! Es gab nichts, was es nicht gab. Wohin man kam, dudelten Musiker vor sich hin, ich hatte schon Kopfschmerzen. Kennen Se das, wenn man über den Rummelplatz läuft, und alle drei Schritte wechselt die Musik? Eben waren Se »noch niemals in New York«, und kaum drehen Se sich um, schon dröhnt es von einem »Stern, der deinen Namen trägt«, und ehe man sich versieht, ist man »atemlos«.

So ähnlich war es hier, nur mit Saxofonspielern. Die tröteten sich fast die Lunge aus dem Hals und hofften, engagiert zu werden. Wie diese Stehgeiger, die nicht weggehen, wenn man ihnen kein Trinkgeld gibt, und erst recht nicht, wenn man ihnen eins gibt. Na, und da war es um Gertrud geschehen! Gertrud wird nämlich schwach bei Saxofonspielern. Da fängt sie sofort an zu erröten und entflammt. Genau genommen bei Saxofonspielern und wenn ein Mann italienisch spricht. Wenn wir Nudeln essen gehen, behauptet sie immer, sie hätte die Brille vergessen, und lässt sich die Speisekarte vorlesen. Das macht sie ganz glücklich. Was war ich froh, dass wir damals auf Kreuzfahrt nur für einen Tag in Venedig anlegten!

»Gunter! Den will ich, der muss in der Kirche spielen!«, rief sie frei raus.

»Wir heiraten doch gar nicht in der Kirche?«, warf

Gunter verdattert ein. So, wie der das sagte, hatte er Angst, dass er was vergessen und durcheinandergebracht hatte. Ich kannte das im Gegensatz zu ihm schon, es müssen nur drei Töne vorne aus dem Blech dröhnen, und Gertrud vergisst, wie sie heißt und wo sie wohnt. Sie wippte im Takt mit, summte ein bisschen und schwenkte die Hüfte. Gertrud tanzt dann immer sehr unangemessen für eine Dame ihres Alters, fast wie die Frau Madonna, nur, dass sie nochmal zwanzig Jahre älter ist. Eine Gruppe junger Frauen, von denen wohl eine die angehende Braut war und die anderen begleitende Trauzeuginnen, fingen kichernd an, Gertrud mit dem Händi zu filmen. Gertrud tanzte sich an Gunter ran, und dann überschlugen sich die Ereignisse.

Der Saxofonspieler hatte das mitbekommen und kam ein paar Schritte auf uns zu. Ich versuchte, den jungen Mädchen das Bild zu versperren, und gab ihnen zu verstehen, dass sie das nicht filmen sollten. Man hat ja schließlich auch eine Verantwortung, wenn der besten Freundin die letzten verbliebenen Hormone durchgehen! Die filmende Brautjungfer sah das ein und steckte das Händi weg, dafür fing sie an, im Takt zu klatschen. Die stachelten Gertrud noch an, statt sie zu bremsen! Als ob der Saxofonspieler Gertrud gekannt hätte, begann er, »Doktor Schiwago« zu spielen. Das ist Gertruds Lieblingslied. Bei dem Film weint sie noch mehr als bei Sissi. Gunter verhielt sich zurückhaltend und unauffällig. Man konnte es nicht tanzen nennen, was er tat, und das war nun wirklich auch nicht zu erwarten von einem Mann Mitte achtzig. Er stand da wie ein Baumstumpf und sperrte sich nicht dagegen, dass

Gertrud an ihm rumzupfte und schob. Deshalb sah das fast so aus, als würde er auch tanzen. Trotzdem müssten wir wegen des Eröffnungstanzes noch mal reden, und bestimmt wäre es auch nötig, ein paar Stunden in der Tanzschule zu nehmen. Ich machte mir gleich eine Notiz in meinem Kalender. Aber erst mal ging es hier darum, Gertrud abzukühlen und bei klarem Verstand eine Entscheidung wegen des Blechbläsers zu treffen.

Der hatte derweil den »Doktor Schiwago« fertig gepustet. Um uns herum klatschten ein paar Leute, und Gertrud verneigte sich huldvoll. Der Mann wurde selbstredend zur Hochzeit bestellt, das war ja gar keine Frage. Wenn es doch nun Gertruds Wunsch war? Wie oft würde sie denn wohl noch heiraten, frage ich Sie? Na, da wird man doch nicht auf die Mark gucken, wenn sie sich einen Saxofonspieler wünscht! Gunter war auch einverstanden, seine einzige Sorge war, dass der zum Essen bleibt.

Sie lachen jetzt vielleicht, aber Gunter hat da recht. Wenn man nicht aufpasst und von Anfang an eine klare Linie fährt, gerät man bei den Hochzeitsvorbereitungen in einen Rausch und engagiert eine Zeremonienmeisterin, eine Hochzeitsplanerin, eine Friseurin, einen Konditor, einen Festredner, einen Saxofonspieler … wenn die alle zum Essen bleiben, müssen Se ganz anders planen!

Aber der Tubaspieler, der Gertrud so in Wallung gebracht hatte, sagte gleich, dass er nur auf dem Standesamt blasen würde und nicht mit zum Essen ginge.

Saxofon, nicht Tuba.

Herrje.

Wissen Se, die Zeit von Mai bis September ist für die Hochzeitsmusikanten wie der Heilige Abend für die Pfarrer: Hochsaison. Unser Herr Pfarrer hat jedes Jahr acht Christmessen, er fängt nach dem Mittagbrot an und fährt dann von Kirche zu Kirche, Maria und Josef, eine Thermoskanne mit Tee sowie seinen Kassettenspieler auf der Rückbank im Auto. Da muss man Verständnis haben, dass der Saxofonist nicht mit zur Feier kam, und Gunter war auch sehr einverstanden.

Ja, das Brautpaar musste entscheiden, ich mischte mich nicht ein. Und ganz offen gesagt: Ein Saxofonspieler ist mir lieber als Frau Schlode mit dem Kinderchor, auch wenn wir uns dem Gesang tapfer würden stellen müssen.

Gertrud war glücklich, im Grunde hätten wir auch wieder nach Hause fahren können. Aber schließlich hatten wir Eintritt bezahlt, und zwar nicht wenig. Das kostet ja alles viel Geld, und Rabatt für Rentner gibt es immer seltener. Nicht mal mehr im Schwimmbad, überlegen Se sich das mal! Wenn es so teuer ist, kann man nicht nach einer halben Stunde wieder gehen.

Wir kamen als Nächstes in eine Halle, in der sich die Konditoren aufgebaut hatten. Hochzeitstorten, lernte ich, sind heute noch wichtiger, als sie es früher schon waren.

Vorweg: Sie können da Geldsummen anlegen, dass Ihnen die Luft wegbleibt. Unser erstes Auto kostete damals nicht so viel wie hier manche Torten. Diese ganze Hochzeitsmafia ist fast wie die Bestatter: Die greifen die Leute über die Gefühlsflanke an. Und wenn so eine Braut oder eine Witwe, das ist ganz egal, erst mal

Tränen in den Augen hat, dann spielt Geld keine Rolle mehr. »Es soll doch der schönste Tag ihres Lebens werden«, wird dann oft gesagt.

Nun, das jetzt weniger beim Bestatter. Da fallen dann eher Sätze wie: »Sie wollen doch beim letzten Gang nicht sparen«. Mir müssen Se nichts erzählen, ich weiß Bescheid. Ich habe vier Männer begraben, und hätte ich nicht aufgepasst, hätte mir der Bestatter Rachmeier handgeschnitzte Nussbaumsärge aufgeschwatzt, ausgeschlagen mit feinster Seide aus Belgien. So ein Blödsinn. Ist der Schmerz auch noch so groß, man muss nüchtern denken, sonst wird es unnütz teuer. Und Walter hatte ein paar Tage, bevor er ... hinübergeschlafen ist – ein paar Tage vorher hatte der noch Holz gesägt und Splitter in den Fingern. Der hätte die feine Seide, handgewebt von Nonnen in einem Kloster in der Gegend von Gent, bloß zerrissen! Nee, man muss aufpassen, dass man sich keinen Geiz einreden lässt, und kühlen Kopf behalten. Walter kam wie seine drei Vorgänger mit Anstand unter die Erde, aber ohne Seidenkopfkissen im Sarg. So weit kommt's noch! Aber alles in allem habe ich ein gutes Verhältnis zu Rachmeier, da kann man nicht meckern. Wir kommen prima zurecht. Er findet mich schon deshalb sympathisch, weil ich nur zwei Treppen hoch wohne. Bestatter hassen Treppen, fast noch mehr als die Speditionsfahrer, die Tiefkühltruhen ausliefern. So ein Gefrierer ist sperrig, aber wiegt kaum was, die Leute hingegen werden immer fetter. Bestatter Rachmeier ist bis heute freundlich zu mir und grüßt, der musste nie höher als in den zweiten Stock wegen meiner Männer. Außerdem waren die alle zwar stattlich, aber nicht fett. So was wird einem gedankt.

Ähnlich ist es beim Heiraten. Man muss so nüchtern wie möglich an die Sache rangehen, sonst hat man nach der Hochzeitsreise so viele Schulden, dass man sich auf Jahre keinen Scheidungsanwalt leisten kann. Als ich die Torten sah, dachte ich erst, wir wären falsch und auf der Ausstellung der Modelleisenbahner gelandet. Wissen Se, wir haben früher Blechkuchen und Obstböden gebacken und eine schöne Buttercremetorte, und damit war es aber auch gut. Auf die Torte wurde bei Hochzeiten ein Herz gespritzt und zum Geburtstag vielleicht noch eine 60 oder 75, je nachdem, welches Wiegenfest begangen wurde. Heute stellen die sich da vierstöckige Puppenstuben aus Biskuit und Zuckerguss auf den Hochzeitstisch. Meine Güte! Wir konnten gar nicht so schnell auf den Hacken kehrtmachen, wie uns so ein Knödelmädchen mit Bäckerschürze ins Visier nahm. »Motivtortenmeisterin Fabienne Schniephase, guten Tag!«

Da darf man dann nicht lachen, wissen Se, das ist ein Problem! Sie überreichte uns auch wieder Visitenkärtchen, so ähnliche, wie wir sie von der Zeremonienmeisterin schon kannten. Nur, dass bei ihr keine Schwäne mit verknoteten Hälsen drauf waren, sondern gekreuzte Schneebesen.

»Motivtortenmeisterin«, sagte Gunter und guckte das Fräulein streng an. »Haben Sie auch was Ordentliches gelernt, oder können Sie nur gut Sandburgen bauen?«

Sie räusperte sich beleidigt und ließ von uns ab, denn

die jungen Mädchen, die Gertrud vorhin beim Tanzen filmen wollten, traten näher und gaben verzückte Laute von sich, als sie das Barbieschloss aus Zuckerguss sahen. Da witterte das Fräulein Schniepelhase mehr Schangsen auf ein gutes Geschäft als bei uns. Uns war das sehr recht, wissen Se, es ist einem doch nur unangenehm, wenn man rumdruckst und weiterwill und so Dinge sagt wie: »Wir überlegen es uns noch und kommen vielleicht später noch mal vorbei.« Da weiß doch jeder, dass das nicht stimmt, aber alle leben leidlich mit der kleinen höflichen Flunkerei.

Na, wir bummelten jedenfalls noch ein bisschen rum und nahmen noch ein paar Ideen mit, kauften aber nichts. Da kommen Se nämlich viel billiger, wenn Se das woanders besorgen! Eine Fotoecke mit Selbstauslöser zum Beispiel schrieben wir auf die Liste, das wollten wir organisieren. So mit Hütchen und lustigen Masken, wissen Se? Das gefiel Gunter, und auch Gertrud fand das eine nette Idee.

Ich hielt mich wirklich für erfahren in Sachen Hochzeiten. Seit – ach, ich darf gar nicht nachrechnen! –, seit Jahrzehnten habe ich selbst geheiratet und war bei so vielen Ehelichungen mit dabei, dass ich wirklich sagen kann: Ich weiß, wie der Hase läuft. Letztlich geht es doch auch nur darum, dass zwei Leute im richtigen Moment »Ja« sagen, an der richtigen Stelle unterschreiben und dass genug Kuchen und Sekt da ist. Alles andere ist Zinnober und Geschäftemacherei. Wenn man das im Hinterkopf behält, kann man sich überlegen, wie weit man sich darauf einlässt und wie viel Geld man bereit ist auszugeben.

Es ist ein bisschen wie bei Bowle: Man muss wissen, wann es genug ist. Passt man nicht auf, gerät man sehr schnell in einen Rausch. Wir nahmen noch ein Hochzeitsplanerbüchlein mit, das im Eintrittspreis mit drin war, und machten uns auf den Weg nach Hause.

Auf dem Büchlein stand »Unser Hochzeitsplaner – Der Countdown zum Glück«. Ich rückte die Brille zurecht und las noch mal, aber es blieb dabei.

»Der Countdown zum Glück«.

Was für ein selten dämlicher Titel. Was sollte das denn bedeuten? Etwa, dass man erst ab dem Tag glücklich ist, ab dem man verheiratet ist? Wäre man nicht glücklich, würde man doch nicht heiraten wollen! Wir leben schließlich nicht mehr im 18. Jahrhundert, meine Güte. Ich war von Anfang an skeptisch, ob wir so etwas brauchten. Wenn man nicht komplett verknödelt ist und eine Fachfrau wie mich dabeihat, schafft man das schon. Wann auch immer ich einen Mann vor den Altar geschleift habe: Nie hat einer die Ringe vergessen oder hatten wir zu wenig Braten!

Zunächst standen da ein paar Seiten zum Thema »Heiraten in der Kirche«. Da ging es darum, ob man Standesamt und Kirche an einem Tag abhandelt oder lieber an zwei. Das machen ja manche, die fahren erst im ganz kleinen Kreis zum Standesamt und lassen sich zusammenschreiben, ohne Festkleid und Schischi, das ist nur ein Verwaltungsakt. Zu Haus rüschen sie sich dann auf und spielen Prinz und Prinzessin in der Kirche, mit Kutsche und langer Schleppe und allem Drum und Dran. Diese Seiten konnten wir aber überblättern, denn eine kirchliche Trauung spielte für Gertrud und Gunter keine Rolle. Gertrud geht nicht mal Weihnachten in die Kirche, denken Se sich das nur. Sie hat am Heiligen Abend Geburtstag und eigentlich immer »großen Hans«, weil die Familie kommt und sie backt und kocht, da ist wirklich keine Zeit für sie, zur Christmesse zu gehen. Das wird für mich als Freundin manchmal schon knapp mit der Zeit, aber wenn es irgend geht, lasse ich mir das nicht entgehen. Gertrud ist wohl getauft, wie es sich gehört, und zahlt auch ihre Kirchensteuer, aber sie wohnt das nicht ab im Gotteshaus. Ein-, zweimal im Jahr kommt sie mit, wenn ich am Sonntag zur Andacht gehe, aber der neue Pfarrer kennt sie nicht mal mit Namen. Pfarrer Weichbrot damals, der hatte sie ab und an besucht und ihr ins Gewissen geredet, dass sie sich hin und wieder blicken lassen soll, aber seit wir Frau Pfarrerin Junge-Römer haben, ist eh alles anders. Die fährt Motorrad und trägt Nietenhosen unter ihrem Talar, denken Se sich das mal. Das hat es früher auch nicht gegeben! Na ja, aber ihre Predigten sind immer recht nett, und sie kümmert sich viel um die jungen Leute. Sie bietet Basteln und Singen an. Da gab es sogar schon Ärger mit Frau Schlode, der sie ein paar Kinder abspenstig gemacht hat. Wissen Se, ich kann das gut verstehen, wenn die Kinder lieber bei der Motorradbraut singen, und wichtig ist auch nur, dass jemand sich um die kleinen Rüben kümmert, aber spaßig war das schon. Frau Schlode hat sofort angefangen, Schokoladenkuchen zu backen, und in ihrer Flötengruppe versprochen, dass es jetzt immer einen Kuchen gibt, wenn ein Kind ein anderes Kind neu mitbringt zum Blasen. Die Junge-Römer hielt mit Gummibärchen dagegen. Unsere Lisbeth, was die Große vom Stefan ist, kam eine Zeit lang jede Woche vom Musiknachmittag mit mehr Süßigkeiten nach Hause als vom Gruselfasching am Hallowien.

Also, kurzum: Kirche musste nicht sein, weder Gertrud noch Gunter legten darauf Wert. Wobei ich langsam den Eindruck bekam, Gunter war im Grunde alles egal, solange er nach der Trauung ein Bier bekam. Es ist nicht so, dass wir ihn nicht fragten nach seiner Meinung – er hatte einfach keine. Gertrud fragte bei jeder Entscheidung immer brüllend ab bei ihm, was er davon hielt, aber nach drei, vier lauten Rufen kam dann meist nur ein gebrummtes »Hmm, mir egal«. Ich glaube, das sagt Gunter immer, wenn er trotz Brüllen nichts versteht und einfach nur seine Ruhe haben will. Ab und an sagte er auch: »Ihr macht das schon richtig, wie ihr es macht, Frauensleute.« Wenn er das sagte, lächelte er ein bisschen verschmitzt, und es sah beinahe verliebt aus, wie er Gertrud anschaute.

Es ist aber wohl auch normal, dass Männer sich aus dem Thema Hochzeit raushalten, das ist nicht nur bei Gunter so. Das bedeutet gar nicht, dass die kein Interesse haben. Die wollen schon, dass es alles schön wird und die Feier gelingt, die sind auch bereit, einen schicken Anzug anzuziehen und einen Schlips umzubinden, und sie freuen sich, dass die Verwandtschaft und die Freunde kommen und alle bei einem schönen Fest zusammensitzen. Die tanzen sogar! Aber die Vorbereitung, die überlassen sie doch den Frauen. Das war schon immer so, das habe ich bei keinem meiner

Männer anders erlebt. Ich konnte immer schalten und walten, wie ich wollte, außer bei Franz, da mischte sich seine Mutter ständig ein. Fürchterlich, diese Person! Zur Strafe habe ich sie als Tischdame Onkel Herbert zugeteilt. Der hatte im Russlandfeldzug mitgekämpft und berichtete jedem ungefragt ausführlich darüber, er zeigte auch seine abgefrorenen Zehen. Sogar bei Tisch! Nun gut, aber sowohl Gertrud als auch Gunter begossen ihre Mütter seit Jahren, von der Schwiegermutterfront drohte keinerlei Einmischung in die Angelegenheiten.

Kurzum: Der Ratgeber war nett gemeint, aber wir konnten nicht wirklich was aus ihm lernen, was uns nützlich gewesen wäre.

***

Man hat ja jeden Tag den Briefkasten voll mit Werbung, ist das bei Ihnen auch so? Selbst, wenn man drangeschrieben hat, dass man keine Reklame wünscht, schmeißen die einem ihre bunten Blättchen rein. Was das kostet und wie viele Bäume für das Papier sterben müssen, nur damit ich informiert werde, dass nächste Woche der Spülstein für die Toilette 20 Zents günstiger ist! Ich frage mich, wer wohl deswegen losfährt und sich bevorratet, aber man darf da gar nicht anfangen zu überlegen, sonst wundert man sich nur.

Neulich erst hatte ich einen Werbezettel, da suchte jemand Rentnerinnen, die sich mit Putzen was dazuverdienen wollen. Da habe ich aber angerufen und dankend abgelehnt, wissen Se, mit meinem Rücken und der operierten Hüfte gehe ich nicht mehr bei anderen Leuten reinemachen. In meinem Alter! Ich muss ja meinen Haushalt im Griff halten und dazu noch das Treppenhaus und den Gehweg. Damit habe ich nun wirklich genug zu tun. Die hatten aber auch Verständnis und sagten, es war nur eine Frage, keine Aufforderung, am Montag anzufangen.

Was mir aber ganz gut in den Kram passte, war ein Faltblatt von einer Tanzlehrerin. Ich hatte so meine Bedenken, ob Gertrud und Gunter denn wohl einen angemessenen Eröffnungswalzer aufs Parkett legen könnten. Gertrud traute ich das schon zu, wenn auch eher einen Schiebewalzer. Wenn nicht gerade Ostwind kommt und ihre Knie dicke sind, ist sie die Erste auf der Tanzfläche, sobald beim Rentnertanz die Kapelle aufspielt.

Gunter ist nun wirklich ein feiner Kerl mit Charakter und Anstand, aber er ist eben ein einfacher Mensch. Wie man sich in Gesellschaft benimmt, wurde ihm nie beigebracht. Das ist auch nicht schlimm, denn seine ehrliche Art und sein feines Wesen machen das bei Weitem wett. Aber für den ersten Eindruck ist es doch wichtig, dass man sich an gewisse gesellschaftliche Regeln hält und ein paar Manieren an den Tag legt. Dass ausgerechnet Gertrud ihm beibrachte, was zu lernen war, davon konnte man nicht ausgehen, und so mussten Ilse und ich das machen. Tanzen gehört dazu, also sind Ilse und ich hin zu dieser Hupfdohle und haben uns das mal angeguckt.

Die Tanzlehrerin hieß Frau Taddeus-Pomarenko und war eine aufgedrehte Person, wissen Se, was ich meine? So eine, bei der man immer das Gefühl hat, sie hatte eine Tasse Kaffee zu viel und noch einen Sekt obendrauf. Eine ganz Dünne war das, ausgemergelt wie meine Kirsten. Die aß bestimmt auch nur Grünkern und trank stilles Wasser. Um die sechzig war sie, wobei man das immer schlecht schätzen kann bei Leuten, die so gesund leben. Da zeichnen die Verbissenheit und der Verzicht ja auch mit bei den Spuren, die das Leben im Gesicht hinterlässt, und deshalb wirken die oft ein bisschen älter. Die Frau Tidddelum-Promenade trug das dünne, von silbrig weißen Fäden durchzogene, aber immer noch schwarze Haar zu einem straffen Knoten gebunden. Aber der strenge Eindruck verblasste hinter der Begeisterung für das, was sie tat. Sie war so eine, die für ihre Arbeit lebt und die ihr Tun glücklich macht, und der es mehr bedeutet, jemanden froh zu sehen, als nur die Kasse klingeln zu hören.

Nun, wir wollten ja nicht, dass Gertrud und Gunter die Seniorenweltmeisterschaft im Lateintanz gewinnen, sie sollten nur einen gemütlichen langsamen Walzer unfallfrei auf das Parkett des Bootshauses legen. Ganz sachte, ohne Hebefiguren und eins-zwei-Tschatschatscha, wie Frau Taddeus-Pomade gleich andeutete. Ilse und ich guckten uns nur kurz an, sagten aber erst mal nichts, denn die Dame war trotz stillen Wassers so am Sprudeln, dass es auch Spaß machte, ihr zuzuhören:

»Für Walzer-Anfänger empfehle ich immer das ›Damensolo mit Flirt‹. Stellen Sie sich das so vor, dass die Braut zunächst an die Seite des Bräutigams tanzt und dann wippend und wiegend auf ihn zu und wieder von ihm weg tänzelt. Das ist ganz einfach und erfordert nicht viel Übung. Das hat die Frau Gertraude nach ein paar Minuten drauf. Wenn sie diese Figur beherrscht, üben wir den ›Platzwechsel‹. Da kommt dann der Herr mit ins Spiel und fängt auch langsam an, sich zu wiegen.«

»Der Bräutigam ist 84 und wurde letztes Jahr an der Bandscheibe operiert, Frau … Tadder-Promenade. Es wird nicht gewiegt!«, fuhr ihr Ilse streng in die Parade.

»Er muss es doch nur andeuten, Frau Gläser!«, parierte diese unbeeindruckt. »Danach kommt nämlich das ›Körbchen‹. Dabei dreht die Braut hinten zwei Damensoli ohne Flirt und macht dann den Platzwechsel. Sobald sie den Herrn erreicht hat, umfasst sie den Mann mit den Armen liebevoll von hinten und schmiegt sich an ihn. Das ist der perfekte Fotomoment, meine Damen!«

Die Augen der Tanzlehrerin leuchteten vor Rührung, sie klatschte, begeistert von sich selbst, kurz in die Hände und zwirbelte sich in ihren Steppschuhen auf den Zehenspitzen so rasch an Ilse heran, dass die erst erschrak und dann kichernd zusammenzuckte, als Frau Matthäus-Pomeranze das »Körbchen« vollendete und Ilse ihre Hände in die Hüften drückte.

»Das ist *der* romantische Höhepunkt, meine Damen, und ganz leicht zu lernen. Danach käme nur noch die Promenade. Dabei bewegt sich das nun vereinte Brautpaar leichtfüßig tänzelnd Seite an Seite durch den Raum. Das wird ein wunderschöner Anblick für die Gäste, das kann ich Ihnen versprechen!«

Ach, ich muss zugeben, dass ich ganz verzaubert war. Frau … Dingens … Amadeus-Pommes vermochte so schwärmerisch zu erzählen, dass ich Gertrud und

Gunter vor meinem inneren Auge schwebend über das Parkett gleiten sah. Ich bin da ja sehr leicht zu begeistern, das muss ich zugeben. Ich gucke auch gern Formationstanz im Fernsehen, auch, wenn die sich immer übertrieben schminken und sich Gänsefett … nein, Schuhcreme! und Flimmer in die Haare schmieren. Hatte ich das schon mal erzählt? Die Kleider werden auch immer knapper, und die Figuren, die die tanzen, sind manchmal regelrecht obszön. Wo die sich überall anfassen, nee, das ist ja zum Rotwerden!

»Es ist nicht der Wiener Opernball, junge Frau, sondern der Eröffnungswalzer von zwei älteren Herrschaften. Ich bitte Sie. Können Sie das leisten, dem Paar einen langsamen Walzer beizubringen, oder nicht?« Ilse kann deutlich werden, wenn es ihr zu viel wird.

Unsere Tanzlehrerin entgegnete beleidigt, dass sie ein gewisses Niveau im Unterricht nicht unterschreitet, und empfahl, dass wir uns anderweitig nach einer Unterstützung in Sachen Tanz umsehen. Das war nicht höflich von ihr, aber für alle Beteiligten das Beste. Ich wollte mir wirklich nicht vorstellen, wie diese Tanzstunde abgelaufen wäre! Und man musste auch bedenken, dass ja der Saxofonspieler kommen würde. Nicht auszudenken, wenn Gertrud und Gunter dazu nun noch eine Kür einstudieren würden. Wir waren vielleicht ein bisschen vom Hochzeitsplanungsrausch in einen unguten Strudel gezogen worden. Es würde auch ohne getanzte Körbchen gehen, schließlich war das die Hochzeit von Gertrud und Gunter, nicht von Kilius und Bäumler.

Einiges hatten wir nun also schon geplant. Der Termin stand fest, und es war auch klar, wie Gertruds Kleid aussehen würde. Da konnten wir uns jetzt als Nächstes daranmachen, den Blumenschmuck zu organisieren. Der muss ja zur Jahreszeit passen und auch zum Festgewand, deswegen machte das erst jetzt Sinn. Das war eine Angelegenheit, bei der Gertrud nicht dabei sein musste, denn schließlich ging es um den Brautstrauß, der eine Überraschung des Bräutigams für sie sein soll und den sie vorher gar nicht sehen durfte, genauso wenig wie Gunter das Brautkleid.

Gunter zu unserer kleinen Blumen-Bachmann mitzunehmen hatte nun wirklich keinen Sinn. Der hätte höchstens auf die Chrysanthemen gezeigt und »Die! Packen Sie mal fünf Stück ein« gesagt. Männer haben da nicht so das Gespür, und wenn die unsicher sind, kaufen sie irgendwas, nur damit sie schnell nach Hause können. Und es ging ja auch nicht nur um den Brautstrauß, beim Blumenschmuck für eine Hochzeit hängt ja viel mehr dran!

Die Marina Bachmann war genau die Richtige dafür. Mit der komme ich zurecht, die versteht einen nicht falsch und ist zackig und auf Draht. Bei ihr kriegt man ehrliche Preise und kein großes Schischi mit Federn in den Sträußen, die alles nur teuer machen. Wann auch immer ich einen Strauß brauche, bin ich bei der kleinen Bachmann in ihrem Blumenlädchen am Markt. Mir ist schon sehr sympathisch, dass der Laden einfach »Blumenladen« heißt und nicht »Ode an die Rose«, »Floral Phantasy«, »Bonne Bouquet« oder so ein Quatsch. Da grassiert die Seuche mit bekloppten Namen fast so schlimm wie im Friseurhandwerk, sage ich Ihnen! Ich gehe auch bis heute mit meinen Haaren zu Ursula in den »Frisiersalon« und würde mir lieber freiwillig drei Stunden den Radiosender von Ariane mit Bumsmusik anhören, als einen Laden namens »Hairliche Zeiten«, »Bahaarmas« oder »Hair-reinspaziert« zu betreten. So was spielt ja alles eine Rolle für das Wohlbefinden und ob man zufrieden ist, nicht wahr? Die Geburtstagsbouquets von Marina Bachmann sind erste Klasse, und auch mit den Trauergebinden war ich stets zufrieden. Aber Blumenschmuck für eine Hochzeit ist ja was ganz anderes, da muss man sich gesondert beraten lassen und sich auch mal zeigen lassen, was sie auf dem Gebiet schon gemacht hat. Ich hatte da ganz klare Ideen. Der Brautstrauß für Gertrud stand, selbstverständlich, ganz oben auf der Liste, und dazu Handsträuße für uns Damen, ein kleines Bouquet für das Revers von Gunter und den übrigen Herren, Tischschmuck für die Festtafel, geflochtene Girlanden für die Hauseingangstür und natürlich ein Gesteck für die Motorhaube vom Brautwagen – oder die Pferdekutsche, das war noch nicht entschieden. Alles sollte natürlich geschmackvoll sein, zueinanderpassen und schlicht, festlich und edel wirken. Und es durfte natürlich nicht zu teuer werden.

Es ist ja gar nicht so leicht, sich in diesen Dingen zu entscheiden. Da mit Gertruds Kleid nun aber die Farbe feststand, um die sich alles drehte, hatten wir eine Basis und konnten danach die Blumensorten aussuchen. Weiß ist edel, aber auch gefährlich. Da muss nur eine Calla dazwischen sein, und schon rümpft einer die Nase und flüstert was von Beerdigung. Gerade, wenn die Braut 82 Jahre alt ist, muss man vorsichtig sein, sehr vorsichtig. So ein Getuschel am großen Tag will doch keiner!

Rosa hingegen ist zu unschuldig, erst recht, wenn die Braut Gertrud Potter heißt. Sie kennen Gertrud ja nun auch schon ein bisschen von meinem Erzählen her und wissen – jedenfalls, wenn Sie aufgepasst haben –, dass sie es faustdick hinter den Ohren hat. Gertrud ist in Sachen »Männer« ein bisschen gestrickt wie Frau Berber, und die sagt immer: »Männer sind wie Busse. Du musst ihnen nicht nachlaufen, nach fünf Minuten kommt der nächste.« Gut, mag sein, dass der Vergleich auf dem Land ein bisschen hinkt, wo nur zweimal die Woche ein Bus fährt. Aber da stimmt es dann in gewisser Weise auch wieder, denn dafür kommt auch nur zweimal die Woche ein Kerl von außerhalb vorbei, hihi. Ich kenne das von den Erzählungen von Kirsten aus Brunsköngel. Das ist im Sauerland, ein ganzes Stück weg vom Händinetz, und man kriegt da auch nicht alle Fernsehsender. Dienstags und freitags kommt das Bäckerauto und am Donnerstag der Fleischer. Im Fleischerauto bedient ein jungscher Kerl, deswegen gehen alle Frauen aus Brunsköngel am Mittwochabend mit Lockenwicklern ins Bett und ziehen am Donnerstag eine frische Schürze an. Dabei sieht der Fleischerbub nicht mal gut aus, ich habe selbst schon Fleischwurst bei ihm gekauft, als ich bei Kirsten auf Besuch war. Nach einer Woche mit Radieschenpesto und geschnetzeltem Fenchel hatte ich nicht nur hörbare Probleme beim Verdauen, sondern mir war auch schon ganz flau und schwummerig. Fleisch gibt doch mehr Kraft, und als Kirsten bei einem Auswärtstermin zum Zengarten harken war, holte ich mir einen Fleischwurstring, als das Wurstauto hupte. Meine Güte, der »junge Mann«, von dem die ollen Weiber alle schwärmten, war bald an die sechzig und stark übergewichtig. Na ja. Aber wo war ich?

Gebinde aus rosa Blüten waren bei Gertrud unangebracht, nein, geradezu lächerlich. Das ist eher etwas für junge Mädchen. Rot war zu dramatisch, und Lila gilt ja als »der letzte Versuch«. Nee, ich war mir mit Fräulein Martina ganz schnell einig, dass wir auf bunte Blumen setzen würden. In zarten Farben, umrahmt von luftigen Gräsern – doch, das passte am besten. Da blieben wir auch finanziell in einem Rahmen, der sich nicht in Höhe des Jahresbüdschees eines Golfstaats bewegte. Wenn man sich für gefüllte Rosen entscheidet, ist man da schnell bei Beträgen, die einen schwindelig werden lassen. Bestatter Rachmeier, der ja auch Trauergebinde mit verkauft, hat nicht ohne Grund einen Defibrillator im Beratungsraum hängen. Für die Kundschaft … also, für alle, die liegend angeliefert werden, braucht er den nicht. Der ist für die Angehörigen, wenn die den Preis für die Kränze nicht so gut verkraften.

Zum Ende des Sommers blüht ja hier in unseren Breitengraden vieles, was man mit in den Blumenschmuck winden kann. Die kleine Bachmann war ganz angetan. Die ist bodenständig, wissen Se, die kommt aus einfachen Verhältnissen und weiß mit wenigen Mitteln was zu zaubern, das geschmackvoll und gleichzeitig ganz hinreißend werden würde, dessen war ich mir sicher.

Sie hat ihren Laden gleich schräg gegenüber vom

Rathaus, wo die Trauung stattfinden würde. Den lieben langen Tag hat sie in ihrem Geschäft zu tun. Eine richtige kleine Dekoriermaus ist sie, die Frau Bachmann, immer die Heißklebepistole in der Hand, mit der sie allen möglichen Plunder an die Sträuße pinnt. »Meine Dienstwaffe«, sagt sie dazu spaßig. Heutzutage reicht es ja nicht mehr, einfach fünf oder sieben Nelken mit ein bisschen Sprengerie zusammenzubinden. Nee, die Kundschaft will üppige Sträuße mit allerlei getrocknetem Zeug drin. Gern auch Dörrobst, Borke und kleine Äste – man glaubt es kaum. Aber die Leute sind ganz wild darauf, und wenigstens macht die Marina nicht so einen Quatsch mit Glitzerspray. Bei ihr gibt es nur Naturmaterial, und der Heißkleber ist lösemittelfrei und wasserlöslich. Das hat sie groß im Aushang stehen, das beruhigt die Knödelmädchen, die freudig bei ihr regionale Blumen kaufen und sich dabei so gut fühlen, dass sie der halben Welt davon erzählen und es auch stolz und beseelt im Interweb rumzeigen. Das bringt natürlich kostenlose Werbung. Spätestens, wenn die Bachmannsche beim Einwickeln darauf hinweist, dass das Papier wegan ist, geraten die Knödelmädchen in Ekstase. Dass Marina keine Plastikfolie um ihre Sträuße drum tut, muss ich ja wohl nicht extra erwähnen, das versteht sich von selbst. Und ich kann auch bestätigen, dass das verwendete Material tatsächlich regional ist. Wenn Gertrud nämlich mit Norbert im Park Gassi geht, schnappt der sich oft ein Stöckchen und trägt es im Maul, bis sie auf dem Heimweg bei Marinas Blumentempel vorbeikommen. Da legt er es vor die Tür. Die Marina gibt ihm ein Leckerli, und das Holz verwurschtelt sie in ihren Sträußen. Also wirklich, mehr regional geht doch gar nicht!

Bei der kleinen Bachmann wird auch viel geredet beim Einkauf. Sie hat eine große Kaffeemaschine – so eine mit Dampf, die auch Milch aufpustet, wissen Se? – und immer ein paar Stückchen selbst gebackenen Kuchen da. Selbstredend gibt es auch Tee, in allen Varianten, die man sich denken kann. Sie ahnen ja nicht, auf was man alles heißes Wasser schütten und dann für vier Euro verkaufen kann! Wenn es muffig riecht, sagen Sie unbedingt »fermentiert« dazu, dann trinken es die jungschen Dinger mit Wonne. Das ist sowieso eine Grundregel: Wenn was nicht schmeckt, sagen Se der Sache eine gesundheitliche Wirkung nach. Bitterstoffe zum Beispiel. Da müssen Se sich gar nicht groß auskennen, einfach nur »Bitterstoffe« murmeln, und die schlürfen auch die widerlichste Plörre. Na, ich will gar nicht groß auf den Geschäftsmethoden rumhacken, es muss ja jeder sehen, wie er zurechtkommt. Die kleine Bachmann hat das nicht als Gastronomie laufen, das wäre ja gar nicht zu handhaben mit den Auflagen. Es ist eher eine Erfrischung für Freunde, Kunden und Gäste. Daneben steht eine Sparbüchse, und wer möchte, der steckt was rein. Es ist aber keine Pflicht, die Marina ist da wirklich großzügig. Immer mal wieder schaut entweder ein Bekannter rein, und sie quasseln ein halbes Stündchen, oder eine der Frauen von ihrer Yogagruppe oder auch der Händi-Mario, der seinen Laden nebenan hat. Sie hat eine kleine Sitzecke mit vier Sesselchen, die sehr gemütlich im Kreis stehen, aber wenn Hochzeit im Rathaus gegenüber ist, dann dreht sie die alle Richtung

Schaufenster. Dann ist nämlich »Braut gucken«, und bei Frau Bachmann sitzt man in der ersten Reihe. Das ist immer ein Fest für alte Damen wie Gertrud und mich. Ach, was haben wir beide schon »Braut geguckt« in unserem Leben! Wir saßen zusammen auf der Couch, als die Grace Kelly geheiratet hat, und wir haben im Fernsehen auch die Hochzeit von Lady Di mit Prinz Charles geguckt. Ich muss ja bis heute schluchzen, wenn ich die Bilder sehe, vor allem, wenn man an das Schicksal denkt, das die Frau später ereilt hat. Heute tun ja manche Leute neunmalklug und behaupten, sie hätten der armen Prinzessin Diana damals schon angesehen, dass sie traurig war und dass die Ehe nicht gut geht. Aber da will ich ehrlich sein: Das habe ich nicht kommen sehen. Wir hatten damals noch Schwarz-Weiß-Fernseher, das Bild war körnig, und Diana sah aus wie ein krümeliger Schneemann. Sie war ein kleiner weißer Klecks, mehr hat man nicht erkannt. Keine bösen Blicke der Königin und auch keine verheulten Augen der Prinzessin. Wer es da angeblich alles schon vorher gewusst hat, der spinnt. Hören Se mir auf! Es war ein Märchen. Aber nicht alle Märchen gehen gut aus, das musste das arme Kind erfahren.

Die Hochzeit von Prinz William, dem Großen von Diana und Charles, und Herzogin Kät dreißig Jahre später, die habe ich auch mit Gertrud geguckt. Die war schon in Farbe und DD, da konnte man kristallklar sehen, dass sie glücklich waren und bis heute sind. Gertrud und ich sind prima Hochzeitsgucker. Wenn so was im Fernsehen läuft, dann rollen wir die Stützstrümpfe runter, legen die Beine hoch und gönnen uns vom guten Eierlikör. Die schönen Kleider! Die Blumen! Und die Musik erst! Wann kriegt man denn so was mal geboten im Fernsehen? Da kann der Lichter mit seinen Pickelhauben nicht mithalten, und auch nicht der Rehdörfer mit seiner Rateschau.

Hirsch. Hirschhausen.

Den meine ich.

Aber bei Marina Bachmann im Blumenladen guckt man echte Hochzeit, und zwar aus nächster Nähe. Sie selbst guckt ja schon aus beruflichen Gründen. Entweder hat sie die Blumen beigesteuert, dann muss sie natürlich überprüfen, wie die wirken und ob sie gut aussehen, und sie fotografiert alles und lädt es beim Fäßbock hoch. Das ist ja auch Werbung für sie. Wenn es aber Sträuße von der Konkurrenz sind, macht sie keine Fotos für den Fäßbock, sondern zieht eine beleidigte Schippe. Außer einmal, als die Nelken von Frau Schwipp-Schwamm (die hieß wirklich so, ich habe mir das nicht ausgedacht! Ich kann auch nichts dafür, dass die Leute bei ihren Doppelnamen nicht mitdenken!) schon ganz welk waren. Da hat sie fotografiert und dazu geschrieben »FRISCHE Schnittblumen zu feierlichen Anlässen bekommen Sie im Blumenhaus Bachmann«. Die Schwippschachtel kam in der Woche nach ihrer Trauung reumütig zur Frau Bachmann und klagte ihr Leid. Sie hatte wohl sparen wollen und einen Billigstrauß vor den Toren der Stadt in der Kaufhalle erworben, und nun war sie hier im Lädchen und weinte fast ob der Fehlentscheidung. Sie hatten wohl noch mal einen Termin mit dem Fotografen vereinbart ein paar Wochen später, und dafür orderte sie gleich ein prächtiges Gebinde. Na, ich gönne es der Bachmannschen, aber mir wäre das nichts. Zweimal einen solchen Aufwasch? Noch mal die Haare aufdrehen, das Kleid zur Reinigung, neue Blumen … das geht ja nicht nur ins Geld, sondern es kostet auch Zeit! Aber mit den Schwippschwapp-Hochzeitsfotos war es im Grunde nicht anders als mit vielen Dingen, die manchen Menschen heute wichtig sind: Sie machen anderen Leuten vor, dass sie ein Leben haben, in dem es glitzert und in dem immer die Sonne scheint. Sie freuen sich auf Bildern scheinbar über Dinge, die sie sich gar nicht leisten können. Und diese ganze Schau veranstalten sie nur, um Menschen neidisch zu machen, die sie nicht mögen. Achten Se mal drauf, das ist bei ganz vielen so! Die zeigen da beim Fäßbock bunte Schirmchengetränke vor und grinsen, als hätten se Gesichtslähmung, und wenn man genau hinguckt, ist der Urlaub auf Kredit bezahlt. Und dann drücken vier Leute »gefällt mir«, und die anderen denken sich ihren Teil. Aber das muss ja jeder selber wissen, ich mache bei diesem Blödsinn jedenfalls nicht mit. Wenn Se von mir im Onlein was lesen, dann ist das alles echt.

***

Und dann war da noch die Sache mit dem Namen.

Wie wollten unsere beiden Spätverlobten nach der Heirat denn nun heißen? Herbst, wie der Mann? Oder sollte Gertrud ihren Namen behalten oder gar einen Doppelnamen tragen? Das ist ja heute eine Wissenschaft.

Bei meinen Eheschließungen war das nie ein Thema. Ich bin eine geborene Strelemann, und bei jedem neuen Jawort habe ich auch den Namen des Mannes angenommen. Bei Walter, dem Herrn Bergmann, fiel es mir am schwersten. Nicht, weil ich vielleicht nicht Bergmann heißen wollte – das ist ein schöner, ehrbarer und knackiger Name. Ich heiße sehr gern Bergmann. Aber vorher trug ich eben den Namen von Mohrskötter, wegen Wilhelm, dem Vater von Kirsten. Und als Frau von Mohrskötter konnte man Staat machen. Mich hielten die Leute oft für was Adlig-Nobel-Besonderes. Also, zumindest, bis sie mich dann richtig kennengelernt haben. Ja, so ein Name kann einem Türen öffnen, aber wenn man durch die durchgegangen ist, sehen die Leute sowieso, wer man wirklich ist. Oma Strelemann hat immer schon gesagt: »Einen schlechten Charakter kann man nicht verbergen. Das ist wie mit dreckigen Füßen in gut polierten Schuhen: Irgendwann muss man die mal ausziehen, und dann sieht jeder, was los ist.«

Ich stand nie lange im Verdacht, eine verarmte Prinzessin zu sein. Wissen Se, der Habicht, was ein Nachbar von hier um die Ecke ist, der sagt immer: »Man kriegt einen Günter Habicht vielleicht mal aus Spandau raus, aber man kriegt nie Spandau aus Günter Habicht raus.« Das gilt für mich genauso. Und das gilt nicht nur für Spandau, sondern eher allgemein, verstehen Se? Ich bin bodenständig, geerdet, robust und nüchtern.

Ja, nüchtern!

Denken Se ja nichts Unverschämtes, nur weil ich hin und wieder einen Korn nehme. So ist es gar nicht gemeint, und selbst wenn: Von einem Korn wird eine Renate Bergmann nicht dune.

»Nüchtern« meine ich eher so, dass ich die Dinge im Kern sehe und dass man mich mit wolkigen Worten nicht beeindrucken kann. Ich sage den Leuten, die mir erst mal zehn Minuten vorschwärmen, wie nett ich bin, auf den Kopf zu: »Ersparen Se uns das, und sagen Se, was Sie wollen!« Verstehen Se, was ich meine? Es ist aber auch nicht so wichtig, denn es geht ja gar nicht um mich, sondern um Gertrud und Gunter.

Wie gesagt, für mich war es immer selbstverständlich, bei der Heirat den Namen des Gemahls anzunehmen. Unsereins brauchte nicht aus Gründen der Emanzipation einen Doppelnamen. Renate Strelemann-Winkler-Hilbert-von Mohrskötter-Bergmann, ich bitte Sie! Stellen Se sich das Theater mal auf dem Bürgeramt vor, oder am Telefon beim Quelleversand, wenn man seinen Namen sagen soll! Nee, Quelle ist ja nicht mehr. Das heißt ja jetzt QVC. Oder so.

Nein, ich musste nie eine 4×100-Meter-Staffel im Pass stehen haben, um mich zu emanzipieren. Unsere Generation machte das noch anders. Wir heißen wie der Mann, das erspart Ärger und ist unkompliziert. Dafür nehmen wir die Männer ganz anders an die Kandare. Ich habe immer Taschengeld und Ausgehzeiten reglementiert, und es hat keinem geschadet.

Gertrud ist eine geborene Gans. Da wurde sie als Mädchen immer gehänselt, und deshalb war sie froh, als sie ihren Gustav geheiratet hat und Potter hieß. Ich hätte es ja spaßig gefunden, wenn Gustav den Namen von Gertrud angenommen hätte. Gustav Gans. Hihi!

Aber das war niemals ein Thema, das gehörte sich zur damaligen Zeit einfach nicht. So was machten bestenfalls Filmstars, die ihren berühmten Namen behalten wollten, aber nicht wir einfachen Frauen aus dem Volk.

Gertrud ging wunderbar und ohne Probleme als Gertrud Potter durchs Leben. Das war nur ganz kurz Anlass für Gekicher, als die Bücher mit dem Zauberkind groß in Mode waren, aber so was vergeht. Gertrud Potter, das klingt etwas plump, aber es passt zu ihr. Da kriegt man genau, was man erwartet, wenn man den Namen hört. Ja, wenn man Eisbein mit Sauerkraut bestellt, weiß man auch, dass man hinterher einen Korn zum Verdauen braucht.

Und nun? Nun wäre es folgerichtig, dass sie Gertrud Herbst heißen würde. Das klingt doch seriös und gediegen, finden Se nicht? Doch. Mir hätte das gefallen.

Aber in unserem Alter muss man so vieles bedenken ... Gertrud hat ihren Gustav begraben müssen, und praktisch, wie sie veranlagt ist, hat sie ihren Namen gleich mit auf den Grabstein hämmern lassen. »Gustav Potter«, steht da, und dann das Geburts- und Sterbejahr. Darunter »Gertrud Potter« und wann sie geboren wurde. Gertrud hat einen großen Busch Lampionblumen an das Kopfende des Grabes gepflanzt, damit man ihr Geburtsjahr nicht lesen kann. Da ist sie ja sehr eitel. Die Lampionblume ist auch die Einzige, die sie zweimal in der Woche düngt, damit sie bloß nicht mickert, und sie wird auch nicht zurückgeschnitten.

Das mit der Grabsteingravur ist natürlich ein Argument. So was kostet Geld, und zwar nicht wenig! Ein Steinmetz will schließlich auch leben. Handwerk hatte schon immer goldenen Boden, und in den letzten Jahren, wo die genau merken, dass kaum junge Leute nachkommen, die die schönen, soliden Berufe lernen wollen, lassen se sich wortwörtlich jeden Handschlag vergolden. Gertrud hat sich auch deshalb schon in den Stein meißeln lassen, weil ihre Tochter Gisela genau weiß, dass es jedes Jahr teurer wird und weil sie nicht will, dass das vom Erbe abgeht. Nur das Jahr mit dem … also, wenn Gertrud mal für immer die Augen schließt, das weiß man ja noch nicht, das ist noch offen. Dafür hat Gertrud mir aber vorab einen gewissen Betrag zugesteckt. Sie möchte, dass ich mich darum kümmere, weil sie ihrer Gisela da nicht über den Weg traut. Ich kann da nicht viel zu sagen, ich habe auch alles beim Bestatter hinterlegt! Nicht, dass ich Kirsten nicht zutraue, mir einen ordentlichen Abschied zu bezahlen. Das wohl. Allerdings würde da wohl eher mit Wallekleidern getanzt, würde meine Tochter da was organisieren. Nee, nee! Ich habe alles festgelegt, von der Musik bis zum Sarg und welcher Kuchen von welchem Bäcker geholt wird, und alles ist im Voraus bezahlt.

Kurzum: Hauptsächlich aus dem Grund hatte sich Gertrud durchgerungen, weiter Potter zu heißen. Gunter war es – das können Se sich bestimmt schon denken – wie immer egal. Hauptsache, Gertrud heiratete ihn, und er bekam jeden Tag eine warme Mahlzeit. Der war mit allem zufrieden. Dem wäre es sogar egal gewesen, würde Frau Schlode zum Essen bleiben.

Anfangs wollte Gertrud alles nur »im ganz kleinen Rahmen«, aber so langsam nahm das eine Dimension an, dass selbst bei wohlwollender Auslegung der Formulierung diese nicht mehr angemessen erschien. Spätestens, als Gertrud mich mahnte: »Renate, wegen des Essens ... ich weiß doch, dass du da heimlich was planst. Ich bin doch nicht dumm. Denk bitte an einen Tisch für die Männer von der Tanzkapelle«, wurde mir das klar.

Es hatte ja alles keinen Sinn, weiter heimlich vor sich hin zu überlegen. Tanzkapelle? Was zum Himmel hatte Gertrud denn da angeleiert und womöglich schon fest abgesprochen? Wir hatten doch den Uwe, der beim Seniorenball immer mit dem Plattenspieler kommt und Musik macht, schon bestellt! Der macht das immer sehr nett, wissen Se, der weiß, was wir Älteren mögen, und macht zwischendrin auch ein paar Spielchen und lässt was raten, oder man muss mit einem Luftballon zwischen die Köpfe geklemmt tanzen. Er spielt aber auch moderne Sachen für junge Leute, Modern Torking und So was. Auf Englisch. Na, da wippen wir dann ein bisschen mit, es muss ja für jeden was dabei sein. Aber dass Gertrud eine Kapelle bestellt hatte, machte mich nervös. Vielleicht war es auch nur ein Trick von ihr, um rauszukriegen, welche Überraschungen wir geplant hatten? Ich kenne doch Gertrud, die ist mit allen Wassern gewaschen!

Also versuchte ich, Kontakt zu Gertruds Tochter Gisela aufzunehmen. Es ist ja besser, wenn man sich abspricht, und sie als Tochter hatte vielleicht auch noch was überlegt. Ich musste auch fragen, wer von der Familie nun genau kommt, denn schließlich musste auch die Tischordnung festgelegt werden.

Eine Sitzordnung ist wichtig, da gibt es keine Diskussion. Bei einem Polterabend soll sich jeder gemütlich niederlassen, wo er will, da kommt es nicht so drauf an, aber eine Hochzeit ist eine feierliche Angelegenheit mit gesetztem Essen, wo am Tisch serviert wird. So ein Fest soll in guter Erinnerung bleiben und nicht als »Gemetzel von Spandau« in die Familiengeschichte eingehen, weil ein Streit losbrach!

Man möchte als Brautpaar den Tag genießen, und zwar am liebsten im Kreise seiner Freunde und der Familie, wenn die nun dabei sein muss. Da sollte jeder wissen, wo sein Platz ist – und zwar nicht nur im Leben, sondern ganz speziell während der Feier bei Tisch. Es ist doch sehr unangenehm, wenn alle rennen wie die Wiesel und andere an der Tür vom Gasthaus wegschubsen, damit sie neben ihrem Wunschnachbarn sitzen können. Und wenn das nicht klappt, liegen sie dem Brautpaar in den Ohren mit kleinlichem Gejammer wie: »Ich wollte doch aber neben Gudrun sitzen und nicht neben Onkel Hubert, der schmatzt immer so!«

Nee, da muss eine Tischordnung gemacht werden. Und nicht nur das, auf der Hochzeitsmesse hatten wir gelernt, dass heutzutage sogar Lagepläne aufgehängt werden, auf denen die Tische und Stühle aufgemalt sind. Jeder Gast hat eine Nummer und kann dann gucken, wo sein Platz an der Tafel ist. Die Tische haben römische Ziffern und die Plätze ganz normale, also arabische. Wir hatten das aber als zu übertrieben eingestuft. So was brauchten wir nicht für Gertrud und Gunter, schließlich war es eine Hochzeit und kein Staatsempfang im englischen Königshaus. Es hatte jedoch den Vorteil, dass keiner einfach die Tischkärtchen vertauschen kann und sich dann doch niederlässt, wo es ihm gefällt. Wie meine Tante Ellie zum Beispiel auf meiner Hochzeit mit Otto. Dreist, wie sie war, hat sie die Kärtchen vertauscht, sich neben den gut aussehenden Werner Haschtaler gesetzt, unschuldig geguckt und angefangen, ihre Suppe zu löffeln. Die Suppe war verputzt, und das mit der Unschuld war bei Tante Ellie eh ... aber das ist ein anderes Thema. Mutter bemerkte den Fehler und setzte Tante Ellie ganz schnell wieder um. Wegen ihres Manövers saß nämlich Oma Strelemann nun neben Käthe Brömmer, und das konnte so nicht bleiben. Käthe Brömmer hatte beim Feuerwehrball neunzehnhundert... ich weiß es nicht mehr ganz genau, welches Jahr es war, auf jeden Fall kurz vor dem Krieg, da hat Käthe für das Feuerwehrfest gedeckten Apfelkuchen gemacht, obwohl abgesprochen war, dass Oma gedeckten Apfelkuchen backt.

Unter Zeugen!

Käthe hat behauptet, es wäre ein Missverständnis gewesen, aber Oma wusste genau, dass das nicht stimmte. Käthe hatte triumphierend gegrinst, als sie das Blech auf dem Küchentisch abstellte. Und die Höhe war gewesen, dass sie den Kuchen sogar nach Omas Rezept gebacken hatte! Na, nach dem Affront konnte man natürlich nicht zulassen, dass die beiden auf der Hochzeitsfeier nebeneinandersaßen. Käthe nicht einzuladen ging jedoch auch nicht. Wir hatten es erwogen, aber wissen Se – so auf die direkte Nachbarschaft, das konnte man nicht machen. Die Leute reden doch! Deshalb war die Tischordnung auch so geplant, dass Tante Ellie neben Käthe hinkommt, aber mit ihrer Tauscherei der Kärtchen im Drang ihrer Hormone hat sie fast einen Eklat herbeigeführt.

Gisela anzurufen war gar nicht so leicht, wie ich dachte. Vor Jahren hatte ich mir mal ihre Händinummer geben lassen, für den Fall, dass was ist. Nun war was, aber bei der Nummer ging niemand dran. Die Gisela ist ein bisschen unstet in allem, was sie im Leben tut, und wechselt offenbar ihre Telefonnummern genauso oft wie die Lebensgefährten und die Begründungen, warum sie nicht arbeiten gehen kann. Sie hat nach der Schule erst lange studiert. Irgendwas mit Kunst, das war früher das, was heute »was mit Medien« ist, wissen Se? Nach acht Jahren wäre es wohl an der Zeit gewesen, die Sache zu einem Ende zu bringen und eine Diplomarbeit zu schreiben, aber da kam ihr in den Sinn, dass es nicht das Richtige für sie war, und sie fing noch mal was Neues an zu studieren. Was mit sozial, fragen Se mich nicht, ich habe es mir nicht gemerkt, denn es wechselte auch immer mal wieder. Jedenfalls wurde sie nie fertig, und als sie die Vanessa unterm Herzen trug, war sowieso erst mal alles andere unwichtig. Danach war da ja das Kind, das sie daran hinderte, eigene Brötchen zu verdienen, und als Vanessa in die Lehre ging, hatte sich Gisela gerade die Brüste straffen lassen und war sehr, sehr glücklich mit einem Iren, mit dem sie in Kreuzberg in einem Hinterhaus lebte. Sie hatte Ofenheizung, einen frisch operierten Busen und verstand kein einziges Wort von dem, was ihr Ire sagte, aber sie war glücklich. Sie lebte von dem, was Gertrud ihr zusteckte und was die Ämter bezahlten, und schlug sich irgendwie durch. Der Ire war nicht lange der ihre, aber ab und an hatte sie auch Lebensgefährten, die großzügig waren. Da schaffte sie was auf die Seite für die Übergangszeiten, in denen sie mal nicht liiert war. Seit einiger Zeit arbeitet sie wohl als Bedienung in einer Bar, wo sie gern in tiefen Ausschnitten zeigt, was der Doktor ihr da Schönes genäht hat. Das ist jedenfalls das, was Gertrud als Letztes zu berichten wusste.

Da ich Gisela nicht erreichte, musste ich bei Gertrud nach der Nummer fragen, da biss die Maus keinen Faden ab. Früher konnte man im Telefonbuch nachgucken, aber heute hat doch keiner mehr Strippentelefon, alle nur noch Händi. Im Telefonbuch oder in den Gelben Seiten finden Se doch nichts mehr! Ich nehme die gar nicht mehr mit, wenn die auf der Palette hinter den Kassen in der Kaufhalle stehen. Außerdem wusste ich ja nicht mal, wie Gisela gerade hieß hintenrum, und ob sie in Berlin wohnte, war auch nicht klar. Ich musste jedenfalls Gertrud direkt fragen, es gab keinen anderen Weg.

Ich habe Gertrud schon so oft ermahnt, dass sie ein bisschen mehr Ordnung halten muss. Wissen Se, in unserem Alter ... Es kann so schnell gehen, dass man abends die Augen schließt und morgens nicht wieder wach wird, und dann tragen se einen mit den Füßen voran aus der Wohnung. Da will man doch nicht, dass die Sargträger über rumliegende Fernsehzeitungen stolpern oder sich in der Strumpfhose verheddern, die vors Bett geschmissen wurde. Die rufen am Ende noch die Spurensicherung, weil sie denken, es war ein Raubüberfall! Wie oft habe ich schon zu ihr gesagt, dass sie aufräumen soll. Und was meinen Se, was die erst in ihren Schränken für Gelump zu liegen hat!

Als ich bei Gertrud und Gunter reinschaute, um nach Giselas Telefonnummer zu fragen, fing Gertrud auch erst mal das große Suchen an.

Auf der Anrichte hat sie eine Obstschale stehen, in die sie »alle wichtigen Papiere« legt, die so ins Haus flattern. Den Inhalt habe ich einfach mal auf den Tisch gekippt und angefangen zu sortieren. Unter Nüssen, einem müffelnden Etwas, was wohl früher mal eine Apfelsine war, und einer Rolle Stopfgarn fand ich einen Zettel.

»Hier steht 471182, Gertrud. Was ist das?«

»Weiß ich nicht.«

»Warum hast du den Zettel denn hier reingelegt?«

»Vielleicht eine Telefonnummer! Schmeiß den mal nicht weg!«

»Wessen Telefonnummer?«

»Das weiß ich doch nicht!«

Ich atmete tief durch.

»Gib mir mal den Apparat!«

Gertrud hat ja noch Bakelittelefon, und die Strippe reicht nicht bis in die Wohnstube. Also musste ich in den Flur und drehte die Nummer auf der Wählscheibe. Es war kein Anschluss unter der Nummer, auch nicht mit Vorwahl von Berlin.

»Dann ist es die Nummer für den Geldautomaten!«, rief Gertrud, als ich den Zettel schon zusammengeknüllt hatte.

»Die hat doch aber nicht sechs Stellen, Trudchen,

sondern nur vier!« Manchmal konnte sie einen zur Verzweiflung bringen.

Gertrud rückte die Brille zurecht, schaute auf den Zettel und nickte triumphierend.

»Und ob das die Nummer ist. Ich habe hintendran noch mein Alter geschrieben, um die Gangster zu verwirren, wenn sie die Karte und den Zettel finden!«

Da fiel mir nichts mehr ein. Ich notiere mir die 4711 aber mal in meinem Händi für den Fall, dass mit Gertrud wirklich mal was wäre. Gisela würde doch ohne Erbschein erst mal nicht ans Konto kommen!

Unter dem geheimnisvollen Zettel lag ein Werbeprospekt vom Fleischer. Eisbein war im Januar im Angebot gewesen, aber das schmeckte jetzt im Mai nicht, und außerdem war das eh nur für die dritte Kalenderwoche gültig gewesen. Das durfte ich ohne Einspruch wegschmeißen, nicht aber den Zettel, auf dem »zwei Tabletten unter das Futter mischen, nach drei Wochen noch mal vorstellig werden« stand. Der erinnerte Gertrud daran, dass sie mit Norbert wieder mal eine Wurmkur machen musste.

Wir kamen nicht wirklich voran. Ich fischte noch den Rentenbescheid vom letzten Sommer aus dem Schnipselberg und zwang Gertrud, den im Ordner, auf dem »Wichtig« stand, abzuheften. Ich guckte nicht rein in den Ordner, da war … also, da war alles drin, was Gertrud für wichtig hielt, nicht, was wichtig war. Aber wenigstens wäre der Rentenbescheid im Fall des Falles auffindbar! Ein paar alte Fernsehzeitungen und Angebotsblätter für Busreisen schmiss ich noch weg, einige handgeschriebene Rezepte, die sich Gertrud immer geben lässt, wenn ihr der Kuchen geschmeckt hat und die sie nie nachbackt, legte ich ihr auf einen Extrahaufen, und den Rest ... wissen Se, ich hatte auch keine Lust mehr. Den Rest räumte ich wieder in das Körbchen, das aber wegen der aussortierten Fernsehzeitungen schon viel leerer geworden war. Ich sah das gar nicht ein, dass ich mich da weiter kümmerte. Nachher heißt es noch: »Mama war schon ziemlich durcheinander in der letzten Zeit, wer weiß, ob die Bergmann da nicht in Geldangelegenheiten reingeredet und was abgezweigt hat?« Ich kenne doch die Gisela! Und ich war hier auch nur die beste Freundin, nicht die Pflegekraft oder der bestellte Vormund.

Ich ging mit der Nummer, die wir nach langem Suchen auf den Rand vom Prospekt vom Gesundheitshaus Seeger gekritzelt fanden.

Gisela war recht erfreut über meinen Anruf und auch froh, dass ich mich ein bisschen um alles kümmerte. Sie machte keinen Hehl daraus, dass sie da keine Lust drauf hatte. »Macht ihr das mal, Tante Renate, ihr sollt so feiern, wie es euch gefällt. Es soll ein schöner Tag für Mutti und Gunter werden.« Dann hörte ich, wie sie ihre Zigarette auspustete. Bestimmt rollte sie auch mit den Augen, das hätte gepasst. Sie gab mir nur mit auf den Weg, dass sie als Überraschung eine Kutsche für die Fahrt zum und vom Standesamt bestellt hatte. Sehen Se, gut, dass ich gefragt hatte! Da konnten wir den Koyota als Brautwagen schon mal streichen. Schade, denn Kurt hatte sich schon so gefreut. Es war aber besser so. Ein Gesteck vorn auf dem Koyota ist ja gut und schön, bringt aber auch eine gewisse Gefahr mit sich. Wissen Se, Kurt sieht schon nichts, wenn der Blick frei ist, und wenn man ihm nun noch ein Gebinde von Wiesenblumen mit Gräsern auf die Motorhaube nagelte, wäre das kein Beitrag zur Verkehrssicherheit. Ich freute mich richtig für Gertrud. Sie wünscht sich nämlich, dass ihr Sarg mal von schwarzen Pferden mit Hahnenfedern auf dem Kopp gezogen wird, aber es ist doch viel schöner, wenn sie nun zur Hochzeit mit einer Kutsche fährt. Da hat man doch viel mehr davon, als wenn man in der dunklen Holzkiste liegt.

Gisela sagte, sie würde am Abend vor der Hochzeit anreisen und sich am Tag der Trauung um Gertrud kümmern. Sie wollte ihr mit den Haaren und beim Anziehen helfen, aber alles ab Standesamt überließe sie mir.

Na, das war doch ein Wort. Auf dieser Basis konnte man doch planen und arbeiten, ohne sich ins Gehege zu kommen!

Sie gab mir gleich noch die Liste aller Leute durch, die von Gertruds Familie eingeladen waren. Cousinen und so was, es gab nur über Weihnachtskarten noch Kontakt, aber man konnte sie nicht außen vor lassen.

Wenn die Tischordnung vernünftig überlegt ist, gibt es keinen Streit, und die Feier verläuft harmonisch. Aber um sie richtig planen zu können, muss man Fingerspitzengefühl haben und sich gut in der Familie auskennen. Man muss wissen, wer mit wem kann, wer ähnliche Interessen hat, Kinder im selben Alter oder auch, wer mit wem schon mal fremdgegangen ist. Gertruds Nichte zum Beispiel, die Kathrin, die kommt prima mit ihrer

Cousine Steffi zurecht. Die haben beide Kindergartenkinder und immer ein Thema, über das sie reden können. Die tauschen sogar die Kindersachen aus, wissen Se, die kleinen Geister wachsen da ja so schnell raus! Ehe man es sich versieht, sind die Ärmel wieder zu kurz, und heute strickt ja auch keiner mehr ein Bündchen an. Aber das ist nicht das Thema, ich wollte nur sagen, dass sich die Steffi und die Kathrin gut verstehen, die kann man problemlos nebeneinander platzieren. Da hat man auch gleich eine kleine Insel der guten Laune.

Die Braut ist nach alter Sitte die Hauptperson des Tages, sie sitzt zentral zur Linken des Bräutigams, sodass sie einen Blick auf alle Gäste und den ganzen Saal hat. Da hat man schon mal einen Anfang. An die Seite des Brautpaars kommen dann die jeweiligen neuen Schwiegereltern. Da das in unserem Fall der Seniorenhochzeit nun mal … also, da ist ja keiner mehr, wenn die Braut und der Bräutigam jenseits der achtzig sind. Da mussten wir mit Feingefühl auffüllen. Ilse meinte, da ich als beste Freundin und Trauzeugin sozusagen an die Stelle der Brautmutter gerückt war, stände mir der Platz neben Gunter an der Tafel zu. Das war freilich eine Ehre, die ich nicht ausschlagen konnte.

Neben mir saß Gisela, die Tochter von Gertrud. Die würde ohne Tischherrn kommen, soweit das jetzt absehbar war. Aber wer weiß, vielleicht lachte sie sich noch was Frisches an bis dahin? Gisela ist eine von den Frauen, die immer versucht, den Männern zu gefallen, und darin ihr Glück sucht. Das kann nicht gut gehen, und man sieht das Unheil nun seit Jahrzehnten mit an und denkt sich seinen Teil, aber man sagt nichts, weil es einen nichts angeht. Auch Gertrud ist klug genug, sich nicht einzumischen. Gisela ist zwei Jahre älter als meine Kirsten, also Anfang fünfzig. Seit der Konfirmation haben wir schon so manchen Galan kommen und wieder gehen sehen, aber glücklich wurde das Mädchen nie. Genau, wie ich meine Kirsten ihr Leben leben lasse, hält es auch Gertrud. Sie mischt sich nicht ein und gibt weder gute noch gut gemeinte Ratschläge, sondern legt immer wieder ein Gedeck für den jeweiligen Begleiter auf, der dann mal mitkommt und mal nicht. Zur Hochzeit dann aber eben nicht.

***

Natürlich war das eine Liederlichkeit gewesen, die Rufnummer der eigenen Tochter so larifari auf dem Rand eines Werbeblättchens zu notieren, aber es hatte auch sein Gutes. So kam Gertrud wenigstens in den Sinn, dass sie sich ja noch um Brautschuhe kümmern musste. Die hatten wir nämlich nicht gekauft bei Buxen-Willy und Schleier-Elfie, die wollte Gertrud im Gesundheitshaus Seeger bestellen.

Gertrud und Schuhe, das ist nämlich ein schwieriges Thema. Normalerweise gehören zu einem festlichen Brautkleid ja solche Pömps, die zum Kleid passen. Aber laufen Se mal in so was! Wir sind 82 Jahre alt, da ist man froh, wenn man einen guten Tag erwischt und nicht das Gehwägelchen zum Stützen nehmen muss. Die Zeiten, in denen man auf hohen Hacken läuft und mit dem Hintern wackelt, um die Herren zu verführen, sind vorbei. Wir verführen mit Leckerem aus Topf und Pfanne, nicht mit Dekolleté und Po.

Es ist im Alter nicht so leicht, Schuhe zu finden, die passen, bequem sind und dabei nicht aussehen, als hätte man sich den Schuhkarton an den Fuß gebunden. Wenn man jung ist, ja! Da schlüpft man in einen Schuh, weil der zum Rock gut aussieht, und selbst, wenn der ein bisschen drückt, geht das schon. Aber werden Se mal älter! Da hat man dann Druckstellen, eingewachsene Nägel, Schrunden, einen Hammerzeh ... Na, ich will Sie nicht länger mit solchem unappetitlichen Kram behelligen. Nur ein Tipp: Gucken Se mal am frühen Abend die Werbung an, die im Zweiten gezeigt wird. Da kriegen Se einen guten Überblick, welche Gebrechen einen im Alter erwarten, und Sie verstehen auch, warum manche Rentner das halbe Monatseinkommen in der Apotheke lassen.

Wie dem auch sei, Gertrud trägt immer das Modell »Elise« vom Gesundheitshaus Seeger. Gertrud hat die Elise in Schwarz, in hellem Beige, in dunklem Beige und – ganz verrückt und ein bisschen wild – in Cognac. Da ist man immer gut angezogen, mit den Farben kann man ja prima kombinieren. Mit dem Modell »Elise« kommt Gertrud am besten zurecht, die sind weit geschnitten, haben Moosfußbett mit Halluxkissen und Polster für den Fersensporn. Pflegeleicht sind sie noch dazu. Ich hole meine Schuhe ja schon seit Jahren vom Teleschopping. Aber das ist ein bisschen anstrengend, denn die zeigen die Sendung oft mitten in der Nacht, und da muss man ganz schnell anrufen, weil sonst die begehrtesten Modelle fix ausverkauft sind, erst recht meine Größe. Und dann ist es auch noch eine Sondernummer, und man spart nicht mal, obwohl es eigentlich Mondscheintarif sein müsste, wenn man so spät noch telefoniert! Ich nehme immer die aus Hirschleder mit Luftbettsohle. Butterweich sind die, butterweich! Aber zu Gertruds Brautkleid würden die einfach nicht hübsch aussehen.

Hinzu kam ja noch ein ganz anderes Problem: Brautschuhe müssen in gesammelten Pfennigen bezahlt werden, so will es die Tradition. Der Brauch kommt noch aus früheren Zeiten, als die jungen Mädchen oft in Stellung bei reichen Leuten waren und schlecht bezahlt wurden. Mühsam sparten die sich Pfennig für Pfennig vom Munde ab für die Brautschuhe. Gute und teure Brautschuhe waren ein sicheres Zeichen, dass die Braut eine sparsame Frau war und dass sich der Bräutigam keine Sorgen machen musste, ob sie wohl mit dem Haushaltsgeld auskommen würde. Die Hochzeitsfeier mit allem Pipapo bezahlten die Brauteltern, und meist gab es sogar noch eine Mitgift, aber für die Brautschuhe sparte die Gefreite selbst.

Wissen Se, Bräuche sind gut und schön, aber man muss sie auch ein bisschen modernisieren, sonst legen sie einem Fesseln an. Die Tradition stammt nämlich noch aus einer Zeit, in der gute Schuhe fünfzehn Mark gekostet haben. Die kriegte man im Laufe der Verlobungszeit zusammen. Aber gehen Se mal in ein Schuhgeschäft und … na, ich muss Ihnen das nicht erzählen. Wenn es ein guter Schuh sein soll, der nicht nach Gummi stinkt wie ein alter Autoreifen und der gut verarbeitet ist, sind Se da schnell bei hundert oder gar zweihundert Euro. Und da ist nach oben keine Grenze, damit wir uns da richtig verstehen. Den Betrag in Pfennigen – oder heute ja Zents – zusammenzusparen, das ist schon eine richtige Mühe. Deshalb hat Gertrud beim Gesundheitshaus Seeger gefragt, wie das die anderen so machen. Das wussten die natürlich nicht. Na gut, das kann sein, denn deren Kundschaft heiratet ja nicht so oft. Aber ein Anruf im Brautgeschäft reichte, um eine Antwort zu bekommen: Es wäre durchaus üblich, auch Zwei- und Fünfzentstücke zu sammeln. Wir sollten uns allerdings nicht wagen, bei ihnen zu kaufen.

Pah! Patziges jungsches Ding! Das hatten wir auch gar nicht vor, wir wollten ja nur wissen, woran wir sind.

Beim Gesundheitshaus Seeger sagten wir erst mal gar nichts von Brautschuhen und erwähnten auch mit keiner Silbe, dass Gertrud vorhatte, die mit Kupfermünzen zu bezahlen. Sie fragte nur ganz unverfänglich, ob sie das Modell »Elise« auch in Weiß vorrätig haben.

Das leider nicht, sie könnten es aber bestellen, meinte die Verkäuferin. Gertrud bat sie darum und fragte auch gleich nach dem Preis.

»169 Euro«, sagte die Dame, ohne mit der Wimper zu zucken.

Nun, wenn es um Hochzeitsschuhe geht, verhandelt man nicht, da zahlt man mit Grandezza, als würde es einen nicht jucken. Alles andere gehört sich nicht. Ich rechnete im Kopf gleich mal nach.

Ja, unsereins kann noch Kopfrechnen und braucht keinen Händiapparat fragen und schon gar keine Frau Alexa. Technik hin oder her, nicht alles ist sinnvoll. Überlegen Se mal, Stefan ruft manchmal einfach in den Raum: »Alexa, was soll ich anziehen?« oder »Alexa, wie wird das Wetter heute?« oder auch »Alexa, was kommt heute im Fernsehen?«. Die kleine Lisbeth macht das auch, aber die sagt nicht Alexa, sondern Mama: »Mama, wo ist meine Strumpfhose?«

Ich überschlug also, was 169 Euro wiegen, wenn ein Zentstück auf gute zwei Gramm kommt. Knappe 39 Kilo! Na, da würden wir zum Bezahlen mit dem Koyota fahren müssen. Kurt machte das bestimmt gern. Aber vorher mussten wir sparen. Überlegen Se mal, so eine Menge Münzen muss man erst mal beisammenkriegen.

»Ach, ich sehe gerade, da ist eine Preiserhöhung angekündigt. Die 169 gelten nur bis Ende Juni, ab 1.7. kosten sie 174 Euro, Frau Potter«, gab die Verkäuferin noch zu bedenken.

Herrje! Aber darauf kam es nun auch nicht mehr an. Wir mussten nun erst mal Kleingeld sammeln.

Wissen Se, unsere Generation zahlt nicht gern mit Schipkarte. Dies Fummelei da immer an der Kasse! Erst muss man die richtige Karte finden. Man hat ja so viele von den Dingern einstecken, das ist gar nicht so einfach, die richtige zu finden: Krankenkasse, Treuepunkte, Bahnfahrkarte, ach, und die für den Bus auch noch. Hat man die richtige Karte, begleitet von genervtem Fingernägeltrommeln der Kassiererin, gefunden, kommt das nächste Problem. Ich richte die Brille, drehe die Karte und will sie in den Schlitz schieben, aber noch ehe ich sie eingeführt habe, brüllt das angenervte Fräulein meist schon »ANDERSRUM!« Die Geräte sind aber auch wirklich alle verschieden. Dass die das nicht schaffen, die zu normieren? Mal soll der Magnetstreifen nach rechts unten, mal nach links oben … es gibt vier Möglichkeiten, und jawoll, manchmal brauche ich fünf Anläufe, bis es stimmt.

Als Nächstes muss man abwarten, was passiert. Mal piept es nur, es kommen drei Meter Papier von der Schlange, und man kann gehen, mal soll man mit einem Stift ohne Mine auf einem Bildschirm unterschreiben, und mal muss man die Geheimzahl einpiepen. In diesem Fall kriegt man die drei Meter Papier erst, wenn man es richtig gemacht hat. Ich will Ihnen jetzt gar nicht noch schildern, dass dafür die Brille für Nahgucken nötig ist, dass der viel zu kleine Stift ohne Mine nicht gut zu greifen ist, wenn man ein bisschen Arthrose hat, dass die Tasten, mit denen die Zahlen eingetippt werden müssen, sehr klein sind und dass ich nie weiß, ob es nun 4884 oder 8448 heißen muss. Es geht auch nie alles schief, aber irgendwas eben immer.

Pah, lachen Se nicht! Werden Sie mal alt!

Meist gucke ich, dass ich rasch verschwinde, wenn bezahlt ist. Aber wenn die schnippische Ziege zu unverschämt mit ihren Plastiknägeln rumtrommelt, na, dann lasse ich mir Zeit. Dann prüfe ich erst mal in Ruhe den Bon. Das steht schließlich immer groß dran, dass man den Kassenzettel und das Wechselgeld unverzüglich prüfen soll und dass Reklamationen später ausgeschlossen sind. Oft kommt ja auch noch mehr aus dem Drucker; seien es Rabattgutscheine, für wenn man das nächste Mal Käse kauft, oder dreifache Punkte, wenn man tankt. Und die Treuepunkte! Also, kurzum, es ist schon jedes Mal eine große Aufregung beim Bezahlen, und wenn es irgend möglich ist, lasse ich das mit der Schipkarte sein. Nicht nur Rares bringt Bares, nur Bares ist auch Wahres! So achtet man doch viel mehr auf sein Geld und hat einen besseren Überblick. Ist so ein Schein erst mal angeschnitten, ist er auch ganz schnell ausgegeben. Na ja, und jedenfalls sehe ich selbstverständlich immer zu, dass ich es passend gebe. Gertrud ist da genauso, und auch Ilse. Manchmal hat man 17,84 € nicht genau stimmend, aber dann bietet man wenigstens an, nach vier Zent zu suchen oder 34 oder auch drei Euro, je nachdem, wie verzweifelt die Kassiererin guckt. Die allermeisten flöten aber immer schon: »Dankääääääää … geht schooooooon …«, und werfen einem eine ganze Handvoll Münzen in die hohle Hand, zusammen mit den obligatorischen drei Metern Bon und den Treuepunkten, die man dann in der Handtasche kleben hat. Ich tue das meist so, wie es ist, in die Manteltasche, und sortiere zu Hause in Ruhe. Würde ich jetzt die Kupfermünzen in das Kleingeldfach von der Börse tun und die Euro extra … na, da würden deren Nägel aber brechen, so ein Trommelfeuer gäbe das!

Nun, in den nächsten Monaten würden wir erst mal alle Kupfermünzen beiseite tun und für Gertrud aufheben. »Warten Se, ich glaube, ich habe es passend!« war erst mal aus meinem Sprachgebrauch gestrichen.

Wir haben monatelang alle mitgeholfen und das Kleingeld in Gertruds Sparbüchse geworfen, sogar Ilse. Und das, wo Ilse so knauserig ist … aber sie schrieb jeden Zent auf und zog den Betrag bei ihrem Geschenk für das Brautpaar ab. Typisch Lehrerin! Wissen Se, weil die rechnen können, müssen sie es auch ständig zeigen. Wir hatte mal im Restaurant eine große Flasche Wasser bestellt für sechs Leute, wissen Se, das kommt viel billiger, als wenn jeder ein Glas nimmt. Als es ans Bezahlen ging, wollte Ilse, dass der Kellner die 4,90 € auf sechs Personen umlegt. Ich wäre fast im Boden versunken, so peinlich war mir das. Ich habe das Wasser dann übernommen.

Mich störte ja schon, dass ich es nicht mehr passend geben durfte beim Bezahlen. Und ich musste dazu auch noch schwindeln und sagen: »Nein, tut mir leid, ich habe keine zwei Cent klein, Frau Habicht«, wenn die Kassiererin fragte, und das, obwohl ich Kupfernes in der Börse hatte.

Ich kam mir wirklich ein bisschen komisch vor, als ich das erste Mal nicht nach passendem Geld suchte, sondern mir einfach rausgeben ließ. Da hatte ich nur ein paar Kleinigkeiten, es war kein großer Wocheneinkauf. Vor mir an der Kasse war mal wieder so ein Knödeljunge, der unbedingt mit seinem Telefon bezahlen wollte. ANGEBLICH geht das ja viel schneller, als wenn man in bar bezahlt. Allerdings hat der unrasierte Kerl – der hatte sich nicht mal gewaschen, der hatte noch den Schlaf in den Augen! – nicht die richtige Äpps erwischt auf seinem Telefon und statt zu bezahlen ganz laut irgendwelche Gängster-Bumsmusik abgespielt. Selbst er kriegte einen Schreck und drückte und tippte wie ein Verrückter. Frau Habicht musste den Vorgang abbrechen, die Kassenaufsicht kam, und bis der Bengel sein Telefon so weit hatte, wäre ich schon fertig gewesen mit dem Bezahlen.

Mit Kassenbon nachrechnen!

Frau Habicht ist ja eine ganz Nette. Wenn ich sehe, dass sie Dienst hat, stelle ich mich immer bei ihr an. Eigentlich ist sie in Rente, aber sie geht nebenher ein bisschen was dazuverdienen. Wissen Se, seit ihr Mann Rentner ist und auch regelmäßig zu Hause rumwohnt, ist die Situation etwas angespannt, und sie ist gern mal ein paar Stunden aus dem Haus. Nicht mal wegen des Geldes, sondern hauptsächlich, um von ihrem Günter weg zu sein. Sie würde auch ohne Bezahlung arbeiten, um nicht bei Günter sitzen zu müssen, aber das müssen Se für sich behalten, das hat sie mir in einer Ausnahmesituation zugeflüstert. Da hat er beweisen wollen, dass er im Haushalt auch was kann, und hat einen weinroten Pullover zur Weißwäsche in die Maschine gesteckt, ein halbes Kilo Pulver mit reingetan und den Apparat auf 95 Grad gestellt. Habichts hatten dann Überschwemmung und Schaumparty in der Badestube, und Brigitte sitzt nun in viel zu knappen rosa Kitteln hinter der Kasse. Sie sagt, es wäre noch nicht mal das Schlimmste, ich solle mal die Schlüpfer von Günter sehen. Das wollte ich mir nicht vorstellen, wirklich nicht! Aber lachen musste ich doch. Frau Habicht lässt ihn die zur Strafe auch anziehen, sie sagt, die haben viel Geld gekostet, und es käme gar nicht infrage, dass sie die als Putzlumpen nimmt.

Hoffentlich bin ich nicht bei Frau Doktor, wenn der das nächste Mal zum Wiegen muss. Ich will das gar nicht sehen!

Jedenfalls stelle ich mich gern bei ihr an, die ist nicht zu hektisch, aber trotzdem flott. Als mal wieder so ein Millenjel-Mädchen ganz eilig hinter mir trampelte und maulte, ob nicht eine weitere Kasse aufgemacht werden könne, sagte Frau Habicht: »Na klar, Sie können schon an Kasse *drei* auflegen.« Die kleine Zicke hat triumphierend alles auf das Band an der Drei geschmissen, was sie im Arm trug – ihre »Bowl« mit weganer Pampe, Zellstofftaschentücher (zu faul, Taschentücher zu waschen und zu bügeln, das ist ja klar, das muss ich nicht dazusagen, oder?) und lauter so Zeug. Frau Habicht hat dann nach der Kollegin gerufen und was gedrückt, und dann kam aus einem Lautsprecher: »Wir öffnen Kasse *zwei* für Sie.« Na, da war was los! Ich habe Frau Habicht zugezwinkert, und sie hat zurückgezwinkert, als sie mir das Wechselgeld rausgab. Das Knödelmädchen hat nicht gezwinkert.

Ja, der Günter Habicht ist ein ganz besonderer Mensch. Ich bin nun wirklich eine, die auf Ordnung achtet und darauf, dass man sich an Regeln hält, aber der übertreibt es ein bisschen. Günter Habicht weiß zum Beispiel, dass die Striche der Fahrbahnmarkierung in der Ortschaft genau drei Meter lang sein müssen, und er misst das auch nach. Wenn es nur 2,90 Meter sind, schreibt der einen Brief ans Ministerium. Ich glaube, das ist ein ganz gutes Beispiel, das Ihnen einen Eindruck gibt, wie der Herr so durchs Leben geht. Wenn man sich mit Günter Habicht unterhält, lernt man Dinge, die man nie wissen wollte, die man aber aus irgendwelchen Gründen auch nicht wieder vergisst. Dass die Lücke zwischen den weißen Strichen nämlich ebenfalls drei Meter lang sein muss, zum Beispiel, und glauben Se mir: Auch das misst er nach.

Weil ich den kannte und um die Situation daheim im Habichthorst wusste, war mir schon klar, dass Frau Habicht nur kassieren ging, um von ihrem Günter weg zu sein. Wir Frauen müssen da nicht groß drüber reden, wir gucken einander an und verstehen. Umso größer war meine Überraschung, als ich Günter Habicht eines Nachmittags in der Kaufhalle an den Selbstbedienungskassen Aufsicht führen sah. Ich stellte mich natürlich bei Brigitte an. So weit kommt's noch, dass ich mich selbst abkassiere! Dann kann ich auch gleich die haselnussgoldenen Trauringe selber schmieden, das ist der gleiche Fall. Während ich bei Frau Habicht bezahlte, hob sie leicht die Schultern an und verdrehte mit einem angedeuteten Blick rüber die Augen. Sie wollte mir wohl sagen, dass sie auch nichts dafür konnte und es sich nicht gewünscht hatte.

Der Habicht erklärte gerade Opa Knabe die Selbstbezahlkasse. Wissen Se, ich hatte zwar nicht vor, den Quatsch mitzumachen, aber angucken kann man es sich ja mal. Opa Knabe hatte vier, fünf kleine Sachen in seinem Korb. Eine Flasche Milch, ein Bund Mohrrüben, eine kleine Flasche Weinbrand – was man eben so kauft. Der Habicht hatte sich einen Kittel angezogen, der am Bauch etwas spannte, und wirkte deshalb wie ein Fleischer, der gut im Futter stand. Er belehrte Opa Knabe gleich als Erstes, dass er nicht den Korb in die Ladestelle stellen darf, sondern nur die einzelnen Artikel. Der Korb musste auf den Boden und die leere Einkaufstasche auf die linke Abstellfläche. Danach mussten sie tausendmal irgendwas drücken, und es piepte, außer bei den Mohrrüben, denn die hatten keinen Aufkleber mit kleinen Strichen. Da musste man nach der Kassenaufsicht klingeln, und die friemelte sich durch die Menüs wie Frau Doktor, wenn sie Blutdruckpillen aufschreiben will mit ihrer Computerkiste. Nach einer Weile mussten Opa Knabe und Herr Habicht alles, was schon von der Kasse erfasst war, von der linken Ablage hochnehmen und die Mohrrüben zum Wiegen drauflegen. Sofort ging eine rote Rundumleuchte an, und Habicht setzte die Brille auf die Nase. Auf dem Bildschirm stand, dass man wohl nicht alles bezahlt hätte und nun der Ladendetektiv eine Taschenkontrolle machen würde. Himmel, nee! Diese moderne Technik. Ich war ja von Anfang an skeptisch, aber das, was ich da beobachtete, überzeugte mich auch nicht vom Fortschritt. Habicht hatte mich jetzt erst erkannt und winkte rüber. Ob ich auch mal probieren wolle, fragte er, was ich aber klar und deutlich ablehnte. Derweil war der Detektiv mit der Kassenaufsicht da. Sie sprachen Opa Knabe aber frei, und es konnte weitergehen. Als Nächstes hielt Habicht das kleine Conjäckchen vor den Lesestrahl, was dazu führte, dass Opa Knabe seinen Ausweis auspacken und einlesen lassen musste als Beweis, dass er schon über achtzehn ist. Es dauerte nun keine zehn Minuten mehr, in denen die Maschine abfragte, ob wohl noch Rabattgutscheine vorhanden sind, und in denen Habicht mit Kittel und Brille auf der Nase alle möglichen Postleitzahlen eintippte, bis sich herausstellte, dass dieser Apparat nur für Kartenzahlung war und kein Bargeld nahm. Da stand Opa Knabe nun mit seinem Portemonnaie und hatte keine Lust mehr, das ganze Affentheater an einem zweiten Gerät noch mal mitzumachen. Er steckte dem Habicht einen Fünfer in die Brusttasche seines Kittels, nahm den Weinbrand und ging. Die Mohrrüben, die Milch und den anderen Kram ließ er einfach stehen. Ich musste ein bisschen schmunzeln, wissen Se, in der Zeit hatte Frau Habicht an ihrer Kasse neun Kunden abkassiert, die Bonrolle ersetzt und einer Kollegin sogar noch zwanzig Euro in Münzen gewechselt.

Gertrud und Gunter brauchten auch noch Kleingeld, um es den Kindern zuzuwerfen. Kennen Se den Brauch? Vor dem Standesamt stehen die Kleinen und spannen vor dem Brautpaar eine Schnur. Die Brautleute werfen Münzen, die die Kinder aufsammeln, und kaufen sich dadurch von ihren Jugendsünden frei. Dann erst lassen die Kinder sie durch.

Eigentlich hätte es eher Scheine gebraucht, um Gertruds Jugendsünden zu tilgen, aber ich bin die beste Freundin und Trauzeugin und breite lieber den Mantel des Schweigens über alles, was ich weiß. Gertrud muss da keine Sorge haben, und ganz offen: Die Zeit ist auch auf ihrer Seite. Ich vergesse so viel in letzter Zeit, da fallen bestimmt auch Gertruds Jugendsünden bei mir aus dem Speicher. Ich habe schon Hochzeiten erlebt, bei denen war das Brautpaar in Sachen »Münzen werfen« schlecht vorbereitet. Die hatten mit Mühe die Pfennige für die Brautschuhe beisammen gekriegt, und als sie aus dem Standesamt kamen und die Kinder mit der Strippe da standen, mussten sie eilig suchen, was sie an Geld bei sich trugen. Der Bräutigam hatte noch einen Euro für den Einkaufswagen in der Hosentasche – fragen Se mich nicht, warum der im Trauanzug einkaufen war –, und die Schwiegermutter reichte dann verschämt ihr Portemonnaie rüber. Da flogen dann auch größere Münzen. Unsere kleine Lisbeth war pfiffig genug, sich auf die zu konzentrieren. Die Agneta, die Kleine vom Stefan, versuchte ungeschickt, Einzentstücke vom Pflaster zu sammeln, sie ist eben noch klein und schlägt eher nach Ariane. Die kann auch nicht mit Geld umgehen. Aber Lisbeth nahm die großen Münzen.

Kluges Kind!

Da wir ja Frau Schlode ganz offiziell Bescheid gesagt hatten, war auf jeden Fall mit einer gespannten Strippe zu rechnen. Wir mussten also noch ein paar Münzen mehr sammeln, als für die Schuhe zu zahlen waren.

***

So langsam fügte sich alles zusammen. Einen Punkt nach dem anderen konnten wir auf der Liste der Hochzeitsvorbereitungen abhaken. Gertruds Frisur war jedoch noch nicht geklärt.

»Renate, was mache ich denn bloß mit meinen Haaren?«, fragte mich Gertrud. »Es soll doch was Besonderes sein zur Hochzeit.«

Da durchfuhr es mich gleich. Immer, wenn Gertrud da experimentiert hat, endete das nicht gut. Vor geraumer Zeit kam sie mit einer schwarz gefärbten Tolle an und sah für Monate aus wie Alexis, das Biest vom Denver Clan. Sie geht ja nicht zu Ursula wie ich. Ursula hat nun bestimmt auch ihre Fehler, sie vergisst hier und da den Termin, und sie kann keinen ordentlichen Rundschnitt, aber trotzdem weiß man, was man an ihr hat. Ich bin im Grunde zufrieden, und wenn sie doch mal einen Wickler auf meinem Kopf vergisst, na, dann ist das nicht so schlimm. Den kämme ich aus und bringe ihn ihr beim nächsten Termin wieder mit. Gertrud hingegen geht zu ihrer Coiffeurin Angelika, und die bürstet sie immer so neumodisch zurecht. Sie macht den alten Damen gern eine bunte Strähne. »Angelika hat sich wieder im Ton vergriffen«, flüstern Ilse und ich uns manchmal zu, wenn Gertrud mit puddingfarbenen Strähnchen ankommt. Entweder knallrot oder auch lila oder pink. Das macht sie jeder Kundin, bis die Tube alle ist. Da sehen Se dann schon am Pony, wer alles bei Angelika war zum Frisieren. Wir haben Bilder von der Dampferfahrt letzten Sommer mit den Kiezrentnern, da sind sieben Frauen mit dunkelblauem Pony drauf.

Sieben!

Angelika markiert ihre Kundschaft wie Norbert seine Lieblingsbäume. Also, für mich ist das nichts. Das sieht immer aus, als wäre man beim Naschen ins Marmeladenglas eingestippt.

Ich war mir sicher, dass Gertrud unter ihrem Schleier nicht noch eine bunte Strähne haben sollte. Am Ende noch in Blau, weil sie ja was Altes und was Neues, was Geborgtes und was Blaues brauchte? Das fehlte noch. Ich sagte das auch lieber nicht laut, sonst hätte sie gleich begeistert aufgejauchzt. Nein, ich war ganz entschieden dagegen, dass Angelika ihr die Locken eindrehte am Hochzeitstag. Außerdem frisiert Angelika auch im Frauengefängnis, und weiß man denn, ob … also, man will an so einem Festtag, wo vielleicht Geldgeschenke oder Schmuck rumliegen, doch keine Menschen mit fragwürdigem Umgang im Haus haben. Ich hörte mich unauffällig um nach einer geeigneten Brautfriseurin. Da gibt es ja heutzutage mobile Damen, die sogar ins Haus kommen. Das ist sehr praktisch, nicht nur am Hochzeitstag, wo man nicht weiß, wo einem der Kopf steht, nein, auch, wenn man im Alter vielleicht kein Springinsfeld mehr ist und nicht mehr so gut zu Fuß ist – da ist der Friseur für zu Hause doch eine große Erleichterung.

Die Erste, die ich anrief, war allerdings ein Fehlgriff. Ich hatte nicht richtig aufgepasst und eine Hundefriseurin erwischt. Wir haben wirklich nett geplaudert, sie erzählte, dass sie mit Maschine und auch mit der Schere schneidet, dass sie Spülung macht und alles so Zeug. Erst, als sie fragte, ob sie auch die Krallen beschneiden soll, wurde ich stutzig. Nee, was haben wir gelacht über das Missverständnis! Sie gab mir aber, nett, wie sie war, die Nummer von Dschina, der mobilen Hochzeitsfriseurin, und ich versprach, dass wir, sollte Norbert mal Fellpflege brauchen, auf sie zurückkommen würden.

Das Fräulein Dschina war ebenfalls freundlich und zuvorkommend, und wir machten gleich einen Termin zur Beratung und zum Probefrisieren aus. Gertrud freute sich, wissen Se, da sind wir Frauen doch alle gleich: Haaremachen ist ein großer Spaß. Das ist »so eine Mädchen-Sache«, sagt Ariane immer, und auch wir alten Mädchen haben bis heute unsere Freude daran. Wissen Se, ich gehe alle vier bis sechs Wochen zu Ursula und lasse »großes Programm« machen. Es dauert an die drei Stunden, und jawoll, ich sehe danach nicht großartig anders aus als vorher, aber ich dufte fein, und vor allem fühle ich mich gut. Ich genieße die drei Stunden Verwöhnprogramm. Wenn Ursula fest, aber doch sanft und mit Gefühl die Spülung einmassiert, das ist doch wunderbar! Darum geht es, und richtigen Spaß macht es zu Hause.

Die mobile Dschina kam mit einem fahrbaren Koffer an, so groß wie die Servierwagen im Flugzeug. Was die alles da drin hatte, Sie machen sich kein Bild! Flaschen und Töpfchen, Tuben und Pinsel, Scheren und Spangen ... Gertrud guckte misstrauisch. Ihre Angelika hatte nur Schere, Föhn und Rundbürste, eine Flasche Haarlack für obendrüber zum Schluss und natürlich die Farbtube für den Pony. Dschina guckte Gertrud an und fragte, was sie sich vorgestellt hatte. Da machte Gertrud dann den Fehler und sagte, es solle eben schön aussehen und ein bisschen jugendlich sein, was Besonderes eben. Dschina holte ein Wischtablett raus, also so ein großes Händi ohne Telefon, auf dem man Bilder angucken und Zeitung lesen kann, wissen Se? Sie zeigte uns dreihundert Fotos von Frauen, die Perlen, weiße Federn und Strasssteine in den Haaren hatten. Das sah ja alles sehr hübsch aus, aber Gertrud wollte ja nicht zum Fernsehballett, sondern zum Standesamt. Eines der Mädchen auf den Fotos hatte Ringellöckchen, aus denen ganz feine weiße Perlen blitzten. Ich fragte interessehalber, wie das gemacht wird, und Dschina klappte ihren Koffer auf. Sie erzählte was von »Extenschens«, das sind lange Strähnen aus Plastik, die mit einer Heißklebepistole an den Haaren verschweißt werden. Dann packte sie eine Schachtel mit Haarnadeln aus und eine mit kleinen Perlen. Die Wohnstube sah schon aus, als würden wir hier eine Herzoperation durchführen wollen, so viele Nadeln lagen rum. Nee, also, das war nichts für Gertrud. Frauen mussten ja schon immer leiden, wenn sie schön sein wollten, aber warum sie so was über sich ergehen lassen, um am Ende auszusehen wie eine balzende Trappe und um einem Mann zu gefallen oder auf den Fotos für Finstergram fremde Leute zu beeindrucken, das war mir ein Rätsel. Es ist aber schon immer so gewesen, da will ich den jungen Leuten heute gar keinen Vorwurf machen. Schon Oma Strelemann hat sich Locken ondulieren lassen und hatte, weil Friseurmeister Bratz die Brennschere zu lange in der Glut gelassen hatte, eine böse Narbe auf der Kopfhaut. Da wuchs auch kein Haar mehr nach, sie musste zeit ihres Lebens einen Scheitel tragen, um die Stelle zu verdecken. Erst später kam dann das Haarnetz auf, damit ging es, und sie konnte die Brandschneise gut kaschieren. Gertrud wollte den ganzen Quatsch zu meiner Überraschung auch nicht, und damit war die Dekoration des Haupthaares durch eine spezielle Fachkraft gestrichen. Ich sagte das dem Fräulein Dschina höflich, aber offen, und dankte für die Mühen. Sie war auch gar nicht beleidigt oder böse, sondern packte ihre Haarnadeln wieder ein und gab noch einen Tipp: »Ich würde da an Ihrer Stelle auch gar nicht viel machen, Frau Potter. Sie haben so schönes weißes Haar, lassen Sie das schneiden, und machen Sie eine Pflege rein, damit es schön glänzt, und Sie werden eine strahlende Braut sein.« Ich packte ihr für den Weg noch ein paar Stück Streuselkuchen ein und bestellte meine Ursula für den Hochzeitsmorgen zu Gertrud. Natürlich gab ich Gisela Bescheid, die sich ja am Tag der Trauung um die Herrichtung ihrer Mutti kümmern wollte. Es wunderte mich gar nicht, dass sie noch keinen Gedanken an das Thema verschwendet hatte.

Na ja!

Das Problem von Gertruds Tolle hatte ich vom Tisch, was mir ganz recht war, offen gesagt. Aber das Backen würde ich nicht aus der Hand geben! Mit dem Hochzeitskuchen ist das ja so eine Sache. Früher haben wir ein paar Bleche Hefeteig abgebacken, es gab Streusel, Bienenstich und gedeckten Apfel, und fertig war die Laube. Als Hochzeitstorte gab es einen Frankfurter Kranz oder eine schöne Buttercremetorte, vielleicht auch Schwarzwälder Kirsch. Das sind alles feine Backwaren, und verstehen Se mich nicht falsch: Selbstredend haben Ilse und ich die auch für Gertruds Hochzeit auf die Liste geschrieben. Aber irgendwann im Laufe der Jahre kam es auf, dass die Leute in Ami-Filmen turmhohe Backwerke gesehen haben mit drei Etagen und Zuckerwatte und einem Brautpaar obendrauf. Das wollten sie dann hier auch, und heute müssen Se zwei Tage Urlaub nehmen, nur um sich eingehend beraten zu lassen, was es da alles gibt. Das macht man auch nicht mehr beim Bäcker, sondern in Extrageschäften, die nichts anderes herstellen als solche Torten. Es kostet bis hoch zu vierstellig, und sie werkeln einem da aus ganz viel Styropor und noch mehr Zuckerguss prachtvolles Gebäck, aber sind wir doch mal ehrlich: Die Dinger sind doch nur was für die Fotos. Ich war auf einigen Hochzeiten und habe solche Trumme gesehen und auch davon probiert, und ich kann sagen, dass die nicht besonders gut schmecken. Nun bin ich vielleicht kritisch, aber diese dicke Schicht aus Zucker … nee. Es geht doch nichts über Buttercremetorte!

Ilse half natürlich beim Planen wie auch später beim Backen. Ich habe sie gern bei solchen Dingen dabei, wissen Se, sie als ehemalige Lehrerin behält immer die Nerven und den Überblick. Mit mir gehen se dann doch immer mal durch, die Ideen, und schlagen Purzelbäume. Da kann es schon passieren, dass ich zweimal Nusstorte auf die Liste schreibe. Aber Ilse notiert alles auf ihrem großen Klemmbrett und prüft kritisch. Wenn was doppelt ist oder fehlt, dann hinterfragt sie es und mahnt mich.

Wir gingen zunächst mal die Vorlieben des Hochzeitspaares durch, aber da kamen wir nicht weit. Gertrud schmeckt alles, und auch Gunter ist nicht mäkelig und isst, was auch immer man ihm auf den Teller tut. Der hat nach eigener Aussage seinerzeit beim Trassenbau sogar panierte Kuheuter als Schnitzelersatz verputzt. Wenn wir an einer Kaffeetafel sitzen und ich ihn frage, von welchem Kuchen er möchte, brummt er nur nickend, egal, was ich vorschlage. Ich glaube aber, mich erinnern zu können, dass er bei gedecktem Apfelkuchen manchmal etwas lauter brummt, aber der taugt nun nicht wirklich für eine prächtige Hochzeitstorte. Trotzdem schrieben wir das gleich auf, schließlich sollte er an seinem Hochzeitstag auch was Feines kriegen. Ilse mag Frankfurter Kranz. Man muss bei warmem

Wetter ja immer ein bisschen aufpassen, dass einem die Creme nicht sauer wird, und es sollte ein ausgewogenes Kuchenbüfett werden, auf dem auch leichtes Gebäck wie Obstschnitten oder Schillerlocken nicht fehlen durften. Bei einer Hochzeit kann man da richtig »auffahren«, wie Ariane sagen würde, und muss nicht bedenken, dass es ja praktisch sein muss. Bei einem Kuchenbasar, wo auf Papptellern im Freien gegessen wird, ist es schwierig. Da muss der Kuchen robust sein und auch mit der Hand zu fassen. Aber bei einer Hochzeit würden wir ja eine gesetzte Tafel mit Porzellantellern haben. Also notierten wir:

Gedeckter Apfel
Frankfurter Kranz
Mokkacremetorte
Schwarzwälder Kirschtorte
Käse-Sahne-Torte
Walnuss-Marzipan-Torte
Eierlikörschnitten
Obstkuchen
Buttercremetorte
Bienenstich
Streuselkuchen
Kirsch-Streusel-Kuchen

Das liest sich jetzt erst mal so, als würde es knapp bemessen sein, aber selbstredend würden wir nicht nur einen Kuchen von jeder Sorte backen, und es kämen auch noch kleine Windbeutelchen dazu. Man musste auch bedenken, dass wahrscheinlich wenig gegessen werden würde. Die Trauung war um elf, da würden wir nicht vor eins zu Tisch kommen. Wenn man drei Gänge – Hochzeitssuppe, gemischter Braten mit Klößen und Gemüse und feine Zitronenspeise – gemütlich isst, dauert das seine Zeit, zumal ja auch noch eine Rede gehalten werden würde. Da würden wir sicherlich nicht vor halb vier an die Kaffeetafel kommen, und ich kenne doch die meisten Gäste: Die jammern dann, dass sie noch satt sind. Da werden kaum fünf Stück Kuchen pro Person gegessen. Bei Hochzeiten haben ja auch alle die »guten Sachen« an, die so knapp sitzen, dass die ersten Knöpfe schon abspringen, wenn auch nur ein halbes Stück Marmorkuchen im Mund verschwunden ist.

Trotzdem durfte man nicht zu knapp rechnen. Dass der Kuchen nicht reicht, ist einer meiner schlimmsten Albträume. Nicht nur, dass es auf den Ruf der ganzen Familie zurückfiele, nee, es ist auch gefährlich! Opa Strelemann hat immer erzählt, dass bei der Krönung von Zar Nikolaus II., dem Russen, wissen Se?, dass da eine Panik unter den Gästen ausbrach, als sich rumsprach, dass das Bier nicht für alle reicht. Es hat Tote und Verletzte gegeben in dem Gedränge und Getrampel. Nun erwarteten wir nicht solche Menschenmassen zur Hochzeit wie die Russen seinerzeit zur Krönung ihres Zaren, aber trotzdem durfte man nicht riskieren, dass der Kuchen knapp würde. Ich kenne doch die Frau Berber! Wenn bei der im Büro einer Geburtstag hat und einen Teller Selbstgebackenes in die Teeküche stellt, na, dann läuft die Frau aber schneller als bei Durchfall.

Nein, das ist keine »üble Nachrede« und kein »hinter dem Rücken tratschen«, das ist eine Tatsache! Ich sehe das schon an ihrer Miene, wenn sie morgens durch den Hausflur poltert (leise kann die gar nicht). Wenn sie gut gelaunt lächelt, kann man davon ausgehen, dass eine der Kolleginnen Geburtstag hat und sie mit Kuchen rechnet. Normalerweise zieht sie morgens immer einen Flunsch, dass man besser zur Seite geht. Sie ist einfach kein Morgenmensch. Und auch, wenn das Eisauto kommt, zeigt sie ihren wirklichen Charakter. Da lauert sie den ganzen Nachmittag auf dem Balkon und hängt über der Brüstung. Auf meinem Kalenderblatt stand letzthin, dass eine Gottesanbeterin, also eine Heuschrecke, den Kopf um 180 Grad drehen kann und dass das eine besondere Gabe im Tierreich wäre. Das schreiben die nur, weil sie Frau Berber noch nicht gesehen haben, wenn sie den Eiswagen herbeiguckt. Wenn das Gefährt dann wirklich bimmelt, na, dann müssen Se im Treppenhaus zur Seite gehen. Sie schießt über die Stufen wie Milch, wenn sie überkocht. Die ist auch nicht mehr zu stoppen, wenn sie erst mal unterwegs ist.

Ja, wir würden großzügig Kuchen planen. Man muss immer auch mit Überraschungsgästen rechnen. Die kann man doch nicht einfach so wegschicken. Außerdem kommt der eine oder andere, um zu gratulieren und ein Geschenk zu überreichen, und will dann nicht mal zum Anstoßen bleiben. Wenn man diesen Gratulanten dann einen Teller fertig macht, ist das immer ein schönes Dankeschön. Und heutzutage kann man, falls wirklich was übrig bleibt, Kuchen doch auch gut einfrosten.

Eingefroren haben wir früher noch nicht, das kam

erst später, als wir elektrische Froster kriegten. Aber eingelegt, gedörrt und eingeweckt wurde schon immer. Lassen Se sich bloß nicht einreden, Sie bräuchten einen »Dörrofen« für teures Geld, und das wäre eine neue Erfindung. Schon meine Oma Strelemann hat bei leicht angekippter Ofenklappe und ganz kleiner Hitze Backpflaumen gedörrt, und die hatte es von ihrer Oma gelernt! Einkochen war kein Hobby wie heute, sondern Notwendigkeit. Wir mussten das Obst und Gemüse schließlich haltbar machen, um über den Winter zu kommen, und nicht, damit wir was mit Schleifchen drumrum zum Verschenken hatten.

Erdbeeren, Stachelbeeren, Kirschen in den Varianten süß und sauer, Pfirsiche, Pflaumen – bei uns wurde alles eingeweckt, und wir machen das im Grunde bis heute. Von klein auf mussten wir Kinder helfen, das Obst zu ernten und einzukochen. Geschadet hat uns das nicht! Heute würden sie gleich »Kinderarbeit ist verboten!« rufen. Auch, wenn es eine schwere Zeit war, habe ich es in schöner Erinnerung. Wir haben gelernt, was Pflicht ist, und wir mussten nach zwölf Jahren Schule auch kein Orientierungsjahr machen, weil wir nicht wussten, was wir lernen sollen. Wir wussten Bescheid im Leben, wir waren keine verwirrten Knödelkinder, die schon überfordert sind, wenn das Finanzamt mal schreibt.

Ja, seinerzeit waren Lebensmittel noch etwas Kostbares und nichts, was man weggeschmissen hat, weil man den Wert gar nicht richtig zu schätzen weiß. Mittel zum Leben. Etwas, was das Leben erst möglich macht. Mit so was muss man doch respektvoll umgehen! Wissen Se, ich kann Essen nicht gut wegschmeißen. Wer die harten Hungerjahre nach dem Krieg noch erleb…

WAS ROLLEN SIE DENN DA MIT DEN AUGEN?

Ich habe es genau gesehen!

Ich schreibe es trotzdem: Wer die harten Hungerjahre nach dem Krieg noch erlebt hat, der bringt es nicht übers Herz, Lebensmittel einfach wegzuschmeißen. Wenn ich das sehe, dass die jungen Leute heutzutage alles in den Müll geben, nur weil das aufgedruckte Datum knapp ran ist, werde ich wütend. Das sagt doch nur, dass die allerhöchste Qualität ab dem Tag nicht mehr garantiert werden kann, und nicht, dass man Lebensmittelvergiftung kriegt, wenn man es nicht mit Gummihandschuhen im Sondermüll entsorgt! Das ist in den allermeisten Fällen noch gut. Das Mindeste ist doch, dass man dran riecht und kostet.

Na ja. Jedenfalls mache ich mir aus den Resten vom Mittagbrot immer am nächsten Tag noch eine Mahlzeit. Einer guten Hausfrau gehen die Ideen da nicht aus. Aber man muss aufpassen, dass man nicht in eine endlose Schleife gerät. Am Sonntag beispielsweise habe ich mir Gulasch mit Salzkartoffeln und Gurkensalat gemacht, ist das ein schönes Mahl. Aber man kann für eine Person immer schlecht kochen, deshalb gab es den Gurkensalat abends zur Stulle dazu und am Montag den Rest vom Gulasch, aber mit Nudeln. Nudeln sind jedoch auch schwer zu kalkulieren. Wenn ich die kümmerliche Handvoll, die eigentlich reicht für eine Portion, im Topf sehe, denke ich mir immer: »Nee, Renate, davon wirst du doch nicht satt!«, und werfe ein paar mehr Nudeln ins Wasser – mit dem Resultat, dass ich dann am Mittwoch noch genügend Nudeln für eine weitere Portion Mittagbrot hatte. Die habe ich mir dann am Donnerstag mit Spinat zurechtgemacht. Spinat kaufe ich – das gebe ich gern zu – tiefgefroren. Der ist ganz prima, und wenn man den richtig würzt, schmeckt der wie frisch gemacht. Aber für eine alleinstehende Person ist wieder viel zu viel im Päckchen! Lange Rede, kurzer Sinn: Am Tag darauf gab es Rührei mit Salzkartoffeln und Spinat. Was meinen Se, wie ich mich zwingen musste, nicht zu viele Kartoffeln zu schälen, aber sonst wäre ich aus der ganzen Schose nie wieder rausgekommen!

Jetzt habe ich mich aber schon wieder verplaudert, ich wollte eigentlich auf den Punkt hinaus, dass wir für die Kuchen und Torten selbstverständlich das ganze Obst eingeweckt im Keller stehen hatte, und wir konnten ohne zu lügen sagen, dass es sowohl bio als auch regional war. Der weiteste Weg, den die Pflaumen zurückgelegt hatten, waren die zwei Meter, die Kurt die Leiter rauf musste in den Baum.

Wissen Se, manchmal höre ich den jungen Leuten zu, wie sie strahlend was von »bio« und »regional« erzählen und glauben, sie hätten das Rad neu erfunden. Denen würde ich am liebsten erzählen, dass wir das früher immer so gemacht haben! Oder glauben die, Opa Strelemann hätte die Früchte für unser Pflaumenmus aus Italien mit dem Pferdewagen rangekarrt? Der Weg zum Feld war links und rechts gesäumt von Obstbäumen. Pflaumen, Äpfel, Birnen, auch Quitten waren dabei und Walnussbäume und Haselsträucher. Ich glaube sogar, wir hatten auch Sanddorn dabei, da bin ich aber nicht sicher. Es kann auch sein, die Sanddornsträucher standen auf dem Weg nach Liesewitz raus, das weiß ich nicht mehr. Opa ist jeden Spätherbst mit der Baumschere in die Bäume und hat das tote Holz rausgenommen und was zu viel an wilden Trieben drin war, und so schossen die immer kräftig aus und blühten, als ob sie dafür bezahlt würden. Heinrich Lausert hatte damals Bienen, und weil Opa und er im Dorfkrug immer mal wieder bei einem Bier zusammensaßen, machten die aus, dass Onkel Heinrich ein Bienenvolk bei uns aufstellte, wenn die Obstbäume blühten. Da hatten wir ja alle was davon; der Lausert hatte Blütenhonig und wir tüchtig was an den Obstbäumen. Ach, aber die Erntezeit war die schönste Zeit! Arbeit hatten wir, jawoll, aber es war auch immer Spaß dabei. Wissen Se, Kartoffeln kann man nicht naschen beim Ernten, aber wenn die Süßkirschen reif waren … So manchen Abend ging ich mit Bauchschmerzen zu Bett, aber das gehörte dazu. Genauso, wie es dazugehörte, dass Ilse und ich uns Kirschen als Ohrschmuck hinter die Ohrläppchen hängten und uns wie die Mannekengs fühlten. Wir naschten, bis wir Bauchweh hatten, und unsere Kleidchen sahen aus wie nach dem Schlachtefest, aber das war nicht schlimm. Wir waren glücklich, und Mutter schimpfte auch nicht wegen der Flecken im Kleid. Sie wusch mit kaltem Wasser aus, was rausging, und als die Pflaumen reif waren, durfte ich es wieder anziehen. Dafür war es noch gut genug. Was eine Steinobstallergie ist, wussten wir nicht. Wenn es einem auf der Zunge britzelte nach den Pflaumen, naschte man einfach nicht weiter, und es gab keinen Zettel mit in die

Schule, dass alle Rücksicht nehmen müssen und beim Schulausflug nun nur noch gedämpfte Hirse gegessen werden darf. Die Kirschen weckten wir ein und kochten Marmelade draus, die Pflaumen kamen auf den Hefeteig aufs Blech und wurden zu leckersten Kuchen. Und was übrig blieb, wurde zu Pflaumenmus eingekocht und auch eingeweckt. Ach, was war das immer für eine Freude, wenn Mutter sagte: »Heute machen wir zum Nachtisch ein Glas Kompott auf.« Wer besonders artig gewesen war, durfte aussuchen. Meist war das mein kleiner Bruder, der Fritz. In dem Wettbewerb lag ich selten vorn, das können Se sich ja denken. Aber da alles gut schmeckte, was wir eingeweckt hatten, war es im Grunde egal. Ach, es mundete immer so wunderbar süß und lecker, wenn Mutter Apfelmus oder auch Kirschen aus dem Vorratskeller rausrückte. Noch heute, wenn ich mir im Winter ein Glas Kompott aufmache, muss ich an diese schöne Zeit denken.

Bio und regional, hihi!

***

Die Einladungen waren verschickt, das Büfett bestellt, der Koyota stand frisch gewachst und poliert in der Garage. Der große Tag konnte kommen.

Wie Sie sich denken können, ging das alles nicht ohne Überraschungen und kleine Vorfälle ab. Das ist immer so, wenn ich dabei bin, ich ziehe das irgendwie an wie das kleine schwarze Gemüsemesser von Oma Strelemann den Blitz bei Gewitter.

Eine Überraschung für Gertrud hatte ich mit Gunter zusammen geplant. Gunter und seine schlechten Ohren, das ist schon seit Jahren ein Thema. Es wird ja nicht besser, und von alleine sowieso nicht, wenn man nichts unternimmt. Es gibt keinen Grund für Scham, denn ein Hörgerät ist nichts anderes als eine Brille für die Ohren. Da muss man sich nicht dumm anstellen, es ist nicht schlimm, wenn man so was trägt. Im Gegenteil! Wenigstens badet Gunter, seit er nun bei Gertrud lebt, jede Woche, und zwar nicht nur schussel-di-fix, sondern richtig mit Einweichen, Rückenschrubben und auch Ohrenwaschen. Da ist Gertrud ganz konsequent, jeden Sonnabend muss Gunter in die Wanne, die sie danach auf Hochglanz poliert. Ein bisschen besser ist es seitdem mit dem Hören geworden, aber trotzdem musste der Mann dringend solche kleinen Hörgeräte kriegen. Die sind heute schon so winzig, dass man sie gar nicht mehr sieht. Überall in der Stadt schießen diese Lädchen aus dem Boden wie Steinpilze nach dem Herbstregen. Es gibt schon fast mehr Ohrenfummler als Händigeschäfte. Der Händi-Mario, der neben dem Blumengeschäft von unserer kleinen Bachmann sein Lädchen hat, überlegt auch schon, auf Hörgeräte umzustellen, weil die Geschäfte immer schlechter laufen. Wissen Se: Ein Händi hat mittlerweile jeder, ein Hörgerät aber noch nicht. Und da wir Alten immer mehr werden und somit der Kundenkreis, der eine Lauschhilfe braucht, liegt das auf der Hand. Mich wundert nur, dass die so riesig große Leuchtreklame über ihren Schaufenstern hängen haben. Die Kundschaft ist doch nicht blind, sie hört nur schwer. Eigentlich müssten die da ein Tonband laufen haben, das so laut wie auf dem Rummelplatz ruft, dass es hier Hörgeräte gibt.

Na ja. Jedenfalls kriegte Gertrud den Gunter nicht in so einen Laden rein. Er ist nicht nur am Bauch kitzlig, sondern noch viel mehr an den Ohren, müssen Se wissen. Letzthin ist er fast schon in der Wanne ertrunken, als Gertrud mit dem Seiflappen Hand anlegte und das Zipfelchen in die Ohrmuschel drehte. Die halbe Nacht hat er gehustet, bis er das Badewasser aus der Luftröhre hatte, der arme Gunter.

Ich habe es dann im Rahmen der Hochzeitsplanungen geschafft, ihn zu so einem Ohrvermesser ins Geschäft zu schleppen. Die Fachkraft da hat ihn so ungeschickt und noch dazu mit kalten Fingern angepackt, dass Gunter vor Lachen nicht mehr an sich halten konnte und wie wild um sich geschlagen hat. Nicht, weil er böse war, sondern eben, weil er so kitzlig ist. Eine Vitrine hat er umgeschmissen, es gab Scherben und viel Ärger. Noch dazu riss sich Norbert mit der Leine los – selbstredend hatten wir das Tier vor dem Geschäft angebunden – und stürmte den Laden. Er leckte Gunter, der auf dem Boden lag, das Gesicht und erwischte mit der Zunge auch die Ohren. Da war es dann ganz aus. Ich war froh, dass der Vermesser Gunter hart am Schlafittchen packte. »Wir kennen solche Fälle, da muss man beherzt zufassen und streng sein. Erst mit der Ruhe und dann mit einem Ruck!«, erklärte mir der Herr, der Gunter so geschickt im Schwitzkasten hielt, dass der zwar kicherte, aber nicht mehr strampelte. Noch mal hätte ich den Kerl nicht in so ein Geschäft gekriegt, unter keinen Umständen. So konnte alles erledigt und eingemessen werden. Gertrud würde Augen machen!

Ein paar Tage vor dem Standesamtstermin kamen die Männer auf einmal mit der Idee, dass sie einen Junggesellenabschied feiern wollten. Wir sahen ein, dass da was gemacht werden musste, aber so recht wussten wir Frauen nicht, wie man das gestaltet. Früher, ja, als wir noch jünger waren, da haben wir oft gefeiert, bis die Schwarte krachte. Aber heute? Ich sage Ihnen, da ist man froh, wenn man die Tabletten alle richtig eingenommen hat und die Schulter noch so beweglich ist, dass man zum Einreiben an den Rücken kommt. »Party machen, bis wir auf allen vieren kriechen«, hat Stefan frech grinsend gesagt … na, in unserem Alter braucht das nur den Wetterwechsel, dass wir auf allen vieren kriechen! Wenn im Winter der Ostwind pfeift, komme ich kaum in die Puschen, so ist das nun mal.

Der Ärger ging dann schon los, als sich die Männer eine Gaststätte aussuchen sollten. Ilse war skeptisch und erinnerte Kurt daran, dass er wegen der Hämorrhoiden nicht zum Spanier und zum Griechen durfte, weil er so scharf nicht gut verträgt. Da blieb dann schon nur noch das Vereinsheim vom Kumpel von Günter Habicht. Stefan sagte, wenigstens lustige T-Shirts müsse man machen, und ließ schwarze dünne Hemdchen mit den Worten »Letzte Nacht in Freiheit« für Gunter bedrucken und für die Gäste »Er heiratet«, dann ein Pfeil und »Ich bin nur zum Saufen hier«.

Ich fand das unwürdig, aber bitte. Man darf den Männern da nicht reinreden, sonst werden se bockig und machen nur noch größere Dummheiten. Ilse mahnte, dass die Hemdchen unbedingt langärmlig sein müssten und nicht zu dünn, damit Kurt sich nicht erkältet, aber sonst machte sie weiter keine Vorschriften. So hinterlistig, wie sie in sich rein lächelte, wusste ich genau, dass sie ihren eigenen Plan hatte. Ich kenne doch Ilse!

Die Männer waren unterwegs, und auch wir späten Mädchen machten uns einen gemütlichen Junggesellinnen-Abschiedsabend. Wir wollten nicht aus dem Haus, schon wegen Ilse, der im Dunkeln immer bange wird. Ariane schlug vor, wir sollten um die Häuser ziehen und »einen draufmachen«, aber nicht mal Gertrud hatte Lust, sich mit dem Verkauf von Küsschen und kleinen Schnapsfläschchen an Passanten was zu verdienen. Ariane hätte uns so gern einen Abend organisiert, bei dem es nach ihren Worten »heiß hergegangen« wäre, aber so richtig kam sie nicht voran mit ihren Plänen. Ich musste da gar nicht bremsen, es ging von alleine schief, denn alle Stripper, die sie anrief, weigerten sich zu kommen, als sie den Namen Gertrud Potter hörten. Es hatte sich in Kollegenkreisen rumgesprochen, dass Gertrud auf der Frauentagsfeier die Prothese rausgenommen und dem Stripper einen Knutschfleck auf die linke Pobacke gemacht hatte. Gertrud hatte ihren Spaß und bald danach auch die Zähne wieder drin, aber eben auch ihren Ruf weg. So saßen wir eben ohne Stripper bei einer schönen Bowle beisammen und spielten Rommee. Das war auch nett. Ilse war sich ganz sicher, dass es sowieso nicht spät würde, bis die Männer kämen, und guckte ständig zur Uhr.

Sie sollte recht behalten, die ausgefuchste Ilse, denn es war so, dass Kurt recht bald sehr, sehr müde wurde und nach dem ersten Bier im Vereinsheim einnickte.

Er murmelte wohl noch, dass er sich schon gewundert hatte, warum Ilse ihm eine Tablette mehr gegeben hatte zum Abendbrot als sonst, aber dann schlief er auch schon.

Baldrian ist ja sehr gut verträglich und auch frei verkäuflich, da kann man gar nicht überdosieren. Kurt war nie in Gefahr, und es kam auch keine Barbusige zum Strippen, wie Ilse befürchtet hatte. Es zündete nicht so richtig an dem Abend. Stefan meinte hinterher, es war ungefähr so wie ein Kindergeburtstag, als sie das Tischfeuerwerk anzünden wollten, das aber nicht puffte, weil Lisbeth den Kakao ausgekippt hatte und die Lunte feucht geworden war. Die Herren redeten wohl noch ein Weilchen über ihre Lieblingsparkbank, schimpften über die jugendlichen Raser im Straßenverkehr und besprachen Rücken, Prostata und den Elfmeter neulich für die Bayern. Gunter war glücklich und strahlte, was aber nicht nur an dem leidlich schönen Abend lag, sondern daran, dass er erstmals seine Hörhilfen eingesetzt hatte und etwas mitbekam in Gesellschaft.

Am Hochzeitstag hatten wir dann einen Zwischenfall, der *alles* durcheinanderbrachte. Irgendwas passiert ja immer, und dieses Mal erwischte es Ilse. Wir waren in großer Sorge um sie und auch darum, dass die ganze Hochzeit abgesagt werden muss, und das kam so:

Ich war gleich frühmorgens zu Ilse und Kurt gefahren. Wissen Se, Ilse und ich drehen uns bei festlichen

Anlässen immer gegenseitig die Haare auf. Da hat jede ihren bestimmten Griff, und wir können uns aufeinander verlassen. Ursula hatte mit Gertrud genug zu tun, das wusste ich, die ist bei solchen Anlässen hektisch und aufgeregt. Außerdem hatte Gisela mir ja mitgeteilt, dass sie sich am Hochzeitstag um Gertrud kümmern und ihr ins Kleid helfen wollte.

Bitte schön, dann sollte sie mal machen!

Ich dränge mich da nicht auf, wenn ich nicht erwünscht bin.

Gläsers und ich hatten uns umgezogen und waren frisiert, bereit zur Abfahrt zum Standesamt. Natürlich machten wir uns nicht auf den letzten Drücker fein zurecht, sondern mit ein bisschen Puffer im Zeitplan, sodass wir noch gute vier Stunden Luft hatten. Man weiß ja nie, was passiert, es kann immer was dazwischenkommen! Lieber hat man noch ein bisschen Zeit, als dass man auf die letzte Minute hektisch wird und noch die Ringe vergisst. So saßen wir nun gemütlich beisammen und gingen in Ruhe alles durch: War der Koyota vollgetankt? Hatte Ilse das Bügeleisen ausgeschaltet? Hatte jeder seine Tabletten einstecken?

Kurt holte drei Schnapsgläser und goss einen Korn ein, gegen die Aufregung. Man ist ja vor Hochzeiten immer ein bisschen flatterig, so ein Körnchen beruhigt die Nerven und bringt einen auch in die richtige herzerwärmte Stimmung. Ilse ist immer besonders aufgeregt bei Hochzeiten oder Beerdigungen. Sie zuppelt an Kurt rum und muss ständig pullern, die Frau macht einen regelrecht verrückt! Meine Güte, im Grunde genommen geht es doch nur darum, im richtigen Moment »Ja« zu sagen, mehr ist es doch nicht. Dass das Drumherum schön und feierlich sein würde, ja, dafür hatten wir akribisch geplant. Und wenn was schiefgehen würde, würden wir das Beste draus machen. Es wird ja alles nicht einfacher, wenn man panisch wird. Ilse konnte den Schnaps jedenfalls gut gebrauchen. Wir stießen an, darauf, dass schon alles glattgehen und das Brautpaar einen schönen Hochzeitstag haben würde, auf ein langes Leben und auf die Gesundheit. Weil man auf einem Bein bekanntlich nicht stehen kann, goss Kurt nach. Es war ganz gut, dass wir das Körnchen jetzt hier schon nahmen, denn es gäbe nur wieder Gerede, sähe man mich mit dem Flachmann vorm Hals am Standesamt.

In beschwingter Stimmung wollte Ilse dann in vollem Brautjungfernornat unbedingt noch kontrollieren, ob denn die Pflaumen nicht langsam reif wurden.

Sie wissen ja, wenn was passiert, dann im unpassendsten Moment, und so trat Ilse ausgerechnet heute in ein Wespennest, das die Viecher versteckt in der Erde angelegt hatten. Die arme Frau war augenblicklich umschwirrt von summenden Tierchen wie damals auf dem Feuerwehrball von der halben Kompanie aus Dümmelsbach. Ilse schrie um Hilfe und schlug wild um sich. Also, heute. Damals auf dem Feuerwehrball ergab sie sich in die Arme von Kurt. Der und auch ich eilten ihr schnell zur Hilfe und hakten sie unter. Wissen Se, mit den guten Schuhen und über achtzig Lenzen auf dem Buckel flitzt man nicht so schnell, selbst wenn einem die Wespen nicht nur im Nacken, sondern quasi überall am Körper sitzen, und noch dazu mit zwei doppelten Korn im Kreislauf. Kurt zog Ilse geistesgegenwärtig vor den Gartenschlauch und spritzte die arme Frau von oben bis unten ab. Damit war zwar die schlimmste Gefahr des Wespenangriffs gebannt, aber auch, wenn nun noch drei Stunden Zeit bis zur Trauung waren, würde Ilse ihr neues schönes Kleid nicht mehr anziehen können. Selbst mit dem Föhn bekämen wir es nicht trocken! Es war ruiniert.

Die Sorge um das Kleid stand zunächst auch nur an zweiter Stelle, denn obwohl Kurt die Ilse abgekärchert hatte, hatten mehrere Wespen zugestochen. Am Bein durchblutet Ilse nur noch ganz schlecht, da merkte sie kaum was, aber ihre Unterlippe schwoll mächtig an, und Ilse guckte wie unsere kleine Lisbeth, wenn sie eine Schippe zieht, weil Stefan kein Fernsehen erlaubt. Auch überm Auge wurde alles dick. Ilse sah aus wie ein Schnitzel nach dem Klopfen. Ja, Sie lachen jetzt vielleicht, aber wir waren in großer Sorge! Ilse ist ja sowieso ein sehr ängstlicher Mensch, und ich habe auch Verständnis dafür, gerade in so einer Situation. Es kommt ja auch noch der Schreck dazu und der Kreislauf! Sie war wackelig wie Rührei auf zwei Beinen. Wir legten sie erst mal in der Schlafstube aufs Bett, gleich auf die Tagesdecke. Gerade in dem Moment, wo Kurt das große Küchenmesser zur Kühlung auf den Stich an der Unterlippe drücken wollte, kam natürlich dann auch noch Stefan zur Tür rein. Der bekam einen ganz falschen Eindruck, packte Kurt am Schneewittchen … nee.

Entschuldigung.

Am Schlafittchen.

Er griff Kurt am Hals und … ach!

Ich mache es mal kurz.

Wir klärten das auf, und Stefan schlug vor, dringend einen Krankenwagen zu rufen. Schließlich konnte Ilse ja einen allergischen Schock haben und uns noch in Ohnmacht fallen! Kaum hatte er den Vorschlag gemacht, fiel sein Blick auf die Schnapsgläser, die auf der Veranda im Sonnenlicht standen. Er schnupperte an Ilse und guckte mich kopfschüttelnd an. Na, das war ja wieder typisch, der gab mir die Schuld an der ganzen Misere! Langes Lamentieren half jedoch nicht, wir müssten zusehen, dass Ilse Hilfe bekam. Einen Krankenwagen zu rufen kam nicht infrage. Wie wäre das denn geendet? Statt ins Standesamt hätten sie Ilse in die Ausnüchterungszelle gebracht, weil sie eine Fahne hatte. Dabei war es wirklich nur ein Körnchen gegen die Aufregung gewesen.

Ja guuuut. Zwei. Die Nerven waren mir so flatterig, dass ich schon wieder einen hätte nehmen können, was ich mir wegen Stefan aber verkniff.

Nur langsam fanden wir alle wieder zur Ruhe zurück. Wir hatten Ilse auf das Bett gelegt und bestrichen sie mit essigsaurer Tonerde. Kurt war sehr besorgt und rieb Ilse von Kopf bis Fuß mit einer aufgeschnittenen Zwiebel ein. Er sieht doch so schlecht, wie sollte er denn erkennen, wo die Stiche waren? Also rieb er großflächig. Wissen Se, das Gemisch von Schnapsfahne und Zwiebel … Ilse roch wie ein Bauarbeiter-Bäuerchen, wenn es Hackepeterschrippe gab. Und in zwei Stunden war die Hochzeit!

Ilse weinte, Kurt brummelte und schimpfte auf die

Wespen, und Stefan, der eigentlich nur gekommen war, um mir mein Keilkissen zu bringen, damit ich im Koyota hinten gut sitzen kann, hob die Hände und tat so, als hätte er mit dem Dilemma nichts zu tun. Das hatte er im Grunde ja auch nicht, der gute Junge. Ich mahnte ihn, nach Hause zu fahren und mit Ariane und den Mädchen pünktlich am Standesamt zu erscheinen. Schließlich hatten die beiden als Blumenmädchen ihren großen Auftritt. Wir hatten zweimal geprobt, an Ort und Stelle und mit den Kleidchen, die sie tragen würden, und mit ondulierten Löckchen. Ich weiß noch, wie Ilses Tochter Sigrid mir und Franz seinerzeit einfach das Körbchen mit den Blütenblättern vor die Füße gekippt hat und weinend in Ilses Arme gerannt war, weil sie so schüchtern war und Angst hatte. Nee, das wollten wir nicht riskieren. Ariane hatte für Lisbeth und Agneta zwei zauberhafte rosa Kleidchen gekauft. Wirklich wunderhübsch und genau passend in dem Rosaton, in dem Gertruds Brautstrauß gebunden war. Das Schleifenband, mit dem ihre Zöpfe gebunden waren, hatten wir von der selben Rolle im Blumenladen von Frau Marina geschnitten, wie auch das für den Tischschmuck, den Brautstrauß und das Gesteck an der Brautkutsche. Es war alles wunderhübsch, glauben Se mir! Unsere Blumenfee hatte uns sogar – ohne Extrakosten! – die Blütenblätter für die Körbchen von Lisbeth und Agneta zur Verfügung gestellt. Sie hat ja immer mal Ausschuss, also, eine abgebrochene Blüte oder eine, die am Rand schon nicht mehr so schön ist oder die für den Strauß schon ein bisschen zu weit aufgeblüht ist. Als Streublümchen gehen die aber noch prima. Das war sehr nett von Frau Marina, der würden wir auf jeden Fall noch einen Teller Kuchen bringen.

Die arme Ilse konnte das neue und extra angepasste Kleid von Schleier-Elfie nun auf keinen Fall mehr tragen. Ich hatte Zweifel, dass wir das überhaupt noch würden retten können. So empfindlicher Stoff ist da ja sehr rasch beleidigt, den kriegen Se nicht mit Dampf und guten Worten wieder in Form gebügelt. Aber das war nicht das dringlichste Problem, zunächst ging es darum, Ilse halbwegs herzurichten. Um die Wickler noch mal einzudrehen, war es schon zu spät. Ilse wusch sich das Gesicht. Die Wespen hatten sie wirklich schlimm zugerichtet, dazu kamen die Schwellungen vom Weinen. Ich kämmte ihr die Haare, und wir suchten ihr gutes reinseidenes Kleid raus. Das war wirklich hübsch, das hätte Ilse auch ursprünglich anziehen wollen, wäre Gertrud nicht auf den Flitz mit der Brautkostümierung gekommen. Es ist vom Schnitt her einfach zeitlos, das hat Ilse schon seit … ach, seit vor dem Mauerbau! Das Kleid war gut gewesen für meine vier Hochzeiten und für Generationen von Taufen und Kommunionsfeiern, es würde auch gut genug für Gertruds Hochzeit sein.

Im Grunde hatten wir nichts falsch geplant. Nur: Welcher Plan geht schon auf im richtigen Leben? Es kommt immer anders, als man denkt. Da können Se vorher grübeln und überlegen, so viel Sie wollen, wenn das Schicksal einmal falsch abbiegt, stehen Se da mit Ihrem Plan und können nur noch zugucken, wie der Schlamassel seinen Lauf nimmt.

Wir sind also im Koyota zum Standesamt gefahren

und waren rechtzeitig da, um die Ankunft des Brautpaars in der Kutsche zu beklatschen. Gisela hatte sich ja erbeten, dass sie diesen Teil der Feier organisieren dürfe. Kein Wort hatte sie verraten, so tief ich auch nachbohrte. Gerade mal, dass sie eine Kutsche bestellt hatte, konnte ich ihr entlocken. Das hätte ich aber auch so rausgekriegt, über Frau Meiser, weil nämlich eine Kollegin von ihr die Schwester vom Kutscher kennt. Gisela ging irgendwann einfach nicht mehr ans Telefon, überlegen Se sich diese Frechheit mal! »Das siehst du dann schon, Tante Renate. Wir werden pünktlich da sein. Mehr musst du nicht wissen.«

Göre!

Es war ja immer Gertruds Wunsch gewesen, mit einer Kutsche zu fahren. Im Herzen ist sie eine Art Königinmutter von Spandau. Genauso huldvoll winkte sie auch aus dem offenen Landauer, in dem sie, von zwei weißen Schimmeln gezogen, mit Gunter vorfuhr. Ich konnte kaum was sehen durch den Schleier von Tränen, die mir in die Augen schossen, so schön war das. Wie sie da so saß, meine Gertrud, in ihrem eleganten Kleid, mit Gunter, der wirklich ausgesprochen stattlich aussah in seinem Anzug mit Kummerbund und Sträußchen am Revers – es war wie im Märchen. Kurt knipste am laufenden Band, und ich hoffte inständig, dass die Bilder auch schön wurden.

Alle Gäste waren eingetroffen, unsere Blumen-Marina hatte die Sessel zum Braut-Gucken in ihrem Schaufenster umgedreht, und hinter der Ecke sah ich schon Frau Schlode lauern und aufgeregt die Kinder durchzählen. Wie alle Erzieherinnen zählt sie ja für ihr Leben gern Kinder durch, indem sie ihnen dabei auf den Kopf ditscht.

Norbert sprang mit einem Satz aus der Kutsche. Für Gertrud und Gunter war das nicht ganz so leicht. Gunter probierte es als Erster, aber es war offenbar kompliziert. Vorwärts ging es gar nicht, und rückwärts … die Kutsche hatte so wackelige Trittbrettchen, die auf der Federung hingen, wissen Se? Ich konnte gar nicht hingucken! Gerade wollte ich Stefan einen Wink geben, da sah er schon von ganz alleine, dass seine Hilfe gebraucht wurde. Ein feiner Junge ist das geworden, der Stefan, auf den kann ich stolz sein, doch. Er trug den Anzug von seiner Hochzeit, der ist ja noch wie neu. Da ist nichts dran. Auch Ariane hatte sich schick gemacht, sie erschien in Kostüm und Bluse. Das ist ganz ungewöhnlich, denn im Grunde ist Ariane eine »Hosenfrau«, die sich gar nicht wohl fühlt in Röcken. Höchstens, dass sie zu Feierlichkeiten mal ein Kleid oder einen Rock anzieht. Vielleicht hat auch die kleine Panne damit zu tun, die letzthin passiert ist, als die kleine Agneta im Nachplapperalter war. Da hat Ariane im Geschäft ein bisschen länger gebraucht, wie es bei uns Frauen ja gern mal vorkommt. Stefan hatte ungeduldig draußen vor dem Laden gewartet und hat dann der kleinen Agneta was ins Ohr geflüstert. Die hat schelmisch gegrinst und noch gefragt: »Soll ich wirklich, Papa?«, aber als Stefan nickte und den Daumen hob, ist sie in den Laden geflitzt, hat das schöne gepunktete Kleid, das Ariane gerade probierte, hochgehoben und laut gerufen: »Du hast ja wieder keinen Schlüpfer an, Mama!«

Es ging dann ganz schnell mit dem Bezahlen.

Stefan kam fast drei Wochen lang zum Mittagbrot zu mir, erst danach renkte es sich wohl halbwegs wieder ein. Ariane habe ich seither nie wieder im Kleid gesehen, bis heute. Allerdings presste sie sofort die Knie zusammen, wenn die Kinder ihr nahe kamen, und lächelte verkrampft.

Stefan und der Kutscher griffen Gunter nun an den Oberarmen und hievten ihn sicher aus dem Landauer, ebenso Gertrud. Beide berappelten sich und richteten Kleid und Anzug, dann hakte Gertrud sich unter. Bevor wir ins Standesamt reingingen, musste ich die Braut noch kurz zur Seite nehmen.

Ich hatte lange überlegt, ob ich wohl meine Familienjuwelen trennen und Gertrud für die Hochzeit einen Strang meiner Perlenkette leihen sollte. Sicher, »Familienjuwelen« ist ein großes Wort, aber … doch. Zu Oma Strelemanns dreireihiger Perlenkette darf man das wohl sagen. Wissen Se, die Krone des niederländischen Königshauses hat Fischschuppen und falsche Perlen mit drin und ist nur vergoldet, weil die gerade Ebbe in der Kasse hatten, als sie eine neue brauchten. Wenn die mit Schlachtabfall im Diadem großen Hofstaat machen, darf ich ruhig zu Omas Perlenkette »Familienjuwel« sagen. Und die ist auch echt, da gibt es keinen Zweifel. Oma hat Opa seinerzeit erwischt, wie er auf dem Feuerwehrball mit Meta Kuhbusch getanzt hat, und das, wo Oma meine Mutter schon unter dem Herzen trug. Es war eine Familienschande ohnegleichen, und bis Oma Strelemann die Augen für immer schloss, hat sie nie darüber gesprochen. Aber die Perlen, die Opa ihr nach dieser Geschichte vor die Füße – nee, nicht warf! Auf Knien rutschend, legte er ihr die Kette zu Füßen! – die Perlen, die blieben. Auf dem Sterbebett hat Oma Strelemann mir das Collier überreicht. Man gibt ja lieber noch mit warmen Händen, und Oma hat das zwar nur knapp, aber immerhin geschafft und mir mit auf den Weg gegeben, es in Ehren zu halten, und auch, dass Opa ein wunderbarer Ehemann und Vater gewesen ist. Wenn ich von dem dreireihigen Collier nun eine Reihe … Gertrud brauchte nach der alten Sitte etwas Altes und etwas Neues, etwas Geborgtes und etwas Blaues. Ich würde ihr die Perlen *leihen*, nur für diesen Tag, denn einen Familienschmuck reißt man nicht auseinander, sondern hält ihn in Ehren und in der Familie. Andererseits war Gertrud doch auch ein bisschen wie eine Schwester für mich, nach all den Jahren, die wir gemeinsam durchs Leben gegangen waren. Deshalb sollte sie einen Strang der Perlen haben für den Hochzeitstag. Da hatte sie schon mal was Altes und was Geborgtes in einem. Sie strahlte vor Freude und drückte mich, aber ganz vorsichtig. Einen dicken blauen Fleck hatte sie am Oberarm, der ihr ein bisschen wehtat. Fragen Se mich nicht, wo sie dagegen klabastert war, aber es hatte auch was Gutes: So mussten nicht mehr nach etwas Blauem suchen. Und was Neues würde sich auch noch finden, da war ich ganz sicher.

Nun wurde es auch wirklich Zeit für uns, ins Standesamt zu gehen. Es passte genau, die vorangegangene Trauung war gerade durch. Sie hatten schon mit Reis geworfen und waren beim Fotografieren.

Gertrud hatte sich so sehr gewünscht, dass Norbert die Ringe in das Standesamt trägt. Ich war da sehr skeptisch. Wissen Se, der Hund hört doch einfach nicht. Norbert ist so verspielt und überhaupt nicht erzogen! Der macht, was er will, und er läuft auch, wohin er will. Erst neulich habe ich Gertrud weinend vorm Fleischer in der Hackstraße getroffen. Mir hatte sie erzählt, sie wollte Strumpfgarn kaufen im Handarbeitsladen in der Fädelgasse. Die liegt ganz woanders! Aber sie hob nur verzweifelt die Schultern und zeigte auf den schwanzwedelnden Norbert, der einen riesigen Knochen im Maul trug. »Du musst auch mal mit Frau Schmalzert sprechen, Gertrud, sie kann dem Hund nicht immer ein Leckerli geben, und schon gar kein halbes Rind!«, mahnte ich sie, aber ich musste erfahren, dass die Schmalzert den Knochen nicht freiwillig rausgegeben hatte. Norbert hatte laut und bedrohlich gekläfft, Gertrud hing zwei Meter weit weg am anderen Ende der Leine. Die Frau Schmalzert hat sich mehr oder weniger aus Angst ergeben und den Knochen über die Ladentheke geworfen, damit der Hund sie nicht anfällt. Ich bin dann rein und habe das geregelt, wissen Se, man will ja keinen Ärger. Ich habe den Knochen bezahlt und Frau Schmalzert ein paar Topflappen geschenkt. Darüber freut sich ja jeder!

Gertrud hat Norbert dann abgelenkt und ihm den Knochen entwendet, und ich bin mit der Rindsrippe vorneweg zum Kurzwarenladen in die Fädelgasse marschiert. Da war es dann kein Problem, der Hund folgte mir sabbernd und zerrte Gertrud hinterher.

Nee, ich sage Ihnen, nichts als Ärger mit dem Köter!

Aber es hat auch seinen guten Effekt: Gertrud hat keinerlei Probleme mit sogenannten »Winke-winke-Armen«. Uns Frauen wird ja das Bindegewebe, wenn wir älter werden, oft sehr müde, gerade an den Oberarmen. Wenn man dem Besuch zum Abschied winkt, winken die Arme noch ein Weilchen nach. Das ist so, die Natur ist da gerecht und macht das bei jeder Frau. Außer bei Gertrud. Die hat durch Norberts ständiges Zerren an der Leine regelrechte Muskeln. Da hängt nichts schlaff runter, und es wackelt nichts. Es war ein großer Vorteil, da konnten wir beim Brautkleid in die Vollen gehen und mussten nicht gucken, ob es auch Ärmel hatte, die bis über die Ellenbogen gehen und das welke Übel bedecken. Gertrud konnte ärmelfrei tragen. Sie wollte sogar schulterfrei, das war doch ein bisschen zu lose … nun, das habe ich ja schon berichtet. Auch, dass wir noch ein Bolerojäckchen für über die Schultern …?

Ja. Ach, entschuldigen Se, ich werde alt.

Ich habe lange gezweifelt, ob Norbert wohl als Ringträger zu gebrauchen war. Der Hund ist wie gesagt nicht sehr helle und in meinen Augen zu blöd, um die Eheringe ins Standesamt zu tragen.

»Denk dir nur, Gertrud, der wittert eine Katze. Da geht der Hund doch durch und vergisst deine Ringe einfach! Lass das bleiben mit Norbert, das geht nicht gut!«

Aber sie hatte es im Fernsehen gesehen und war so begeistert, dass sie es auch wollte. Im Film war es aber kein Doberdoggenschnauzer, wie Norbert einer ist, sondern so ein Handtaschenbewohner, der auf Ferrero Küsschen abgerichtet war. Da musste der Bräutigam nur mit dem Papier rascheln, und er sprang direkt zu ihm. Gertrud konnte ja nun kein halbes Pfund Schabefleisch im Brautstrauß verstecken …

Obwohl.

Warum eigentlich nicht?

Ich besprach das mit Fräulein Marina vom Blumengeschäft. Sie guckte nur ganz kurz verwundert, denn sie kannte mich ja nun auch schon ein bisschen, und dann murmelte sie. Sie murmelte, steckte den Kopf in ihren Kühlschrank, den sie hinten im Pausenraum hat, und kam mit einer dünn geschnittenen Scheibe Schinkenspeck zurück. Den rollte sie kunstvoll zu einer Rose, wie sie Mutter Natur nicht schöner hätte schaffen können. Sie zog den Mund zur Schnute, wie es manche Menschen tun, wenn sie sich konzentrieren, und hielt zum Vergleich ein paar richtige Rosen daneben. »Das fällt gar nicht groß auf, Frau Bergmann. Sieht doch schick aus! Die Idee muss ich mir gleich merken für den großen Ball des Fleischerverbands, da soll ich dieses Jahr vielleicht auch die Tische dekorieren.« Na, das Problem hätten wir gelöst: Gertrud bekam einen Brautstrauß mit einer Schinkenrose drin, und wenn wir dann Norbert mit den Ringen um den Hals auf ein Zeichen in das Standesamt lassen würden, sollte es doch mit dem Teufel zugehen, wenn er nicht mit zwei Sätzen beim Frauchen vorne wäre! Gertrud müsste nur aufpassen, dass er nicht das ganze Gebinde mit einem Happs verschlingen würde, aber so gut würde sie ihn wohl im Griff haben.

Es kam am Ende doch noch ganz anders, als wir dachten.

Auf mein Zeichen hin – ich nickte ihm zu – öffnete der Saaldiener leise die Tür zum Standesamt. Stefan ließ, wie wir es besprochen hatten, Norbert von der Leine. Hübsch sah er aus, wirklich wie ein prächtiger, wunderbarer Hund. Gertrud hatte ihn mit Fellaufbauschampo und extra Spülung »Setterglanz« gebadet. Um den Hals trug er ein Schleifchen aus Samt, an dem das Kästchen mit den Eheringen baumelte. Die Schleife war altrosé und harmonierte nicht nur mit Gertruds Kleid und dem Brautstrauß, nein, es passte auch ganz wunderbar zu Norberts edlem grauen Fell. Es war auch ein dezenter Rosaton, der einen großen Rüden wie Norbert nicht in die Nähe frisierter Pudel rückte. Sehr schick sah er aus, sehr, sehr schick. Aber Schönheit ist eben nicht alles im Leben, und ich sollte mit meiner Einschätzung, dass er nicht sehr helle ist, recht behalten. Statt zu Frauchen zu gehen und ihr die Trauringe zu bringen, blieb Norbert erst mal stehen und schnupperte. Das kann man ihm nicht verdenken, wissen Se, nicht nur wir Frauen hatte alle ein paar »Pfft-Pfft« Parfüm aufgelegt. Zu solchen feierlichen Anlässen mische ich ja gern Tosca und 4711, da hat man dann nämlich Frische und Eleganz in einem. Auch die Herren hatten Rasierwasser und Haarwasser aufgetragen, alle hatten die Schuhe frisch geputzt, und die meisten hatten auch Haarspray auf der Frisur. Da ist so ein Hund, der ja eine feine Nase hat, natürlich erst mal irritiert und muss sich orientieren. Noch dazu kam, dass Wilma Kuckert, ich hatte es insgeheim befürchtet, ihre Notfallstulle gegen Unterzuckerung dabeihatte. Dummerweise war nicht Bierschinken oder Leberkäse, sondern Norberts Lieblingswurst – Fleischwurst – drauf. Norbert bellte sie laut an, stupste mit der Nase ihre Handtasche um und fraß die Stulle mit zwei Bissen. Dann leckte er Wilma dankbar die Hände. Wilma wimmerte, denn sie hat einen gewissen Respekt vor großen Hunden, und die ganze andere Hochzeitsgesellschaft lachte. Der Standesbeamtin war es bis hierhin noch egal, denn der Plattenspieler dudelte feierliche Musik, und die Stimmung der Gäste war – bis auf Wilmas Wimmern – noch fröhlich. Norbert war nun erst mal satt und nicht mit Geduld, guten Worten und Gertruds Locken mit Schinken dazu zu bewegen, sich in Richtung Brautpaar zu bewegen. Er inspizierte als Nächstes Ilse und kläffte sie laut und böse an. Das muss man verstehen, Ilse roch nach Zwiebel und Essig und war von den Wespen so zugerichtet, dass ihre eigene Tochter sie nicht erkannt hätte. Kurt schon. Aber gut, Kurt hat siebzehn Dioptrien und nimmt alles mit nach Hause, was einen Einkaufswagen an den Koyota schiebt, das muss nicht zwingend Ilse sein … das ist aber eine andere Geschichte, und Frau Kümmelsbusch hätte auch nicht einsteigen müssen. Ich habe versprochen, dass ich nicht darüber schreibe. Jedenfalls bellte der Hund nun Ilse an und auch unseren Kurt, und zwar ganz böse. Als wollte er schimpfen, dass Kurt mit einer falschen Frau hier erschienen war! Hunde sind da ja sehr sensibel und haben einen siebten Sinn. Gertrud hatte derweil auf der Suche nach der Rose, die aus Schinken war, drei Blumen aus ihrem Brautstrauß gerupft und wedelte nun endlich mit der Schinkenscheibe, um Norbert anzulocken. Der hatte aber nach Wilmas Notfallstulle genug und wollte lieber mit Kurt spielen. Es führte kein Weg daran vorbei, wir mussten das abbrechen. Kurt versuchte, das Ringkästchen von Norberts Hals zu lösen. Das gefiel dem aber gar nicht, er fing an zu knurren und wollte den Schatz nicht hergeben. Eine Aufregung war das, nee! Ich wünschte, es ginge einmal was ohne große Panne ab bei uns, aber irgendwas ist immer. Gunter und Gertrud mussten nach hinten kommen, denn die können am besten mit dem Tier umgehen. Gunter hielt ihn fest, und Gertrud machte die Ringschachtel los. Die Schallplatte dudelte gerade zum fünfzehnten Mal »Hier kommt die Braut« oder »Treulich geführt«, ich weiß das nicht mehr so genau, wissen Se, die Aufregung war sehr groß. Es wurde nur allerhöchste Zeit, dass wir hier zum Jawort kamen; Ringe, Unterschrift, Küsschen und Schluss. Unser ganzer Zeitplan kam ja durcheinander, der war sowieso eng gestrickt, und die Schlode lauerte bestimmt auch schon.

Als wir aus dem Standesamt rauskamen, sahen wir als Erstes Günter Habicht, der die Parkuhren unserer Autos kontrollierte. Er diskutierte mit dem Kutscher, weil dieser keine Parkscheibe am Landauer hatte, aber der zeigte ihm nur den Scheibenwischer und applaudierte dann einfach zusammen mit den vielen anderen Gästen und Schaulustigen dem Brautpaar. Habicht wuselte wie ein Rumpelstilzchen rum und brüllte, er würde das melden, auch, dass die Pferde geäppelt hatten und den öffentlichen Raum verschmutzten. Wir beachteten den gar nicht. Weiß der denn nicht, dass es Glück bringt, wenn eine Ehe beäppelt wird?

Frau Schlode fing an zu dirigieren, und die Kinder sangen wunderschön. Mein Blick ging zur Rathausuhr, aber wir waren prima in der Zeit, und ich konnte sie noch ein bisschen trällern lassen. An so einem Festtag sollen schließlich alle ihre Freude haben, auch Frau Schlode. In der kleinen Pause zwischen zwei Liedern sang unsere kleine Agneta auf einmal lauthals und fröhlich »Und die Sabine, die ich meine, nennt sich Maja«. Ach, wir lachten! Nur Frau Schlode nicht. Die wollte gerade »Wir kommen all und gratulieren« anstimmen, das sie extra auf die Hochzeit umgeschrieben hatte. Damit hatte sie aber gegen das Kind keine Schangse, denn wir lachten alle und klatschen so laut, dass sogar Frau Schlode das als Schlussapplaus durchgehen lassen musste.

Lisbeth und Agneta streuten die Blumen aus ihren Körbchen ganz prima. Sie machten das so gut, dass die Brautmutter der nächsten Hochzeit, die schon in den Startlöchern stand, Stefan zwanzig Euro bot, um die Mädchen auch für die Blumenausbringung vor den Füßen ihrer Tochter zu engagieren. Ariane handelte zwanzig pro Kind aus, und ich versichere Ihnen, die kamen in die Sparbüchsen der Mädchen.

Unsere ganze Hochzeitsgesellschaft brach in Gelächter aus, als wir einen Storch über den Marktplatz fliegen sahen. Es waren jetzt, Anfang September, die Tage, an denen sich die Vögel in großem Trupp auf den Weg in den Süden machten, aber der hier wollte zum Abschied noch mal eine Markierung gegen die Fensterscheibe vom Handy-Mario fallen lassen. Ach, was haben wir uns amüsiert! Ein Storch, der über das

Brautpaar fliegt, verheißt ja reichen Kindersegen, was im Falle unserer beiden nun wirklich Anlass für lautes Gelächter bot.

Trotzdem passte es irgendwie, denn ich hatte ja doch noch eine Überraschung in petto.

Gertrud hatte mit dem Entgegennehmen von Blumen, Küsschen und Glückwünschen, dem Vorzeigen des Ringes sowie dem Ausschimpfen von Norbert gut zu tun, aber trotzdem sah ich, wie ihr Blick an zwei Männern hängen blieb, die mit etwas Abstand zu uns in der Nähe der Kutsche warteten. Wir Frauen haben da einfach ein Gespür, wenn etwas in der Luft liegt, glauben Se mir. Gertrud sagte nichts, guckte jedoch fragend zu mir rüber. Dass ich ihrem Blick auswich, ließ sie unsicher werden. Sie hakte sich bei Gunter unter und deutete zu den beiden Herren.

Gunter erstarrte, und für einen kleinen Moment wusste ich nicht, ob sich alles nun in ein Finale mit Geigenmusik auflöst oder ob es gleich ganz großen Ärger gibt. Als Gunter aber mit kleinen, schlurfenden Schritten auf die beiden zuging, die Arme weit ausbreitete und zu weinen anfing, atmete ich auf und nickte Ottmar zu, der die weißen Täubchen aufließ.

Wissen Se, es ist fast ein bisschen traurig, wie einfach es für mich gewesen war. Ich hatte nach dem Gespräch mit Gunter, als er mir Kaffee mit dem Tauchsieder gebrüht hat, erinnern Se sich? Ich hatte nur die Namen seiner Söhne im Interweb gurgeln müssen, und nach drei Klicksen hatte ich ihre Telefonnummern und Adressen. Heiko und Maik hießen die beiden, und hintenrum damals wie heute Herbst. Ist das nicht ein

Jammer, dass so viele alte Leute Angst vor dem Onlein haben und sich nicht trauen, da einfach loszulegen? Deshalb bekamen Gertrud und Gunter auch einen Gutschein für einen Computerkursus von mir zur Hochzeit, so. Aber nur obendrauf, denn das eigentliche Geschenk waren Gunters Söhne.

Ich hatte mich vor Wochen schon mit den beiden getroffen und alles besprochen. Hier zum Standesamt wollten sie erst mal alleine kommen, damit Gunter nicht überfordert wurde, aber zur Feier im Bootshaus natürlich mit ihren Familien. Wir wollten den Brautleuten ein bisschen Zeit geben, das Schicksal häppchenweise zu verdauen.

Die Kutsche fuhr vorneweg durch Spandau, und unsere frisch gewienerten Wagen hinterher. Wir hupten nicht, damit die Pferde nicht durchgehen, und wir fuhren auch nicht auf die Autobahn, und niemand schoss mit einer Pistole wild um sich, wie das in Berlin auch schon mal vorkommt. Gertrud und Gunter strahlten mit der Sonne um die Wette an diesem wunderschönen Altweibersommertag und winkten fröhlich und glücklich den Leuten zu.

Vor dem Bootshaus mussten die Brautleute dann ein Bettlakenherz zerschneiden. Kennen Se das? Es bedarf eines großen reinweißen Bettlakens. An der Stelle sind ja die meisten schon raus, denn viele haben heute nur noch Spannbettlaken. Verstehen Se mich nicht falsch, die sind schon sehr praktisch. Das Bett ist immer glatt bezogen, keine Frage. Aber haben Se je versucht, so ein Ding ordentlich zusammenzulegen? Ich sage Ihnen: Ich war auf der Bräuteschule in der Hauswirtschaftsklasse von Fräulein von Braun – und die war eine Kapazität! –, und ich habe über sechzig Jahre meinen eigenen Haushalt geführt. Fürwahr kann ich behaupten, dass ich eine ordentliche Hausfrau bin und dass bei mir keine Schludereien geduldet werden. Aber ein Spannbettlaken habe ich noch nie ordentlich zusammengelegt. Sogar im Interweb habe ich schon ein Filmchen dazu angeguckt, in dem erklärt wird, wie es richtig geht, und etliche Male dazu geübt. Hören Se mir auf! Man sollte die Ecken fassen, über die Ellenbogen ziehen und dann zügig die Arme kreuzen oder so was, ich weiß es nicht mehr. Jedes Mal stand ich da, den Bezug überm Kopf und an den Händen gefesselt. Auch Ilse kann es nicht, ich musste sie rausschneiden, nachdem Kurt um Hilfe antelefoniert hatte und ich zur ihr geeilt war. Deshalb versuche ich das nun gar nicht mehr. Die werden, so ordentlich es geht, zusammengerollt und kommen so in den Kleiderschank. Das ist dann eben so. Wissen Se, manchmal beschäftigt mich der Gedanke, dass sie dereinst meine Wohnung auflösen, wenn ich mal … wenn ich hinüberschlafe, und dann die knüddeligen Spannbettlaken finden. Dann werden sie reden und sagen, dass ich zum Ende hin wohl doch nicht mehr alles im Griff hatte und es vielleicht auch eine Erlösung für mich ist, dass ich dann habe gehen dürfen. Das lastet ein bisschen auf mir. Ich habe das noch nicht fertig überlegt, wissen Se, einerseits hat der Gedanke für Ariane und Stefan und Kirsten, die bei mir wohl aller Voraussicht mal aufräumen werden, vielleicht auch was Tröstendes? Andererseits möchte ich auch nicht als schluderige Hausfrau in Erinnerung bleiben, die keine Laken zusammenlegen konnte. Was meinen Se, wie mich das Thema beschäftigt. Immer, wenn ich Betten beziehe und das gewaschene Spannbettlaken in den Schrank räume, denke ich darüber nach. Vielleicht hinterlasse ich im Testament eine Anmerkung.

Doch, das ist vielleicht ein guter Gedanke.

Wenn man also nicht daran scheitert, ein großes reinweißes Laken aufzutreiben, wird auf selbiges mit roter Farbe ein Herz gemalt. Zwei Hochzeitsgäste stellen sich damit auf und halten links und rechts gut fest, dann muss das Brautpaar mit einer stumpfen – hihi! – Schere das Herz ausschneiden, sodass sich ein Loch ergibt. Wenn das gelungen ist, soll der Bräutigam die Braut auf den Arm nehmen und mit ihr gemeinsam durch das Herz klettern.

Na, an diesem Punkt war ja klar, dass das für uns nicht infrage kam. Gunter hat die Bandscheibe getackert gekriegt letztes Frühjahr, und Gertrud … also, ich will nicht unhöflich sein, deshalb lassen Se es mich so sagen: Ein paar gemütliche Wohlfühlpfunde seien uns mit 82 Jahren wohl gestattet. Deshalb machten wir nur die »altengerechte Variante« und ließen es gelten, dass beide durch das Loch im Laken durchkletterten. Mir tat es nur in der Seele weh, ein Laken zu beschmieren und gar noch zu zerschneiden! Oma Strelemann hätte mir ein paar hinter die Löffel gegeben, wäre ich auf die Idee gekommen, ein Betttuch zu zerschnippeln. War es wirklich dünn geworden, konnte man es noch gut zum Abdecken der Sessel in der guten Stube nehmen, damit die nicht einstaubten über Sommer, wo da keiner reinging. Ich ließ mir aber nichts anmerken und lächelte tapfer.

Ein weiterer schöner Hochzeitsbrauch ist das Baumstamm-Sägen, und auch das ersparten wir den Frischvermählten nicht. Das kennen Se bestimmt, das ist ja weit verbreitet: Ein fröhlich geschmückter Holzbock wird aufgestellt, und das Brautpaar muss vor dem Betreten des Lokals, in dem gefeiert wird, sägen. Wenn die Freunde, die das organisieren, gemein sind, legen sie einen knorrigen Stamm von einem Obstbaum in den Holzbock und reichen eine stumpfe, rostige Säge, in der vielleicht schon ein paar Zinken fehlen. Stefan und Ariane hätten seinerzeit so sägen sollen, als sie geheiratet haben. Das fiel dann flach, weil ich fiel, und zwar auf den Poppes … aber die Geschichte kennen Se ja schon. Ich habe mir die Hüfte gebrochen und musste ins Krankenhaus! Ich will Sie da gar nicht langweilen, es ist auch alles gut verlaufen, und ich bin wiederhergestellt. Aber auf jeden Fall waren die Feierlichkeiten da erst mal gestoppt, weil sie alle in Sorge um mich waren. Außer Gertrud, die hat sich darum gekümmert, dass das Büfett in Tupperdosen umgefüllt wurde.

Aber das war ja auch wichtig.

Jedenfalls mussten Stefan und Ariane nicht sägen, und die Ehe hält trotzdem. Das Durchtrennen des Baumstamms soll symbolisieren, dass das frisch vermählte Paar auch dicke Bretter gemeinsam bohren kann und dass man gemeinsam alles aus dem Weg schafft, wenn man nur zusammenhält und einen gemeinsamen Takt findet. Das ist eine schöne Idee und ein nettes Spiel, auch wenn ich bei jeder Hochzeitsfeier um den Anzug des Bräutigams fürchte. Wissen Se, um das Brautkleid kümmern sich alle, da sind gleich fünf Frauen um die Braut drumrum wie ein Schwarm Wespen um die Ilse, nehmen die Schleppe hoch, rufen »Pass auf die Frisur auf« und reichen sogar noch dicke Arbeitshandschuhe. Aber um den Bräutigam kümmert sich meist niemand, weil alle denken: »Männer und körperliche Arbeit – damit kennen die sich doch aus.« Na, da kann man sehen, dass die jungen Frauen unerfahren sind. Grade auf die Männer muss man doch einen Blick haben! Die werden so schnell übermütig. Die fühlen sich dann herausgefordert, ziehen das Jackett aus und zeigen, wie viel Kraft sie haben. Meist reicht die Kraft nicht nur, um dem Baumstamm den Garaus zu machen, sondern auch noch, um die Hose am Hintern zum Reißen zu bringen. Ich habe in meinem Leben schon mehr als nur vier Bräutigamshintern gesehen, das sagen ich Ihnen! Gunters Hose blieb jedoch heile, und so konnten wir nun endlich mit einem Gläschen Sekt anstoßen.

Ilse und ich als Brautjungfern standen beim Empfang einen Schritt versetzt hinter der Braut und halfen, die überreichten Geschenke abzunehmen. Soweit man sehen konnte, was es war, notierte Ilse die Geschenke gleich in einer Liste. Bei den Umschlägen und den Geschenken, die nicht sofort ausgewickelt wurden, hatte ich kleine Aufkleber vorbereitet, mit denen wir die Gaben markierten. Ilse würde das hinterher feinsäuberlich in ihrer Liste ergänzen. So was ist ja wichtig, dass man weiß, wer welches Geschenk gebracht hat. Wie schnell ist eine Karte vertauscht und an ein anderes Geschenk geklemmt! Ich weiß das, ich habe das selber schon ... Aber das ist eine andere Geschichte. Nee, man will ja nicht nur wissen, wem man was wert war, sondern man hat dann auch einen Anhaltspunkt, wenn man sich mal revanchieren muss. Wie schnell steht eine Beerdigung oder eine Silberhochzeit an oder auch eine Konfirmation des Enkels! Da sind solche Listen Gold wert. Ich schreibe mir schon immer auf, wer was schickt. Frau Habicht zum Beispiel brachte ein aus Salzteig getöpfertes Türschildchen, das sie in bunten Farben bepinselt hatte und auf dem zu lesen stand: »Hier leben, lieben, streiten und versöhnen sich Gertrud und Gunter Herbst«. Das war so geschmacklos, dass ich es am liebsten gleich aus Versehen fallen gelassen hätte, aber ich überließ es doch lieber dem Zufall oder Gertrud. Auf jeden Fall reichte da als Dankeschön ein Teller Kuchen, und als Revanchegeschenk würde es langen, wenn Gertrud zur Silberhochzeit auch was Selbstgebasteltes schicken würde. Die meisten schenkten ja Geld. Geld und Gutscheine. Gertrud und Gunter würden so viele Salzthermen besuchen können in den nächsten Jahren, dass die gar nicht mehr zum Einkaufen kämen. Was soll man älteren Herrschaften denn auch schenken? Das ist wirklich schwer! Für den Haushalt hat man irgendwann alles, und mit einer Reise ist es so eine Sache. Zu lange und zu weit weg von zu Hause will man in unserem Alter oft gar nicht mehr sein, und als Außenstehender weiß man auch nicht, wie es um die Gesundheit steht und ob man noch reisen darf! Wilma Kuckert zum Beispiel hat so hohen Blutdruck, die darf nicht fliegen. Sie will auch gar nicht, aber selbst wenn, die Doktorsche würde es nicht erlauben. Sie darf auch keinen Kaffee und nicht mal Tee, nur Kräuter. Da muss sie aber auch aufpassen, weil Brennnessel treibt und Pfefferminz verstopft … aber ich schweife schon wieder ab.

Es ist nicht leicht, wenn man alt wird, glauben Se mir!

Ich hatte in den Wochen nach der Verlobung auch über das Thema Hochzeitstisch nachgedacht. Das ist im Grunde ja eine gute Erfindung. Kennen Se das? Hochzeitstische sind bei uns hauptsächlich aus Ami-Filmen mit überdrehten Schwiegermüttern bekannt, aber in den letzten Jahren sieht man das auch bei uns ab und zu. Es funktioniert so, dass das Brautpaar in einem Kaufhaus alles, was es sich so wünscht und was es brauchen kann, aussucht. Das wird dann auf einem Tisch hübsch arrangiert, und es kommt ein Zettel dran, dass der Tisch meinetwegen für die Eheleute Potter-Herbst ist. Es gibt eine Liste mit den Artikeln, die die Gäste schenken können. Ein umsichtiges Brautpaar guckt, dass in jeder Preisklasse was dabei ist, und sucht nicht nur teure Gedecke von K.-u.-k.-Hoflieferanten aus, sondern auch was Günstiges. Einen Toaster oder Eierlöffel zum Beispiel, na, was man halt so braucht. Die Gäste legen dann zusammen und kaufen sechs Teller von Meißen oder auch jeder Einzelne eine Karaffe oder eine Zuckerzange, und so ist sichergestellt, dass alle was davon haben. Das Brautpaar kriegt, was es sich gewünscht hat und keinen unnützen Plunder – bei meiner Hochzeit mit Franz damals bekamen wir 34 neue Töpfe und Pfannen geschenkt! Die Gäste müssen sich keine Gedanken machen, dass sie danebenliegen bei der Auswahl des Geschenks. Nichts ist doch ärgerlicher, als wenn man Kuchengabeln auswickelt, die nicht zum Familiensilber passen! Na, und das Kaufhaus macht ein gutes Geschäft, denn so genau guckt bei einem Hochzeitstisch niemand auf die Preise.

So weit, so gut, aber richtig durchgesetzt hat sich das bei uns nie. Wie sollte es auch? Für die Jüngeren muss ich wohl erst mal erklären, was ein Kaufhaus ist: eine Art Onlein-Schop, in dem es alles gibt, von Anziehsachen bis hin zu Reisekoffern und Haushaltswaren. Nur, dass man da hingeht und alles persönlich aussucht und abholt. So was gibt es heutzutage kaum noch, aber früher waren die sehr verbreitet. Die wenigen Kaufhäuser, die bis in unsere Tage noch vor sich hin wurschteln, fallen nicht gerade durch Kundenserwiss auf, sondern durch missgelaunt dreinblickende Verkäuferinnen, die entweder »Nur, was da liegt!« sagen oder aber: »Das trägt man heute so!« Und ein Stück raus aus der Großstadt, na, da suchen Se mal nach einem Kaufhaus! Dort gibt es oft nur das Bäckerauto, das zweimal die Woche kommt. Und beim Bofrost macht eine Hochzeitsliste ja nun keinen Sinn.

Obwohl … Gertrud kauft da wirklich viel.

Nein, den Gedanken verwarf ich recht schnell wieder und schlug es gar nicht vor. Was sollten denn die Leute denken, wenn sie als Geschenk für Gertrud und Gunter zwischen Asia-Bratreis, Geflügelfrikadellen und Fürst-Pückler-Rolle wählen sollten?! Nee, nee.

Es gibt solche Hochzeitstische auch im Onlein, aber da habe ich nicht das rechte Vertrauen. Wenn man die

Tafeltücher nicht anfassen kann, ist das nichts. Fotografieren können die viel! Außerdem waren die meisten Freunde und Bekannten der Brautleute eher in unserem Alter, da würde die Arbeit dann doch an mir hängen bleiben mit dem Klicksen und Bestellen. Und wenn was nicht zur Zufriedenheit wäre, bliebe auch der Ärger an mir hängen.

Ich holte das Thema »Hochzeitstisch« gar nicht auf das Tableau. Gertrud sprach es auch nicht an, na, und Gunter sowieso nicht. Wir ließen es einfach darauf ankommen, dass die Geladenen das Richtige aussuchen und schenken würden.

Als alle Gäste da waren, machten wir erst mal das Foto. Wir hatten noch gar nicht alle Gäste einander vorgestellt, aber das Bild war jetzt erst mal dringend zu erledigen, bevor sich die Ersten die guten Sachen bekleckerten oder sich bequem umzogen. Man kennt das ja, die Männer reißen sich als Erstes die Krawatte ab, und die Frauen verschwinden mit einem kleinen Beutelchen auf die Toilette. Handtaschen sind bei festlichen Anlässen ja eher klein, meist nur so eine Klatsch, wissen Se? Nicht größer als ein Kellnerportemonnaie. Da kriegt man nicht viel rein. Nun fragen Se sich bestimmt, was denn in den Beutelchen ist, mit dem wir Frauen zum »Näschen pudern« verschwinden? Da lüfte ich mal ein Geheimnis: bequeme Schuhe! Sobald das Standesamt vorbei ist, ziehen wir Frauen uns die Pömps aus und Schuhe an, in denen Hammerzeh und Hühnerauge Platz haben. Da war es wichtig, dass das mit dem Erinnerungsfoto bald erledigt wird. Außerdem kostete der Fotograf viel Geld, je länger der hier rumsprang, desto teurer wurde es. Das muss ja nicht sein, dass der noch eine halbe Stunde Wartezeit mit auf die Rechnung schreibt!

»Wo ist das Vögelchen?«, rief der die ganze Zeit. Lächerlich. Der hielt uns für lala im Kopp, nur weil wir alt waren! Der bekam keinen Kuchenteller mit, schwor ich mir.

Na gut, aber nur mit Hefekuchen.

Und Randstücke!

Kurt war knurrig, weil die Leute auf den Fotografen hörten, auf ihn aber nicht. Dabei rief er ständig, dass alle »Schieß« sagen sollten. Kurt macht doch so gern Bilder! Wir hatten auf die Einladungen geschrieben, dass es nicht erwünscht ist, dass jeder mit dem Händi rumknipst wie bei einer Schulaufführung. Es ist doch fürchterlich, wenn ständig gefilmt wird und sich die Leute mit dem Telefongerät vor der Nase Schulter an Schulter drängeln. Das hat es bei meinen Hochzeiten nicht gegeben! Gut, bei meiner ersten Hochzeit hatten wir noch nicht mal Telefon, und bei den dreien danach nur welche mit Wählscheibe, aber trotzdem. Man muss nicht alles mitmachen, man darf unschönen Sitten auch mal die Stirn bieten. Wir hatten einen richtigen Fotografen bestellt, der sein Handwerk verstand und der es hinkriegen würde, dass jeder vernünftig aussah auf dem Bild und nicht gerade kaut oder am Ausschnitt rumzuppelt. So was ist doch nicht schön! Außerdem möchte nicht jeder auch auf dem Fäßbock oder beim Finstergram erscheinen. Nee, das hatten sich Gertrud und Gunter ausdrücklich verbeten und es groß in die

Einladung geschrieben: Wir machen offizielle Hochzeitsbilder, und keiner muss selbst knipsen.

Ich hatte mir das alles so schön überlegt, wer wo steht auf dem Gruppenfoto, aber nach Ilses Unfall … Wir mussten Ilse mit ihrem Wespenstichgesicht auf jeden Fall nach hinten stellen. Eigentlich hätte sie selbstverständlich neben Kurt in der ersten Reihe stehen sollen, ich hatte es ganz genau überlegt vorher und eine Skizze gemacht. Ilse hätte neben Gunter stehen sollen, da seine Mutter … na ja. Sie wurde schon lange geharkt. Eigentlich steht die Brautmutter neben dem Bräutigam, der Bräutigamsvater neben der Braut und daneben die jeweiligen Ehepartner. Aber heutzutage … Es sind doch alle geschieden und neu verbandelt, da kommen Se mit einer klassischen Fotoformation, wie man sie von früher kennt, nicht mehr zurecht. Also hatte ich Ilse und Kurt neben Gunter stellen wollen, was aber nun nicht ging. Ilse musste nach hinten, und sie musste die linke Gesichtshälfte hinter Stefan verstecken. So ging es. So würden alle nur glauben, dass der Fotograf geschludert hatte, und niemand würde beim Betrachten der Bilder erschrocken denken, dass Kurt seine Frau geschlagen hatte. Nun war lediglich das Problem zu lösen, wen man stattdessen in die erste Reihe nehmen sollte. Ariane und Stefan kamen mir in den Sinn. Das ist zwar keine Verwandtschaft, aber da die Mädchen ja sowieso vor dem Brautpaar drapiert wurden, könnten auch die Eltern der Blumenkinder … allerdings hat Ariane so fürchterliche X-Beine, und ausgerechnet heute kam sie ja nicht in Hosen, sondern in Rock und Bluse! Das würde nicht schön aussehen auf dem Bild. Auf meinem Hochzeitsfoto mit Franz steht Mechthild Habedank auch so schrecklich da. So zickenbeinig, wissen Se? Die Schuhspitzen vorn zusammen, während die Knie sich berühren. Sie kann ja nichts dafür, aber jeder, der das Bild anguckt, sieht nur die Zickenbeine von Mechthild und kichert. Niemand guckt mehr die Braut an. Das alles wäre kein Problem gewesen, hätte Ariane den langen Bahnenrock angezogen, den ich ihr sogar geliehen hätte. Damit ist man doch immer gut gekleidet bei festlichen Anlässen! Eine elegante Seidenbluse dazu, eine hübsche Brosche ... Flott hätte sie ausgesehen, unsere Ariane, und die X-Beine wären verhüllt gewesen, wie es sich geziemt. Und wir müssten jetzt nicht händeringend nach Ersatz für Ilse auf ihrer Fotoposition suchen! Aber nein, die Dame hielt meinen Vorschlag »Bahnenrock« ja für »alte Tante« und zeigt mir frech einen Vogel. Bitte, nun hatten wir das Problem!

Kurz erwog ich, Schwester Sabine kurzfristig anzurufen und neben Gunter zu stellen. Aber da würde auch nur geredet. Von wegen, dass er eine Pflegerin dabeihaben musste ... Alle würden nur denken, Gertrud wäre eine Erbschleicherin, die ihn kurz vor Torschluss noch zum Altar geschleift hatte.

Ja, Sie merken schon, man muss viel bedenken. Einfach nur die Leute hinstellen und knipsen, so leicht ist das nicht! Wir stellten dann doch Ariane auf Ilses Position, und ich ließ Agneta und Lisbeth so geschickt vor Gertrud hocken, dass sie auch noch die Beine ihrer Mama verdeckten. Gott sei Dank hatten wir eine schöne Lösung gefunden! Ilse war nur im Anriss zu erkennen hinter Stefan, und Gertrud strahlte so wunderschön, dass sowieso niemand auf die anderen achtete.

Für spontane, lustige Hochzeitsbilder hatten wir im Bootshaus eine Fotoecke eingerichtet, wo jeder, der wollte, mit Selbstauslöser mit den Brautleuten Bilder machen konnte. Das kann man alles für kleines Geld mieten und hat keinen Ärger damit, wissen Se, und solche Fotos sind doch viel netter, als wenn jeder ständig mit seinem Telefonapparat rumfummelt. Auch Blumensträuße, lustige Brillen, Hütchen und ein paar Luftballons waren bei der Box dabei, sogar ein Schleier und ein Zylinder. Kurt war den ganzen Abend nicht von der Fotobox zu kriegen. Eigentlich war es so gedacht, dass da Selbstbedienung ist, aber Kurt übernahm einfach das Kommando. Das macht der manchmal auch im Kaufhaus im Fahrstuhl. Er bleibt da einfach drin stehen, fährt die Leute hoch und runter und ruft, welche Etage gerade ist. Ilse war es lange Zeit peinlich, aber sie sieht mittlerweile die Vorteile: Sie kann in Ruhe in der Kurzwarenabteilung nach Wolle gucken, ohne dass Kurt drängelt, und sie muss ihn nicht lange suchen, weil er vielleicht wieder weggebummelt ist. Sie ruft einfach den Fahrstuhl, und er kommt. Also, beide. Kurt und der Fahrstuhl. Man muss immer dankbar sein, wenn Kurt beschäftigt ist, sonst sucht er sich selber was und macht nur Dummheiten. Ilse ist da sehr klug und findet immer wieder was für ihn. Erst neulich hat sie auf dem Flohmarkt ein altes Detektorradio aufgetrieben. Gerade mal einen Fünfer wollte der Händler, weil der Funkempfänger kaputt war, aber Kurt war ja früher Elektriker und brachte den Kasten wieder auf

Vordermann. Jeden Tag nach dem Nachmittagskaffee bastelte er daran rum und lötete, schraubte und fluchte. Irgendwann schnarrzte der Apparat und brummte, so wie früher, wenn wir uns fein gemacht in Sonntagskleidern um den Volksempfänger versammelt haben, um »Eine Stunde Tanzmusik« zu hören. Kurt puzzelte wohl mehrere Wochen an der Kiste, bis Stefan eingriff und ihm sagte, dass die Radiosender heute alle mit digital senden und nicht mehr Kurzwelle und dass er gar nichts empfangen konnte. Da war die Enttäuschung zunächst groß, und Kurt wollte es gar nicht glauben. Das tat Stefan dann ein bisschen leid, und er schenkte Kurt irgendein »Modul«, wie er sagte. Es war nicht größer als ein Hundekuchen, aber da steckte wohl die ganze Technik drin, die man brauchte, und nun kommen aus Kurts Detektorradio glasklar Hunderte Sender, die Tanzmusik aus aller Welt spielen. Verrückt, diese Technik! Ilse hört jetzt sonnabends, wenn sie die Badestube gründlich putzt, immer die Polka-Hitparade aus dem Böhmerwald. Wunderbar! Wissen Se, im Sommer hat Kurt seinen Garten, aber im Winter? Kurt rollt da manche Tage stundenlang die Mülltonne vor der Tür hin und her in der Hoffnung, dass ihn einer anspricht, weil doch gar kein Abfuhrtermin ist. Aber so findet er jemanden zum Plauschen und kriegt den Tag rum. Er hat dafür extra eine leere Tonne, in die nie was reingeworfen wird, damit sie nicht so schwer zu schieben ist.

Normalerweise hält ja der Brautvater die Tischrede. Die Brauteltern bezahlen die Hochzeit, und der Vater hält die Rede, so will es die Tradition. Aber wissen Se, Traditionen hin oder her – im Fall von Gertrud und

Gunter mussten wir ganz neu denken. Papa Gans war natürlich lange unter der Erde, aber deshalb konnte Gertrud ja nun nicht ohne Rede in die Ehe entlassen werden. Es sollte eine schöne Hochzeit werden, auch wenn wir mit manchen Traditionen notgedrungen brechen mussten. »Haltet dem Alten die Treue, aber stemmt euch nicht gegen das Neue«, hat mein Opa immer gesagt, und das nahm ich als Motto. Es war an mir, bei einigen der Aufgaben, die traditionell von anderen übernommen wurden, in die Bresche zu springen. Aber das ist eine Renate Bergmann ihrer besten Freundin schuldig, und das macht sie auch gern!

Zunächst grübelte ich lange über die Tischrede nach. Ach, die sind ja oft so langweilig! Wir sind fast alle keine geübten Redner, und die, die sich dafür halten, sind besonders schlimm. Die fangen dann gern mit dem Satz »Ich bin kein großer Redner« an und packen einen Stapel Papier aus, den sie dann, wenn das Publikum erschrocken aufstöhnt, wieder wegpacken, und sagen, dass es nur ein Scherz ist und dass sie nur aus dem Stegreif ein paar Worte sagen wollen. Der Witz ist so alt wie schlecht, erst recht, wenn »die paar Worte« sich dann hinziehen wie ein Kulturprogramm von Frau Schlode. Bei meiner Hochzeit mit Franz hielt – weil mein Vater damals leider auch schon verstorben war – Onkel Johannes die Tischrede. Das war schlimm, sage ich Ihnen. Er kannte mich kaum und hielt eine Rede, die begann mit der Landung der Amerikaner in der Schweinebucht vor Kuba und zog sich so lange hin, bis die Vorsuppe verköchelt war. Die Nudeleinlage war ein einziger Pamps. Hören Se mir auf!

Ich überlegte gründlich, was ich Gertrud sagen wollte. Sogar einen Ratgeber habe ich angeschafft. »Verse dichten leicht gemacht« hieß das Machwerk, und darin stand, was sich auf welches Wort reimt.

»Kaum zu glauben, aber wahr,
Gertrud steht heute vorm Altar«,

überlegte ich mir.

Als Anfang fand ich das eigentlich recht gelungen.

Aber Gunter fehlte dabei. Gertrud stand ja nicht allein vorm Altar, und auch garnicht vorm Altar, sondern vorm Standesbeamten!

»Kaum zu glauben, aber wahr, Gertrud und Gunter stehen heute vorm Standesbeamten.«

Mhhh. Das reimte sich nicht und war auch kein bisschen romantisch, außerdem hatte es keinen schönen Klang. Ich habe einfach nicht die Ader fürs Dichten, wissen Se, ich rede, wie mir der Schnabel gewachsen ist, und überlasse das Lyrische den Künstlern, die das studiert haben. Wobei ich gerne gewusst hätte, wie der olle Goethe es romantisch in schöne Verse gepackt hätte, was am Türschild des zuständigen Standesbeamten stand:

Trauungen
Totenscheine
Laubsackausgabe

Geburtsurkunden nur in Zimmer IV/5 bei Frau Hagelschlag-Düsterkalb

Nee, das Dichten und Verseschmieden liegt mir nicht. Gertrud und Gunter würden mit dem vorliebnehmen müssen, was mir spontan in den Sinn kam.

»Liebes Brautpaar«, begann ich, noch sehr nervös, aber ich kenne das schon von mir. Wenn ich erst mal in Fahrt bin, geht es wie von alleine. Dann höre ich mich wie durch Watte selber reden und denke dabei: »Mensch, Renate, gar nicht mal schlecht, das hätte ich dir gar nicht zugetraut.«

Ich schaute die beiden Hauptpersonen an.

»Meine liebe Gertrud«, und ich ließ den Blick zu Gunter wandern und sprach aus Gewohnheit sehr laut und deutlich: »MEIN LIEBER GUNTER.« So laut und deutlich, dass Gunter ein bisschen zusammenzuckte und wie wild an dem kleinen Kästchen die Lautstärke seiner Hörhilfe runterdrehte.

»Liebe Gäste, liebe Freunde, liebe Familie. Wenn zwei Menschen in ... lassen Se es mich ›reifere Jugend‹ nennen ... wenn zwei Menschen in fortgeschrittener, gereifter Jugend zueinanderfinden und den Entschluss fassen, den Rest ihrer Jahre nun gemeinsam zu gehen, ist das ein Grund zur Freude. Wie viele Leute sind einsam im Alter! Und wie schön ist es, jemanden an der Seite zu haben, mit dem man Sorgen und Freude teilt, für den man kocht, dem man die Hausschuhe warm stellt und mit dem man spazieren gehen kann.«

»Aber erst, wenn ›Bares für Rares‹ vorbei ist!«, unterbrach mich Gunter.

Die ganze Festgesellschaft lachte, es war sehr spaßig, und man hätte denken können, wir haben das so eingeübt. Es war aber spontan, glauben Se mir!

»Euch beide soll das Glück begleiten. Ich möchte ganz besonders Maik und Heiko und ihre Familien in unserer Hochzeitsgesellschaft begrüßen, die nach langen Jahren heute zum ersten Mal den Vati wiedergesehen haben. Ihr habt euch viel zu erzählen und euch neu kennenzulernen. Und … wenn ihr was über eure Stiefmutter und Oma Gertrud wissen wollt, dann kommt nachher mal zu mir an den Tisch, von der kann ich euch Geschichten erzählen, dass euch die Ohren schlackern!«, sagte ich spaßig, und es wurde auch herzlich gelacht. Nur nicht von Gertrud. Die zischte: »Das tust du nicht, Renate! Denk dran, was ich alles von dir weiß.«

Da lachten wir dann alle, und zwar laut und aus vollem Herzen.

»Ich wünsche euch Gesundheit und Freude und mir, dass ihr auch in Zukunft hin und wieder ein bisschen Zeit für eure Freundin Renate habt. Aber natürlich erst nach den Flitterwochen!«

Wieder lachten alle, und ich fand, dass nun auch genug geredet war. Man soll nicht übertreiben, und bevor es rührselig wurde, hörte ich lieber mit einem Lacher auf. Ich nickte der Kellnerin wie abgesprochen zu, das war das Zeichen, dass sie nun den Braten aufschneiden konnten. Wenn der so lange steht, wird er ja nur trocken.

»Und so lasst uns alle das Glas erheben und aufstoßen«, hörte ich mich sagen.

Ich wusste, dass was schiefgehen würde. Eine Rednerin wurde einfach nicht mehr aus mir! Aber alle wussten, dass ich »anstoßen« gemeint hatte, und lachten mich nicht aus, sondern herzlich im Chor und stießen auf Gertrud und Gunter an.

Trotzdem ärgerte ich mich ein bisschen!

Gertrud hatte tagelang gedrängelt, dass sie noch etwas Neues bräuchte für die Hochzeit. Ich hatte immer abgewiegelt, denn ich wusste: Wenn meine Überraschung aufging, wäre das Problem gelöst. Gunters Söhne waren nun wirklich genug Neues.

»Siehste, Trudchen, nun heiratest du eine Familie«, sagte ich zu ihr und nahm sie in den Arm. Gertrud war ganz verdattert.

»Reicht denn der Kuchen? Guck dir die mal an, die sehen alle aus wie gute Esser!«

»Mach dir keine Sorgen, ich habe noch vier Torten nachgebacken. Mandelcreme-Mohn, Nougat-Buttercreme, Erdnussbutter-Sahne, weißte? Das Rezept, das Hertha Germbauer damals gemacht hat beim Mieterfest! Und Windbeutel.«

Da war Gertrud erst mal beruhigt. Sie ist schon immer fürs Praktische gewesen und nicht so für Gefühlsduselei.

»Dass der Kerl aber auch Kinder hat! Und die Enkel! Hast du die schon durchgezählt?«

Ich war natürlich im Bilde und hatte die Familienverhältnisse genau studiert.

»Der Maik hat zwei Mädchen und einen Jungen, das sind grob gesagt die Dunkelhaarigen, die alle diesen Wirbel auf dem Kopf haben, und seine Frau ist die

Cindy, die mit dem grünen Hosenanzug. Zu Heiko gehört der Robert.«

Gertrud blieb der Mund offen stehen.

»Dann ist der also …?«

»Ja.«

»Na ja. Heutzutage …«

»Eben.«

Wissen Se, ich habe das nie verstanden, dass ich zum Beispiel viermal habe heiraten dürfen, zwei Frauen oder zwei Männer aber nicht. Es hieß dann immer, es wäre keine richtige Familie, weil die keine Kinder kriegen können. Spätestens, als Walter und ich geheiratet haben, wo wir beide schon über sechzig waren, fand ich das Argument endgültig lächerlich, na, und wenn man sich unser ergrautes Brautpaar von heute anguckte, erst recht.

Wie hat Helene Fischer schon gesungen? »Wohin sie fällt, ist der Liebe egal«, und da hat das Mädelchen recht!

Gertrud denkt da modern, so wie ich auch, und die Frage, wie Gunter zu den beiden Männern steht, konnte ich mir sparen, denn just in dem Moment schob sich die Polonaise an uns heran – mit Gunter, Heiko und Robert an der Spitze.

Es wurde viel getanzt an dem Abend. Gertrud schnappte sich jeden der eingeladenen Herren für eine Runde. Wenn Gertrud auf einer Feier ist, gilt immer Damenwahl, die wartet nicht, bis ein Mann sie auffordert. Spätestens, als sie dem Robert, also dem Mann von Gunters Sohn Heiko, in den Po gekniffen hatte, war er in die Familie aufgenommen. Ilse mit ihren unübertroffenen Kenntnissen für Verwandtschaftsbeziehungen rechnete gleich aus, dass Robert jetzt der Schwiegersohn von Gertrud war. Heiko und Maik waren Stiefsöhne, Cindy die Schwiegertochter, und die drei Schwarzhaarigen mit dem Wirbel waren Enkel. »Ich sage dir, Renate, ich habe eine ganze Mischpoke geheiratet! Da muss ich mir erst mal einen Überblick verschaffen! Was das kostet, überleg mal, jeder muss doch nun seinen Umschlag zu Weihnachten und zum Geburtstag haben. Die gehören ja jetzt dazu!«

Gisela guckte als Einzige ein bisschen sauertöpfisch. Ich glaube nicht mal, weil sie das Erbe schmaler werden sah, sondern eher, weil sie trotz ihrer schwarzen durchsichtigen Spitzenbluse bei keinem der Herren landen konnte. Diesen Fetzen der Schamlosigkeit hatte sie vor zehn Jahren schon auf der Beerdigung ihres Vaters getragen, überlegen Se sich das mal! Ich habe ihr noch zugezischt, ob sie sich nicht was Anständiges hätte anziehen können, bevor wir in die Aussegnungshalle gingen, aber sie zuckte nur mit den Schultern, was den Spitzenkittel fast zum Reißen brachte, und murmelte: »Schwarz ist Schwarz!«

Dieses … Ding hatte sie auch jetzt wieder an. Wenn man genau hinguckte, konnte man die Knospen sprießen sehen. Gisela war jedenfalls betrübt, denn bei Heiko und Robert stieß sie auf keinerlei Interesse, und als sie dem Maik auch nur auf einen Meter nahe kam, na, da ging die Cindy aber gleich an ihren Ehemann ran wie Norbert ans Gehackte und machte sehr deutlich, wo die Grenzen sind, Verwandtschaft hin oder her.

Ach, was war das für eine schöne Feier! Wir haben geschwoft, bis die Heide wackelte und bis die Tanzschuhe qualmten, und nicht nur die, auch die »Elise« in Weiß hielt gut durch und war jeden einzelnen Zent der 175 Euro wert.

Später am Abend ging ich mit einem Gläschen Likör zu Ilse, die am Büfett den Schinken abräumte. Geräuchert hin oder her, wenn Aufschnitt zu lange liegt, wird er wellig, und das wäre schade drum.

»Jetzt geht der Sommer bald zu Ende«, sagte sie wehmütig.

»Auch der Herbst hat noch schöne Tage!«, merkte Kurt an, und wir nickten zustimmend.

Von hinten näherte sich räuspernd Gunter mit Gertrud, der er den Arm um die Hüfte gelegt hatte.

Wie fein sein Hörgerät funktionierte! Da musste man jetzt aufpassen, was man sagte. Männer sollen schließlich nicht alles hören!

»Der Herbst hat auch die schönsten Frauen!«, warf Gunter ein, und er drückte Gertrud fest mit dem rechten Arm an sich, während er den linken um meine Hüfte legte und mich freundschaftlich an sich zog.

»Renate. Vielen schönen Dank für deine Mühen und dass du mitgeholfen hast, diesen Tag zu einem der schönsten in meinem ganzen Leben zu machen«, sagte Gertrud, und ihr wurde die Stimme ein bisschen brüchig.

Ich war selbst gerührt wie Apfelmus und ergriff die Hände der beiden. Da musste man gar nichts mehr sagen. Die beiden Richtigen hatten sich gefunden. Ein ganzer Schwung neuer Familienmitglieder war mit in die Ehe gekommen, die noch viele Überraschungen barg, dessen konnte man wohl sicher sein. Die Lisbeth, Agneta und die schwarzhaarigen Wirbelkinder hatten gerade Lotte Lautenschläger, die trotz der Tanzmusik ein bisschen eingenickt war, mit ihren Schnürsenkeln am Stuhl festgebunden und kicherten. Norbert kläffte begeistert. Die hatten es faustdick hinter den Ohren! Da war jetzt Leben in der Bude bei unserem frisch vermählten Paar, und ich war richtig glücklich mit ihnen, dass sie ihre hoffentlich schönen verbleibenden Jahre nun im Bund der Ehe verbringen würden.